22,90 €

HAYMON verlag

Oleksandr Irwanez

Pralinen vom roten Stern

Roman

Aus dem Ukrainischen von
Alexander Kratochvil

Olav Münzberg, dem Mann jenseits der Mauer, gewidmet

MIX
Papier aus verantwortungsvollen Quellen
FSC® C083411
www.fsc.org

Auflage:
4 3 2 1
2020 2019 2018 2017

HAYMON verlag
Innsbruck-Wien
www.haymonverlag.at

Die Originalausgabe erschien 2002 unter dem Titel
„Рівне/Ровно (Стіна). Нібито роман“ im Verlag Кальварія, Lemberg.

ISBN 978-3-7099-7247-2

Umschlag- und Buchgestaltung nach Entwürfen von
hœretzeder grafische gestaltung, Scheffau/Tirol
Satz: Da-TeX Gerd Blumenstein, Leipzig
Umschlag: Katja Maasböl, Hamburg; www.maasboelbuch.de
Umschlagabbildungen: iStock/SensorSpot (Stadtansicht),
123RF/Giuseppe Anello (Stern)
Autorenfoto: Tetiana Davydenko

Gedruckt auf umweltfreundlichem,
chlor- und säurefrei gebleichtem Papier.

Ein Blick hinter die Mauer

Vorwort von Juri Andruchowytsch

Fans von James Joyce haben ihren Bloomsday, und zwar am 16. Juni.

Fans von Oleksandr Irwanez könnten – im Falle eines Falles – ihren Schlojma-Tag immer am 17. September haben.

So wie der Bloomsday jedes Jahr in Dublin stürmisch gefeiert wird, so könnte der Schlojma-Tag zweifellos in Riwne zelebriert werden. Nun hat die Stadt Riwne für die Ukraine bei weitem nicht die Bedeutung von Dublin für Irland, doch der Schriftsteller Oleksandr Irwanez verlieh der Stadt mit seinem Roman eine beachtliche, zumindest literarische Bedeutung.

Die Gemeinsamkeit beider Romane ist offensichtlich, denn es geht sowohl im Roman von Joyce als auch in dem von Irwanez um einen Tag mit einem konkreten Datum. Der Unterschied liegt freilich darin, dass Joyce das Jahr genau bestimmte: 1904. Irwanez gibt keine genaue Jahreszahl. Die Handlung des Romans spielt nicht wie bei Joyce in der Vergangenheit, sondern „quasi“ in naher Zukunft. Warum ich eben das Wörtchen „quasi“ verwendet habe, wird im Weiteren klar werden.

Vorläufig aber noch ein paar Worte zum Datum 17. September. Oleksandr Irwanez und ich gehören einer Generation von Ukrainern an, die in Sowjetschulen Sowjetgeschichte lernten und deshalb gezwungen waren, sich diesem Datum gegenüber ehrfürchtig zu verhalten. Denn am 17. September 1939 marschierten die Kampfverbände der Roten Armee in das Territorium der östlichen Regionen der Zweiten Polnischen Republik ein und besetzten sie nach kurzer Zeit vollständig. Damit halfen sie ihrem Verbündeten, dem Dritten Reich, das polnische Staatswesen zu liquidieren. Dank dieser Tatsache vereinigten die Sowjets „quasi“ (schon wieder dieses Wörtchen!) die ost- und westukrainischen Gebiete zu einer einzigen ukrainischen sozialistischen Republik (URSR) mit der Hauptstadt Kiew und noch einer Haupthauptstadt Moskau.

So wurde der 17. September zu einem Datum mit gegensätzlichem Sinn. Einerseits ein ganz besonderer „Tag der ukrainischen Einheit“, freilich irgendwie ein Fake, denn die Einheit war kommunistisch und vor allem erzwungen, und anderseits signalisiert er den Beginn der totalitären Unterwerfung der westukrainischen Gebiete und Repression gegen die lokale Bevölkerung im großen Stil durch die Bolschewiken.

Ein sprechenderes Datum hätte der Autor für die Handlung seines Romans kaum wählen können.

*

Aufgrund biographischer Umstände ist der Autor dieser Zeilen in nicht geringem Maße an der Entstehungsphase von „Riwne-Rowno“, wie „Pralinen vom roten Stern“ im ukrainischen Original betitelt ist, beteiligt gewesen. Der Roman ist Olav Münzberg, einem deutschen Gegenwartsautor gewidmet, der Prosa, Lyrik und Publizistik verfasst und darüber hinaus – was besondere Aufmerksamkeit verdient – im Laufe mehrerer Jahrzehnte zu einem „Wahl-Westberliner“ und für mich zum heldenhaften Führer (im Sinne eines Stadtführers) während meines ersten Aufenthalts in dem eben wiedervereinigten Berlin Ende 1993 wurde. Der Zufall wollte es, dass wir uns ungefähr nach einem Jahr auf einer internationalen Schriftstellerkreuzfahrt begegneten und zwar auf einem sechsstöckigen griechischen Kreuzfahrtschiff mit dem wohltönenden Namen „World Renaissance“. Während des unruhigen Geschaukels über drei Meere machte ich Olav mit meinen beiden besten Freunden und Bubabisten – Wiktor Neborak und den Autor des vorliegenden Romans – bekannt. Irwanez hatte im darauf folgenden Jahr 1995 die Chance, selbst nach Berlin zu kommen. Zu seinem Glück führte ihn kein anderer durch die Stadt als eben Olav Münzberg. Er zeigte ihm nicht nur die Stadt, sondern auch die Mauer. Zwar existierte sie quasi nicht mehr, aber in den Erzählungen von Olav wurde sie sehr existent. (Das Wörtchen „quasi" wird immer markanter und in diesen Aufzeichnungen werde ich es sicher weiter verwenden).

*

Nun werden wir noch einen Schritt weiter in die Vergangenheit in Richtung des seltsamen Begriffs „Bubabisten" machen, dem ihr sicher schon eure Aufmerksamkeit zugewendet habt.

Der Autor dieser Zeilen kennt nämlich den Autor dieses Romans schon seit Februar 1985. Damals waren wir junge Dichter und es fehlte uns in der damaligen Dichtung ganz entschieden *Burleske, Balahan* (resp. Jahrmarktskunst) und *Buffonade.* Und so nannten wir unser Dichter-Trio Bu-Ba-Bu. Der Dritte im Trio war der schon erwähnte Wiktor Neborak.

Im Großen und Ganzen handelte es sich um ästhetische Subversion. Wir hatten uns fest vorgenommen, die herrschenden Grenzen des Anstands in der Dichtung zu verschieben. Unsere Performance zwischen 1987 und 1992 war legendär und wurde zum markantesten Phänomen dieser wunderseltsamen Zeit. Das Sowjetsystem ging unter und zerfiel quasi von selbst und die ukrainische Unabhängigkeit wurde geboren. In dieser ganzen

Geschichte sahen wir uns nicht nur als Zeugen und Chronisten, sondern auch als die eigentlichen Propheten des Künftigen.

An dem Abend, als in Berlin die Mauer endgültig niedergerissen wurde, traten wir mit unseren Gedichten auf der Bühne der überfüllten Theater meiner Heimatstadt auf. Wir verwandelten die Stadt in eine offene Stadt in völligem Einklang damit, wie die Berliner ihre Stadt öffneten. Es war eine parallele, ideal überblendete Aktion.

Die aktive Phase des Bubabismus endete wohl ungefähr damals, als ich den Autor dieses Romans Olav Münzberg vorstellte. In dem Jahr feierten wir ausgelassen das hundertjährige Bu-Ba-Bu-Jubiläum (entsprechend dem Alter von uns Dreien 34+33+33=100) sowie den Abschluss der Vorbereitungen für unsere erste Anthologie. Damit konnten wir uns verabschieden und unterschiedliche Wege gehen.

Der Weg von Oleksandr Irwanez führte großteils über Theaterstücke. Nein, nein, er hörte schon aus Prinzip nicht auf, Gedichte zu schreiben, wie auch der Autor dieser Zeilen. Mit seinen Theaterstücken hatte er einige außergewöhnliche Erfolge. Zum Teil solche, dass man seine Werke auf deutschen Bühnen deutlich eher inszenierte als auf ukrainischen. Ein Echo dieses Theater-Weges findet der Leser dieses teilweise autobiographischen Romans im Hauptstrang der Handlung.

Der Roman wurde aus diesen Theaterstücken geboren. Es kursierten seit Ende der 1990er Jahre Gerüchte über ihn. Als ich meinen alten Kumpel Oleksandr 2001 für einen ganzen Monat wieder in Deutschland begegnete, und zwar in der für kreative Arbeit geradezu idealen Künstlervilla „Waldberta", wurde der Roman in der Ukraine gerade zum Druck vorbereitet. Zur Taufe des Buchs fuhr ich im Februar 2002 nach Riwne und las dabei die letzten Seiten des Manuskripts in einem halbdunklen, schmutzigen und winterlich kalten Wagon der ukrainischen Eisenbahn.

Das reale Land des Autors sowohl innerhalb als auch außerhalb des Eisenbahnwagons schien sich so ganz und gar nicht von jener im Roman dargestellten, erbärmlichen Sozialistischen Republik Ukraine zu unterscheiden.

*

Die Spezifik dieser Zeit lag in der Annäherung an eine gewisse Grenze: Nach ausdauernden, aber letztlich erfolglosen Protestaktionen, die eine „Ukraine ohne Kutschma" als Ziel hatten, begann das übliche Abgleiten des offiziellen Kiews in die Arme Russlands mit seinem neuen und geheimnisvollen Präsidenten, hinsichtlich dessen (Who is Mr. Putin?) wir nicht die leisesten Zweifel hatten: Mr. Putin is a fucking KGB-crap. Vor diesem Hintergrund entfaltete sich eine beispiellose Kampagne im Parlamentswahlkampf, in dem schließlich überhaupt zum ersten Mal die oppositionelle Demokratie gewann.

Das machte eine neu entstandene gesellschaftliche Qualität in der Ukraine sichtbar und versprach auch neue gesellschaftliche Perspektiven. Nach etwa zweieinhalb Jahren erschien diese neue Perspektive massenhaft auf dem zentralen Platz der Hauptstadt, dem Unabhängigkeits-Majdan, in einem durch und durch intensiven Orange.

Der Roman von Irwanez, der ja im Vorfeld der Orangen Revolution mit ihrem kategorischen Sein oder Nichtsein geschrieben worden war, konnte durchaus als Antiutopie verstanden werden oder, auch solche Genres gibt es, als eine Roman-Prophezeiung.

Die Vorgeschichte des Romans verweist auf eine nicht näher genannte politische Katastrophe, wegen der die

Ukraine in zwei Teile gespalten wurde: in eine prorussische SRU (Sozialistische Republik Ukraine), die einen beträchtlichen Teil des ehemaligen ukrainischen Territoriums einnimmt, sowie die prowestliche Westukrainische Republik. Die Spaltung der Ukraine verläuft auch quer durch die Heimatstadt des Autors und des Romanhelden. Aus einer Stadt werden zwei Städte: das zum Westen gehörende Riwne und sein Gegenpart, das sozialistische Rowno. Die einst zusammengehörende Welt wird nach dem bekannten Berliner Muster aus den Jahren 1961–1989 durch eine Mauer geteilt.

Das Romansujet erzählt einen Tag aus dem Leben des Schlojma Ezirwan, eines Schriftstellers und Bewohner des Westsektors, den er freilich im Ostsektor verbringen muss, da er seine Verwandten besuchen will.

*

Lässt sich aus heutiger Perspektive, besonders im Zusammenhang mit der militärischen Auseinandersetzung mit Russland und ihren Marionetten in den östlichen Landesteilen der Ukraine, der Roman „Riwne-Rowno" tatsächlich als Roman-Prophezeiung bezeichnen?

Auf den ersten Blick schon. Seit dem Frühjahr 2014 (12 Jahre nach dem ersten Erscheinen des Romans) kann man in der Ukraine eine territoriale Spaltung beobachten. Natürlich kann man einwenden, dass die territoriale Verteilung genau umgekehrt wie im Roman ist. Das heißt, „unsere SRU" ist ziemlich klein und „unsere Westukrainische Republik" gleicht der Westukrainischen Republik im Roman ganz und gar nicht, da sie etwa 90 Prozent des ehemaligen Territoriums mit den südlichen, zentralen und östlichen Gebieten mit der Hauptstadt Kiew und deren wichtigsten Metropolen

(Dnipro, Odessa, Charkiw) umfasst und nicht nur, wie im Roman, einige westukrainische Gebiete.

Das bedeutet, die Prophezeiung hat sich, wenn überhaupt, nur teilweise erfüllt, und zwar vor allem in einem Sinn: Tatsächlich wird ein kleines Gebiet nicht mehr von Kiew kontrolliert. Allerdings entgegen der Prophezeiung nicht aus westlicher Sicht, sondern aus der östlichen. Und dass es überhaupt existiert, hat nur die unmittelbare militärische Intervention Russlands ermöglicht und auch dessen weitere Existenz wird nur vom russischen Militär gesichert. Übrigens genauso wie im Roman die Existenz des demokratischen und freien Riwne durch die Anwesenheit eines begrenzten Kontingents von NATO-Soldaten (einem polnischen Bataillon) gesichert wurde.

Und an dieser Stelle ist es nun höchste Zeit, das Allerwichtigste zu erwähnen: Hat Oleksandr Irwanez tatsächlich in die Zukunft geblickt? Ist der Platz dieser Quasi-Antiutopie tatsächlich auf dem gleichen Bücherregal, auf dem sich die warnenden Werke von Orwell, Huxley oder Lem befinden?

Irwanez' Roman handelt von der Vergangenheit. Das heißt, die Reise des Helden auf die andere Seite der Mauer erscheint nicht nur als Bewegung durch den Raum, sondern vielmehr und in größerem Maß durch die Zeit. Es ist eine Rückkehr in die Vergangenheit – in eine böse, komische, absurde, primitive, totalitäre, soz-realistische parodiehafte Vergangenheit. Die Zeit, das wird deutlich, scheint manchmal „quasi" stehenzubleiben oder rückwärts zu laufen.

Als Ergebnis haben wir die karikierte SRU und ihre abscheuliche Stadt Rowno – eine fast schon zeitlose Verdichtung alles Sowjetischen, Anachronistischen und Abgestorbenen.

Und doch handelt es sich auch um ein Territorium der Nostalgie, Erinnerung, Sentimentalität, um eine Zone der verlorenen Zeit, die man unerwartet wiederfindet, einen Raum der Rekonstruktion von Träumen, die man, wie es schien, damals, in der Kindheit, ein für alle Mal ausgeträumt hatte – so wie der Autor des Romans und der Autor dieser Zeilen.

Und auch sonst haben der Autor und ich ein gemeinsames Land, nämlich eines, in dem nicht nur böse Träume von Zeit zu Zeit wiederkehren können.

Rowno: Gebietszentrum der Sozialistischen Republik der Ukraine. Einwohnerzahl: 120.000 (Volkszählung 2001); Industriezentrum mit Landmaschinenbau und Textilindustrie.

Durch die Intervention einiger europäischer Staaten und die Unterstützung reaktionärer Kräfte der Westukrainischen Republik wurde der Westteil der Stadt Rowno, der untrennbarer Bestandteil der Sozialistischen Republik der Ukraine ist, okkupiert und zu einem Verwaltungsgebiet der UNO gemacht. Laut Volkszählung vom September 2001 leben im Westsektor von Rowno 150.000 Einwohner. Die Wirtschaft des Westsektors kennzeichnet alle Unzulänglichkeiten und Fehlentwicklungen der kapitalistischen Wirtschaftsordnung wie hohe Arbeitslosigkeit, Inflation und Korruption. Im Westsektor gilt die Währung der Westukrainischen Republik. Die Sozialdemokratische Partei des Westsektors von Rowno hat eine lange demokratische und nationale Tradition und zählt 2400 Mitglieder.

aus: *Kleine Enzyklopädie der ökonomischen Geographie der Sozialistischen Republik der Ukraine. Polit-Verlag Kiew.*

An einem bereits fortgeschrittenen Morgen eines herrlichen Septembertages erwachte der Schriftsteller Schlojma Ezirwan mit einer seltsamen Vorahnung. Er hatte ein Traumgesicht gehabt, undeutliche Bilder, die Phantome tanzten noch durch das schlaftrunkene Hirn und verloren sich dabei immer tiefer im Unbewussten, sie ließen sich weder festhalten, noch wollten sie vollends verschwinden. Abrupt setzte er sich im Bett auf, entledigte sich des offenen Pyjamahemds, das sich um seine Achsel gewickelt hatte. Das gelbliche Sepia eines Kastanienblattes klebte von außen an der Fensterscheibe und glitt ganz allmählich hinab. Durch das geöffnete Klappfenster zog pfeifend ein Lüftchen.

Der Schriftsteller wühlte sich aus der Decke und schlappte barfuß zum Fensterbrett. Mit den tastenden Bewegungen eines Blinden fand er die Zigarettenschachtel und das Feuerzeug. Jetzt vor allem: nicht den Filter anzünden, sondern den Tabak ... Ahh, auch die Äuglein gehen schon etwas auf. So. Und was jetzt? Nebel im Kopf, Nebel vorm Fenster. Ja, ja, die dritte Flasche mit Maulwurf zu kippen war überflüssig ... auch die zweite war eigentlich nicht nötig. Sei's drum. Ist halt passiert. Irgendwo dort im Schrank war Aspirin.

In der Küche plumpste etwas auf den Fußboden. Bonifaz war vom Tisch gesprungen. Was macht der denn wieder auf dem Tisch ... Noch gestern ... Ähh, wie ätzend. Da sind sie, die Folgen des Leichtsinns und lockeren Lebens. Es ist zwei Wochen her, seit Oksana ihm eine wütende Nachricht auf dem Tisch hinterlassen hatte: „Wenn dir deine Arbeit so wichtig ist, dann können wir ja eine Zeit lang getrennt leben." Sie war durch den KlewanTransit-Korridor zu ihren Eltern in ein ruhiges Dorf in Wolhynien entschwunden. Schlojma hatte nur die Achseln gezuckt: Getrennt heißt getrennt ...

Der Eurowecker am Kopfende des Bettes piepste. Tatsächlich – 07:47. Sieben mal sieben im Quadrat. Abergläubisch, mein lieber Schlojma, abergläubisch bist du dein ganzes Leben von Kindesbeinen an. Die Aspirintablette ploppte ins Wasserglas und tänzelte gurgelnd zwischen Bläschen auf und nieder. Der Kaffee zischte wie eine Schlange, als er in der Dscheswa nach oben kroch. Von hinten stupste ihn Bonifaz ans Knie. Hast Hunger, Katerchen? Ich nehme nur den Kaffee vom Herd. Ich habe da Whiskas für dich, mehr als eine halbe Dose. Vom Geruch der Fleischmasse kam ihm fast das Kotzen. Da hast du deinen gestrigen *Johnnie Walker*! ... Ahh, es lässt nach. Das Aspirin wirkt schon. Dann kann ich jetzt Kaffee trinken.

Während er einen Keks zerbröselte, blickte der Schriftsteller Ezirwan aus dem Küchenfenster. Der Nebel hatte sich ein wenig gelichtet, die gelblichen Umrisse der Kastanien im Innenhof traten hervor. Weiter hinten war eine Hofhälfte vom Parkplatz des Hotels *Europäischer Hof* abgezäunt, dort patrouillierte zwischen schwarzen und silbernen Limousinen ein hoch aufgeschossener Wächter im grauen Frack. Näher zum Haus befanden sich unter den Kastanien einige metallene Bänke, im Boden verschraubt, vom Morgentau bedeckt, und bei den Bänken ein Sandkasten, aus dem ein vergessenes blaues Kindereimerchen ragte. Sechs viergeschossige Häuser drängten sich im Karree und umschlossen den Hof. Rechts, im abgeschlossenen Winkel des Hofes befanden sich in bläulichen Morgentau gebadet drei Autos mit einheimischen Nummernschildern, Eigentum der reicheren Hausbewohner.

Die Nächte sind schon kalt geworden, schwirrte es ihm durch den Kopf, es wäre Zeit, in den Wald, in die Pilze zu gehen, in Wolhynien. Nach der Premiere sollte ich Georg und Isabella dazu einladen.

Doch nach einem Moment trat hinter dem Zifferblatt die Realität sichtbar, geradezu plastisch hervor: Das ist ja heute! Heute ist Premiere! Um halb zehn ist das Treffen mit Maulwurf im Theater. Und jetzt ist es schon fünf, nein sechs vor neun. Bleibt also noch eine Viertelstunde zum Rasieren. Und da muss ich schon hetzen. Gut, dass das Theater gleich nebenan ist, nur über die Straße ...

Der Schriftsteller Schlojma Ezirwan schluckte den restlichen Kaffee runter, stellte die Tasse scheppernd in die glänzende Spüle, in der sich bereits Gläser, Töpfe und anderes Geschirr stapelte ... Nach der Premiere, ich wasch das alles nach der Premiere ab ..., brummelte er vor sich hin und ging, nicht mehr schlurfend, sondern schon festen Schrittes, ins Bad.

Zehn Minuten später, während er sich noch das Gesicht abtupfte, verließ er das Bad und verbreitete eine Duftwolke des guten alten Rasierwassers *Old Spice*. Aus der Garderobe wählte er ein weiß-blau gestreiftes Hemd und eine graue Anzughose. Er zögerte einen Moment und nahm dann eine neue Jeansjacke vom Kleiderbügel. Smoking und Fliege sind erst heute Abend dran ...

Schlojma tappte noch ein, zwei Minuten gedankenverloren durch die Wohnung, steckte hier seinen Geldbeutel ein, fand dort die Zigarettenschachtel und wieder woanders Schlüssel, Taschentuch, Feuerzeug und andere Kleinigkeiten. Im Vorzimmer kramte er nochmals alles hervor und kontrollierte, ob er auch nichts vergessen hatte. Dort schaltete er noch den Anrufbeantworter ein und brummte in Richtung Kater: „O.k., Boni, jetzt bist du hier der Chef!", zog die Tür hinter sich zu und stand im Treppenhaus. Während er sich eine Zigarette anzündete, bemerkte er mit einem Seitenblick, dass in dem Metallbriefkasten an der Wand links etwas Weißes durch die kleinen Löcher des Metalltürchens leuchtete. Hmmm, die Post ist heute schon durch ... Kann das bis zum Abend warten? ... Nein, ich schau lieber nach. Wo ist denn der Briefkastenschlüssel? ... Da ist er ja. Na, was haben wir im Kasten? Weiter hinten befanden sich einige Zeitungen und Reklamen mit den üblichen Angeboten der Supermärkte, vorne jedoch, gleich wenn man die Klappe öffnete, die weit aufschwang und schief in den Angeln hing, befand sich ein weißer Briefumschlag mit den Briefmarken der SRU, der Sozialistischen Republik der Ukraine, abgestempelt in Rowno. In der Adresszeile:

> ~~Genosse~~ Ezirwan Sch. W.,
> Westsektor Rowno,
> Polubotkostraße, Haus 8, Whg. 45.

So stand es da. Und in der Absenderzeile:

> Gebietsamt für inneren und äußeren Reiseverkehr der Bevölkerung der SRU des Gebiets Rowno.

Der Stempel war zwei Wochen alt, 2. September, oder besser gesagt 2. Sentiabr, wie man dem verschmierten Stempel entnehmen konnte. Naja, innerhalb von ein und derselben Stadt, von dort hinter der Mauer über die Mauer hierher, hatte der Brief ganze zwei Wochen gebraucht. Und der Stempel aus dem Westteil stammt von heute Morgen. Ganz normal. Also ... was schreiben die ...

An der Klebestelle war der Umschlag wellig und schief mit einer Masse verklebt, die wie Wachs aussah – um nicht einen unangenehmeren Vergleich zu wählen. Schlojma riss den Umschlag einfach am kurzen Ende auf. Der Inhalt bestand aus einem zweimal gefalteten Blatt braunen Büropapiers, das von innen auch noch mit dem Umschlag verklebt war. Ezirwan löste also das Blatt aus dem Kuvert, indem er behutsam daran zog und es dabei hin- und herbewegte. Dann faltete er das abgeschabte Papier auseinander, auf dem unter dem Amtssiegel des Gebietsamts für Inneren und Äußeren Reiseverkehr und dem vorgedruckten und dann durchgestrichenen „Genosse“ ein ukrainischer Text folgte, der auf einer russischen Schreibmaschine verfasst war, so dass der Buchstabe „e“ für die ukrainischen Buchstaben „e“ und „je“ stand, und die Zahl „1“ den Buchstaben „i“ und „ji“ ersetzte.

> ~~Genosse~~ Ez1rwan Schlojma,
> wohnhaft 1n der Stadt Rowno, Westsektor, Polubotkostraße, Haus 8, Whg. 45, Geb1etsamt für 1nneren und äußeren Re1severkehr der Bevölkerung der SRU des Geb1ets Rowno te1lt 1hnen m1t, dass S1e gemäß des tr1lateralen Abkommens über den Status des Westsektors der Stadt Rowno und entsprechend den D1enstvorschr1ften der Grenzübergänge d1e Erlaubn1s für e1nen 1-täg1gen (e1ntäg1g) Besuch der Stadt Rowno am Donnerstag, den 17. September von 10 – 19 Uhr haben. Grenzübergang Nr. 1, Len1nstraße, D1enstantr1tt 10 Uhr.
> Ober1nspektor Rowno OBUSWMN
> Unleserliche Unterschrift
> (Koltunetz)

*

Nachdem Schlojma das Schreiben überflogen hatte, blickte er unruhig auf die Datumsanzeige seiner Armbanduhr: Sept. 17 Thursday. Ja, das war heute. Das hatte gerade noch gefehlt. Aber er musste unbedingt fahren.

Er stopfte den Umschlag samt Schreiben in die Tasche und eilte fast laufend auf die Straße, hastete nach links, querte die Polubotkostraße gerade an der Stelle, wo sie mit der ziemlich kurzen Pravdastraße zusammenlief – wobei die daran anschließende Straße der Freiheit im Ostteil der Stadt verblieben war –, entkam dabei nur knapp der stumpfen Nase des Trolleybusses Nummer 3, wich dann einem orange glänzenden Kanaldeckel aus und lief schließlich eine Asphaltrampe hoch zum Hintereingang des Stadttheaters. Er grüßte den Pförtner, ging den Flur entlang und nahm den Aufzug für Angestellte, fuhr in den zweiten Stock, wo sich gegenüber dem Fahrstuhl das Vorzimmer und Büro des Regisseurs befanden. Der Star der westeuropäischen Bühnen, der Gastregisseur Georg Maulwurf wartete in seinem Büro auf Ezirwan. Er stützte den Kopf mit dem zerzausten Haarkranz auf den Händen ...

Als Schlojma eintrat, nickte der Gastregisseur zwar grüßend, doch seine Augen blickten leiderfüllt.

Schlojma rief von der Schwelle: „Guten Morgen."

„Tobryj ... ranok!", gab Maulwurf mit einer gequälten Pause zwischen den Wörtern den Gruß zurück. „Da hab'n wir's gestern ja krachen lassen."

„Entschuldige, ich wurde etwas aufgehalten." Schlojma wollte sich gar nicht erst auf eine Analyse des Absturzes einlassen.

„Vielleicht ... war die ... ähh ... dritte Flasche zu viel ..."

„Oohhh ja-a-a!" Maulwurf rollte die Augen und ließ den Kopf auf die Tischplatte sinken. Nach wenigen Sekunden hob er schon etwas erleichtert den Kopf. „Kleich sollte Isabella gommen. Fyr die letzten Apsprachen. Tobryj?"

„Dobryj, gut, gut ..." Schlojma wollte es nicht lange hinauszögern und entschied, die Situation gleich zu klären.

„Georg, ich hab gerade die Erlaubnis von drüben erhalten. Na, von da drüben aus Rowno. Die Erlaubnis, meine Verwandten zu besuchen. Gerade für heute. Falls ich dir ... nun, wenn ich nicht unbedingt anwesend sein muss ..."

„Tu musst mir gar nichts“, antwortete ihm der Gastregisseur mit einer noch immer gequälten Stimme, „... nur, hast tu Alka Seltzer?“

In diesem Moment öffnete sich mit einem gedehnten Quietschen die Bürotür und es erschien Isabella Stolz – die Primadonna der süddeutschen Bühnen, der aufgehende Stern der Theater Bayerns und Baden-Württembergs. „Ha-allo!“, zwitscherte sie, lächelte breit und musterte aufmerksam Schlojma und Maulwurf. „Tag“, entgegnete Schlojma hastig und gab Maulwurfs Frage an sie weiter. „Hast du vielleicht Alka Seltzer?“

„Aber ja, ja, natürlich ...“ Sie stellte schwungvoll ihre Handtasche auf dem Tisch ab, die sich dadurch weit öffnete.

„Was so alles in eine Frauenhandtasche passt“, dachte Schlojma, während er beobachtete, wie Isabella zwischen Schlüsseln, einer Puderdose, Lippenstiften, einer Packung Tempos, mehreren Kassenzetteln und anderem Krimskrams schließlich Tabletten in Silberfolie herausfischte.

„Bitte.“ Sie hielt sie Schlojma hin.

„Das ist für Georg“, sagte Schlojma und die Schauspielerin reichte sie dem Regisseur.

Der legte sie vor sich ab, goss sich bedächtig ein Glas Wasser ein und blickte dann zu Isabella und Ezirwan, schließlich brummte er in seinem schrecklichen Ukrainisch: „Zetzt euch, waz stäht ihr rum?“

Isabella rückte einen Stuhl heran, setzte sich und packte den auf dem Tisch verstreuten Krimskrams ihrer Handtasche wieder ein. Schlojma, der hinter ihr stand, angelte sich eine Zigarette aus der Packung. Schon die dritte heute ..., überlegte er.

„Ich hab gestern entgültich das Licht ... also die Peleuchtung gerechelt.“ Maulwurf trank gut ein Viertel des Glases leer und schmatzte dann, während er auf den Inhalt des

Gefäßes blickte. Dann trank er mit einem Schluck den Rest und seine hellen Augen blickten aus dem Fenster. Er nickte dabei. Sein Blick verlor sich jenseits des Daches vom Radissonhotel *Theater*. Er sagte: „Tu willst also da rüberfahren?"

„Wie?! Was gibt's? Schtscho dijetsja?" Isabella drehte munter ihr hübsches Köpfchen. „Wer fährt wohin?"

Ukrainisch konnte sie besser als Maulwurf, schließlich sollte sie hier auf Ukrainisch spielen. Deshalb stimmte die Grammatik fast immer und den deutschen Akzent hörte man kaum.

„Er vill rüberfahren ..." Maulwurfs Zunge löste sich allmählich. „Er hat ein Einreisefisum. Zum Pesuch seiner Verfandten ..."

„Oh! Prima ..." Isabellas Augen glänzten freudig auf, rundeten sich aber gleich darauf erschrocken. „Aber ... hmm ... wenn du nicht zurückkommst ... von dort ..."

„Aber nei-in", entgegnete Schlojma langgezogen, während er die Zigarette aus dem Mund nahm. „Ich bin ihnen noch nie in die Quere gekommen, und überhaupt. Für was könnten die mich brauchen?"

Maulwurf hielt sich plötzlich die Hand vor den Mund und ließ – auch durch den Mund – überflüssige Luft entweichen. Schlojma blickte ihn mitleidig an, er kannte das. Maulwurf wechselte jetzt ins Deutsche: „Dann lasst uns schnell das Wichtigste besprechen. Ich habe gestern endgültig über Beleuchtung und Sound entschieden. Und außerdem habe ich noch eine interessante Idee ... ihr werdet sehen."

Schlojma und Isabella blickten den Regisseur bestürzt an. „Eine interessante Idee" am Tag der Premiere, wenn alles bereits vorbereitet ist, tausendmal geprobt, geübt, eingeschliffen. Das muss wirklich schon etwas ganz Außergewöhnliches oder Spektakuläres sein. Inzwischen war Maulwurf aufgestanden.

„Kommt mit!“, sagte er ziemlich gebieterisch und lenkte seine Schritte in Richtung Tür.

Isabella erhob sich, zögerte einen Moment, ließ ihre Handtasche dann aber über der Stuhllehne baumelnd zurück. Schlojma ging als Letzter. Maulwurf wälzte sich vorwärts und nachdem er den Liftknopf gedrückt hatte, wandte er sich zur Schauspielerin und zum Dramaturgen um. Als sich die Lifttüren hinter ihnen geschlossen hatten, angelte der Gastregisseur ein Schlüsselchen aus der Tasche, und nachdem er den entsprechenden Schlitz gefunden hatte, steckte er ihn in einen der Knöpfe auf dem Schaltfeld.

Komisch, ich habe noch nie bemerkt, dass es hier im Lift so einen Knopf gibt, dachte Ezirwan, während er den Vorgang beobachtete. Inzwischen rauschte die Kabine abwärts. Es dauerte etwas länger als die übliche Fahrt zum ersten Untergeschoss.

„Wir fahren in den Keller ...“, meinte Isabella fragend und konstatierend zugleich, richtete den Blick nach oben und blickte dann von Schlojma zu Maulwurf und wieder zurück. „Warum?“

„Kenau!“ Maulwurf lachte. „Ich muss euch vas zeiken. Tas ist mein überraschender Einfall. Tie Rebellen im tritten Akt kommen nicht einfach hinter den Kulissen hervor, sondern aus dem Untergrunt, von unterhalb der Pühne. Mir ist das heute Nacht eingefallen ...“ Der Regisseur warf Schlojma einen verschwörerischen Blick zu. „Nachdem wir uns verabschiedet hatten.“

„Da konntest du noch über die Vorstellung nachdenken?“ Er sagte das mit aufrichtiger Bewunderung.“

„Ich tenke die ganze Zeit darüber nach.“ Maulwurfs Lächeln verschwand, der Fahrstuhl stoppte, die Türen gingen auf.

Vor ihnen erstreckte sich ein Kellergang, lang, schmutzig, dunkel, mit verstaubtem Zementfußboden. Der Regisseur ging entschlossen voran, bog um eine Ecke in einen weiteren unterirdischen Korridor und beschleunigte seine Schritte. Isabella kam ihm kaum hinterher. Schlojma fiel ein wenig zurück, machte lange Schritte und blickte vom Fußboden nach allen Seiten. Rechts an der Wand erschien eine Metalltür mit einem blinden Fensterchen und einem Nummernschloss. Aha, ein Tresor, keine Tür, dachte Schlojma und aus den Augenwinkeln sah er noch ein englischsprachiges Schild, das mit den Großbuchstaben ATTENTION! begann. Da haben wir die Europäisierung, zum Teufel mit ihr, wegen der Anwesenheit von zweihundert ausländischen, na ja polnischen Soldaten tauchen selbst in den Kellergewölben des Theaters Schilder in ihrem Globenglisch auf ...

Inzwischen hatten sie das Ende des Korridors erreicht. Maulwurf zog noch eine Eisentür auf und die drei befanden sich im großen Viereck eines fast leeren Saales, in dem nur einige Holzbänke entlang der Wände standen. Außerdem gab es eine Metalltreppe, die direkt unter die Decke führte. Maulwurf stand zufrieden da. Die Arme in die Hüften gestemmt, zeigte er mit den Augen oben auf den Durchschlupf und sagte:

„Wir sind unter der Pühne. Tas ist der Gang zum Orchestergraven!“

„Und deshalb hast du uns hierher geschleift? Auch so ein ... Einfall.“

Schlojma begann zu frieren, er erinnerte sich, dass er zum Frühstück nur einen Keks und einen Kaffee gehabt hatte. Er brauchte jetzt Frühstück. Doch Maulwurf, der nun auf Deutsch weiterredete, ließ sich zu Isabella gewandt lang und breit darüber aus, wie die bewaffneten Rebellen auf die Bühne stürmen und wie die Heldin, eine TV-Moderatorin, ein Live-Interview mit dem Anführer der Terroristen macht. Georg rotierte mit den Armen wie ein Ventilator, Schlojma konnte aus dessen schnellem Redefluss nur „links“ und „rechts“ und noch „zum Beispiel“ heraushören. Isabella nickte brav und streute ihre Fragen in schwäbischem Dialekt ein. Hmm, das ist schon so eine Zicke, dieses deutsche Porzellanpüppchen, dachte Schlojma mit einer für ihn selbst überraschenden Gereiztheit. Was habe ich denn auf einmal gegen Isabella? ... Und aus der Tiefe tauchte der Gedanke an das Einreisevisum für drüben auf, an den damit verbundenen Ärger und all die Scherereien ... Wahrscheinlich bin ich deshalb so gereizt ...

Verärgert und genervt sein durfte er auch wirklich. Die äußerst komplizierten Ein- und Ausreisemechanismen des Grenzübergangs an der Mauer regelt für den Westsektor ein trilaterales Abkommen. An den beiden Übergängen zum Osten, die sich dort befinden, wo die Hauptstraßen die Mauer kreuzen, also an der Einheits- und dann im Osten Leninstraße und der Bandera- und dann weiter Moskauer Straße sollte ein uneingeschränkter und freier Grenzübergang für die Bürger der Sozialistischen Republik Ukraine und der Westukrainischen Republik möglich sein. Das galt als Transitverkehr und erleichterte sämtliche Prozeduren ungemein. Aber für die Bewohner von West-Riwne existierten schier unglaubliche Einschränkungen und Verbote. Die SRU, die West-Riwne umgab, sozusagen einschloss, musste die Verräter und Parasiten irgendwie bestrafen, die es sich direkt vor ihrer Nase unter dem Schutz feindlichen Militärs bequem machten. Zwar bestand diese Truppe überwiegend aus einer polnischen Kompanie Fallschirmjäger und einigen Deutschen – technisches Personal und Verbindungsoffiziere –, was freilich das kommunistische Parteiorgan von Rowno *Rote Flagge* nicht daran hinderte, vom Westsektor ausschließlich als von einem besetzten Territorium zu sprechen.

Einer eigentlich zufälligen Inspektion der NATO auf dem Tutschinskyj-Truppenübungsplatz, die mit dem russisch-ostukrainischen Vorstoß aus dem Osten zeitlich zusammenfiel, verdankt West-Riwne seine Existenz. Die in Panik geratenen europäischen Offiziere rasten in ihren Jeeps gerade noch rechtzeitig ins Stadtzentrum und aus der Kommandozentrale, bereits auf der anderen Seite der Brücke über die Ustja, konnten sie mit Brüssel Kontakt aufnehmen. Die Brüsseler Generäle stuften die Situation nach ihren Beratungen und der Nachricht, dass die legitim gewählte Regierung der Ukraine bereits von Kiew nach Lemberg geflohen war, als äußerst ernst ein. Vier augenblicklich entsandte dickbäuchige Militärtransporter, randvoll mit Soldaten in Tarnanzügen, setzten nach anderthalb Stunden plump auf der Betonpiste des Flughafens von Riwne auf, der sich glücklicherweise gerade im westlichen – oder besser gesagt im südwestlichen Teil der Stadt befand. Das Militär der eben erst ausgerufenen Sozialistischen Republik Ukraine hielt seinen Vormarsch durch die Stadt mitten im Zentrum an, als sie die Antennen der Funkstationen der französischen und belgischen Fallschirmjäger bemerkte, die hinter den in Reih und Glied aufgerichteten Sandsäcken auf der anderen Seite des Majdan der Unabhängigkeit aufragten. Einige Monate später durchschnitt Riwne eine Mauer.

Von Ost-Riwne aus, oder besser gesagt Rowno, wie die Stadt nun wieder auf gut Russisch und wie zu Sowjetzeiten hieß, war der Zugang zum Westsektor „problemlos und frei zu passieren", so die Meldungen des kommunistischen Parteiorgans *Rote Flagge*. Das nutzten die höheren Kader der Bezirksleitung der Partei und die Angehörigen der Spezialdienste von Rowno ziemlich oft, so zwei-, dreimal im Monat. Sie reisten immer zu zweit und ohne Ehefrauen ein. Dabei stellten sie sich großzügig Bewilligungen für Dienstreisen zum ZK der Kommunistischen Partei von West-Riwne aus, verpflegten sich in den Hotelzimmern mit den mitgebrachten Fisch- und Fleischkonserven und die bewilligten Dienstreisemittel wurden für Vergnügungen und Geschenke ausgeben. Eingekauft wurde in den billigen Supermärkten rund um das Stadion. Kleidung, Schuhe, Parfüm und Autoradios. Sie richteten keinerlei besonderen Schaden an, so dass sich die Stadtverwaltung von Riwne auch nicht weiter für diese Besucher interessierte, sie wurden als unvermeidliches Übel akzeptiert. Die Aufmerksamkeit konzentrierte sich in erster Linie auf die Westtouristen, die in Scharen kamen, um mit eigenen Augen die Mauer zu sehen, die Europa nun von neuem teilte, sie zu fotografieren und zu berühren. Weltweit nahmen die Reiseagenturen Ukraine-Rundfahrten ins Programm, die schlicht und einfach von Berlin nach Riwne führten und dann weiter nach Lemberg, Uschhorod, Tschernowitz und in andere Städtchen der West-Ukrainischen Republik. „Vorwärts in die Vergangenheit!“, lockte es in den Reiseprospekten.

Ich muss Jeans kaufen, überlegte Schlojma, doch dann zuckte er unangenehm berührt zusammen. Was denn für Jeans? Fünf Jahre hast du deine Verwandten nicht gesehen, hmmm, seit damals, als du in jener fatalen Sommernacht in der Jubiläumsstraße zu Besuch warst und dort übernachtet hast. Am Morgen fuhren keine Trolleybusse mehr, die Stadt war geteilt. Nicht nur die Trolleybusse, gar keine Verkehrsmittel fuhren mehr. Die Blockade dauerte über zwei Jahre, danach ließ man euch, die Westler, vereinzelt in den Ostteil eurer Stadt. Während der ganzen Zeit hast du zwei kurze Briefe von der Mutter bekommen, ein kariertes Doppelblatt aus einem Heft, das mit schwarzen Zensurstempeln verschmiert war. Du ahnst ja nicht einmal annähernd, wie die Menschen jetzt dort leben, was sie arbeiten und brauchen.

Endlich setzten sich Isabella und Maulwurf unter lebhaftem deutschem Geplapper in Richtung Ausgang des unterirdischen Saals in Bewegung. In ihrem Gespräch waren immer wieder ukrainische Worte, sogar ganze Sätze vernehmbar. Dies waren freilich Textfragmente aus dem Theaterstück *Programmvorschau auf übermorgen* von Schlojma Ezirwan, das vom Theatergenie Georg Maulwurf höchstpersönlich inszeniert wird und heute Abend hier, gerade über ihren Köpfen mit Isabella Stolz in der Hauptrolle als Fernsehmoderatorin Olesja aufgeführt werden wird. Dieses Theaterstück hatte Schlojma – eigentlich für ihn selbst unerwartet – in jenem Jahr geschrieben, als drei seiner Komödien, die er selbst *Lesetheater* betitelte, mit unerwartetem Erfolg nicht einfach nur über die Bühnen Deutschlands, Frankreichs und Hollands gingen, sondern vielmehr über sie hinwegfegten. Maulwurf brachte eine dieser Komödien auf die Bühne der Münchner Kammerspiele, wo sie sich kennen lernten. Schlojma kam zur Premiere, am gleichen Abend betranken sie sich und schlossen Freundschaft. Georg interessierte sich leidenschaftlich für die Situation in beiden Teilen der Ukraine und besonders für die geteilte Stadt Riwne. Bei der ersten Gelegenheit besuchte er die Stadt, hinterließ einen bleibenden Eindruck beim Stadtrat und dank seines klingenden Namens bekam er die Möglichkeit, das Stück im Freien Theater von Riwne zu inszenieren – wie das ehemalige GebMusDramTheater nun offiziell hieß.

Nachdem die Finanzierung der Aufführung vom Kulturamt West-Riwnes zugesagt worden war, beschränkte sich Maulwurf zum allgemeinen Erstaunen auf die örtliche Schauspieltruppe, freilich schikanierte er sie ziemlich, stritt fortwährend mit ihnen, terrorisierte sie richtiggehend. Nur für die Besetzung der Hauptrolle lud er Isabella ein, die noch nicht ganz dreißig Jahre alt war und doch schon auf allen Bühnen Europas und auch ein wenig darüber hinaus bekannt war, da sie es fertiggebracht hatte, auch in zwei oder drei Hollywood-Melodramen mitzuspielen. Die Boulevard-Presse vom Typ *Riwner Abendzeitung* berichteten ziemlich ausführlich von ihrer Ankunft im Westsektor. Während der Theaterproben und Vorbereitungen des Stücks ließ die Presse die Schauspielerin in Ruhe, denn Isabella besuchte weder Nachtclubs noch gab sie skandalöse Erklärungen ab oder hielt sich Liebhaber. Sie machte sich daran, intensiv und gründlich Ukrainisch zu lernen, und bereits nach einem Monat sprach sie ziemlich ordentlich, sogar mit leichtem polesischem Dialekt. So rief sie einmal Schlojma an, und als dessen Frau Oksana ihr mitteilte, dass er nicht zuhause sei, schockierte Isabella ihre Gesprächspartnerin mit einer derart breiten polesischen Aussprache, dass Schlojma danach der Kragen platzte und er Isabella empfahl, sie solle gefälligst nicht die Marktweiber nachäffen, die Schmuggelware verkauften, sondern sich lieber an Radiosprecherinnen und Fernsehmoderatorinnen halten.

Die Premiere wurde von Maulwurf mit dem ihm eigenen Pomp angekündigt. Er hatte für den heutigen Abend Journalisten von Presseagenturen aus allen Teilen der Welt eingeladen, riesige Reklameplakate, die Big Bords mit Isabellas Lockenkopf fielen bereits an der ersten Kreuzung von Riwne jedem ins Auge. Kabel-TV sendete auf allen Kanälen jede halbe Stunde einen halbminütigen Spot mit der Ankündigung der lang erwarteten Premiere. Für Maulwurf war es eine Riesenchance. Das Theaterstück eines Autors aus Riwne genau an jenem geographischen Punkt zu inszenieren, an dem die Pufferzone wie ein Keil in den Osten ragt! Gerade recht, denn sein schrilles und skandalöses Image, das er über die Jahre eifrig gepflegt hatte, begann in letzter Zeit ein wenig zu verblassen.

Jetzt schnaufte und ächzte das Enfant terrible der westeuropäischen Bühnen freilich die Kellergänge zum Lift entlang. Auf halben Weg neben einer Metalltür mit Glasfensterchen blieb er auf einmal stehen, drehte sich zu Schlojma um und fragte mit gerötetem Gesicht: „Hast du eine Zigarette?“

Schlojma kramte in der Tasche, zog eine Schachtel heraus, öffnete sie und hielt sie dem Gastregisseur hin. Der steckte seine Wurstfinger in die Schachtel, befingerte mehrere Zigaretten, zog schließlich eine heraus und steckte sie zwischen die Lippen. Isabella war diesmal vorangegangen und schon um die Ecke zum Lift verschwunden. Von dort kamen eben in dem Augenblick, als Schlojma das Feuerzeug vor Maulwurfs Nase klicken ließ, zwei langbeinige Gestalten in grau-grünen Uniformen. Schlojma sah über Maulwurfs Schulter die rot-weißen Hoheitsabzeichen auf den Ärmeln. Es handelte sich um polnische Soldaten des limitierten UNO-Kontingents in Riwne, die sich zusammen mit einer deutschen Kompanie, von der keiner wusste, warum sie eigentlich da war, laut trilateralem Abkommen in der eingeschlossenen Stadt befanden. Es war kaum vorstellbar, wen oder was diese zusammen nicht mehr als zweihundert Mann zählende Truppe von Zwanzigjährigen, geführt von nicht viel älteren Offizieren, im Falle eines Angriffs aus dem Osten oder sonst woher zu verteidigen imstande wäre. Die Jungs in den Uniformen schienen sich auch nicht besonders dafür zu interessieren und verbrachten die freien Abende in Kaffeehäusern und Kneipen entlang dem Ufer der Ustja, wobei sie den einheimischen Mädchen den Hof machten oder sich zuweilen Schlägereien mit den einheimischen polesischen Polizisten lieferten. Die Offiziere verbrachten die Freizeit auf etwas höherem Niveau, in Restaurants und auf Empfängen, die die Stadtverwaltung zuweilen gab. Auf einem solchen Empfang, zu dem man Maulwurf und Isabella eingeladen hatte, lernte Schlojma den rothaarigen, fast albinohaften deutschen Major Peter Sommer kennen, einen Liebhaber deutscher Dichtung des zwanzigsten Jahrhunderts. Der Major war kräftig bei Stimme und rezitierte auf seinem Balkon *Die schöne Stadt* von Georg Trakl, er deklamierte einfach so, einfach in den nächtlichen Raum hinaus. Ezirwan kannte dieses Gedicht in ukrainischer Übersetzung von Tymofij Hawryliv und stimmte mit trunkener Stimme ein.

Mädchen stehen an den Toren,
Schauen scheu ins farbige Leben.
Ihre feuchten Lippen beben
Und sie warten an den Toren.

Danach trank er mit dem Major noch einige Liter Bier und dann zog sich die Verabschiedung fast bis zum Morgengrauen auf einer Bank unter den Fenstern von Schlojmas Wohnung des Langen und Breiten hin, wobei die Zigaretten allmählich zur Neige gingen, die gegenseitige Sympathie jedoch wuchs. Seitdem rief Sommer ihn häufiger an. Sie verabredeten sich in einem Kaffeehaus, wo er die neueste Nummer einer deutschen Lyrikzeitschrift präsentierte, die in zweihundert bis fünfhundert Exemplaren erschien. Seine Mutter, eine Deutschlehrerin im Ruhestand, schickte sie ihm immer ganz frisch von zuhause aus Neu-Ulm.

„Tanke schön, Schlojma, ich hap sie mir schon angezyndet“, sagte Maulwurf und schob Schlojmas Hand weg.

Das Feuerzeug in seiner Hand war bereits unangenehm heiß geworden. Ich steh grad auf der Leitung, hab an was anderes gedacht. „Sorry“, entschuldigte sich Schlojma.

Die zwei uniformierten Gestalten kamen von vorne auf sie zu, traten zur Seite und warteten höflich, um den

Regisseur und den Autor vorbeizulassen. Als sie schon fast an den Soldaten vorüber waren, blickte Schlojma den einen von ihnen an, und als sich ihre Blicke trafen, zwinkerte er Schlojma fröhlich zu, so strahlend, dass es bereits einen Moment später wie eine optische Täuschung in dem schwach erhellten unterirdischen Gang wirkte.

Während er im Aufzug auf die Lämpchen der Stockwerksanzeige schaute, die vertikal eines nach dem anderen aufleuchteten und erloschen, meldete sich erneut der Gedanke an die Jeans. Schlojma wurde ihn nicht los, wie einen Ohrwurm verfolgte er ihn, schrecklich.

Nachdem die Gestalten in den grün-grauen Uniformen lässig einen militärischen Gruß angedeutet hatten und sich die Tür schloss, machten sie auf dem Absatz kehrt und erstarrten unten im Keller vor einer Stahltür, die man in der grauen Betonwand kaum bemerkte. In den Glasfensterchen der Tür spiegelten sich im schwachen Licht des Kellergangs ihre Stahlhelme.

*

Drei Jeans unterschiedlicher Farbe und Größe hatte er bereits gekauft und zusammen mit anderen Plastiktüten voller überflüssiger Mitbringsel im Kofferraum des grünen Mazdas verstaut. Den Wagen hatte er bei der Autovermietung in der Schlossstraße gemietet. Davor hatte er noch kurz bei der Bank angehalten und zog von einer seiner beiden Kreditkarten das Maximum an Scheinen, denn die Bankautomaten in Riwne spuckten nicht mehr als zweihundert Hrywnja pro Tag aus. Zuhause hatte er auf den Anrufbeantworter noch eine neue, etwas exaltierte Ansage gesprochen: „Ich bin zur Zeit nicht zu erreichen. Ich bin in die Ostzone gefahren. Ich werde spät zurückkommen, aber dann sogleich Ihre Nachricht anhören.

Sprechen Sie oder senden Sie ein Fax nach dem Signalton." Nachdem er die Ansage kontrolliert hatte, drückte er unvermittelt nochmals auf den Aufnahmeknopf und sagte: „Siebzehnter September zweitausend ..." Es schien ihm plötzlich, dass dieses Datum wichtig werden könnte.

Er füllte Bonifaz dann einen ganzen Berg Whiskas in den Napf, das er als Sonderangebot in der Ladenzeile beim Stadion bekommen hatte. Dort hatte er auch die Jeans und den anderen Krimskrams besorgt. In einen zweiten Napf füllte Schlojma dem Kater noch frisches Wasser und machte sogar das Katzenklo sauber. Bonifaz saß währenddessen auf dem Kühlschrank und glotzte ihn ungläubig an. Dann setzte sich Schlojma an den Küchentisch und zündete eine Zigarette an.

„Ich werde heute Abend erst spät nachhause kommen", sagte er halblaut und blickte in die grünen Kateraugen. „Gib nie auf und fürchte weder Tod noch Teufel!"

Sein Pass war da, wo er immer lag, in einer Schuhschachtel im obersten Schrankregal. Als er ihn in die Hand nahm, blätterte er ihn automatisch durch. Nach zwei Dutzend Schengenvisa und Ein- wie Ausreisestempeln der entsprechenden Länder hatte er noch drei freie Seiten in seinem Pass. Für die Ein- und Ausreisestempel nach Rowno sollte das genügen. Plötzlich schoss ihm wieder dieser unangenehme Gedanke durch den Kopf, so eine Vorahnung, die jedoch keine feste Gestalt annahm. Was hatte ich nur letzte Nacht geträumt? Schlojma versuchte sich zu erinnern, doch die Erinnerung wollte keine feste Form annehmen.

Nachdem er die Tür mit beiden Schlössern verriegelt hatte, blickte er auf die Casio an seinem Handgelenk. Die schwarzen Kristalle zeigten 9:32. Es war noch Zeit für ein kleines Frühstück in einem der Cafés in der Nähe. Und danach ab zum Grenzübergang!

Während Schlojma aus der Hofeinfahrt fuhr, änderte er plötzlich seine Absicht, hielt bei einem Kiosk, kaufte sich eine Mohnpirogge und eine wässrige heiße Kaffeebrühe im Pappbecher, an denen er dann im Auto knabberte und schlürfte. In Gedanken war er bereits dort, jenseits der Mauer, die er jeden Tag sah, so vertraut, alltäglich und doch so unüberwindbar im Leben der Stadt. Die Mauer, die die eigene Stadt seit einigen Jahren so fremd werden ließ. Ja, tatsächlich eine fremde Stadt. Wie schaut es in der Bezirkshauptstadt der Sozialistischen Republik Ukraine aus? Wahrscheinlich nicht mehr so wie in seiner Kindheit und Jugend ...? Na ja, aber es wäre doch naiv zu denken, dass man dort das Rad der Geschichte komplett zurückgedreht und alles exakt wieder in den Zustand versetzt hätte, wie es gewesen war ... Komplett die alten sozialistischen Zustände wiederherstellen, funktioniert sicher nicht ... Einige haben das ja versucht, noch gar nicht so lange her, aber mit geringem bis gar keinem Erfolg.

Unter solchen Gedanken näherte sich Schlojma im ersten Gang einigen Autos, die vor dem grünen metallenen Gittertor des Checkpoint eins eine Schlange bildeten. Er stellte den Motor ab, zog eine Kippe aus der Schachtel, drückte sich in den Sitz und blickte nach vorne, dorthin, wo SIE in weniger als hundert Meter Entfernung am Ende des Platzes unbewegt stand: die Mauer. Sie wurde in einer kurzen Sommernacht hochgezogen, als es der militärischen Führung der SRU zu heikel wurde, den Natoeinheiten, die damals zudem ihre Reihen mit Maschinengewehren bestückten gepanzerten Transportern verstärkten, direkt gegenüberzustehen. Kontrollposten und Übergänge gab es bereits damals, ebenso den Stacheldrahtzaun, dessen Verlauf die jetzige Mauer folgt. Die Bewohner des eingeschlossenen Westsektors – die Armee der SRU hatte die Stadt weitläufig bis nach Klewan umgangen – waren weit davon entfernt, die Befreier aus dem Osten, wie es Brauch war, mit Brot und Salz zu empfangen, da sie im Stadtzentrum nun ärgerlicherweise schön in der Tinte saßen. Der Stacheldraht umspannte die Hälfte der Stadt, vom See Basow Kut bis zum Uferbogen des Flusses Ustja in der Nähe des Bahnhofs. Außerhalb dieses Bogens konnte man in den umliegenden Feldern hier und da noch auf Schützengräben treffen, aus denen sich belgische Soldaten sowie Teile eines polnischen Bataillons, das von jenseits des Bugs den Belgiern zu Hilfe geeilt war, und die „Rebiata", die Armeejungs der SRU aus den Regionen um Luhansk, Dnipropetrowsk, Kirowohrad und Tscherkassy, von Positionen ein gutes Stück hinter der Front durch Feldstecher beobachtet hatten.

Hmm, wie lahm es hier in der Schlange weitergeht. Es ist schon zwanzig Minuten her, dass sie den Golf mit den beiden Kerlen – offensichtlich Ausländer – durch das grüne Eisentor gelassen haben. Und vor mir hab ich noch einen Jeep, einen Bus mit einer Jugendgruppe und ein ehrwürdiges älteres Ehepaar in einem Mercedes. Der Checkpoint nimmt's anscheinend sehr genau mit seiner Bestimmung: dem Checken. Auf der anderen Seite des Tors schleichen von Zeit zu Zeit Gestalten in olivgrünen Jacken herum, um sich dann wieder in den Schatten der Mauer zu verdrücken ...

Die Mauer ... auch nachts wurde gearbeitet, die Baubrigaden der SRU, die im Licht riesiger Suchscheinwerfer die Betonblöcke einfach entlang der Bordsteinkante der Straße des 17. September – damals hieß sie noch Tolstoistraße – aufstellten, graue Betonplatten, die im hiesigen Baukombinat Ost hergestellt worden waren. Nun waren der Zentrale Univermag, das Haus der Natur, der Schewtschenko-Park – der vom ukrainischen Nationaldichter Taras Schewtschenko zum sowjetischen Kosmonauten

Valentin Schewtschenko umbenannt wurde, da brauchte man die Straßenschilder nicht auszutauschen! –, der Campus der Akademie für Wasserwirtschaft und Naturnutzung, die alte Hauptpost, dann das Haus, das aussah wie eine Badewanne, weiter die Gebärklinik und das Hotel *Mir* für die Bewohner des Westsektors unerreichbar. Gleich hinter dem Hotel machte die Mauer einige Wendungen, zuerst rechtsherum in Richtung Mickiewiczstraße, die seltsamerweise nie, von keiner Regierung unbenannt worden war, dann in einer deutlichen Kurve nach links, entlang der Togliattistraße, die nicht etwa nach der Stadt an der Wolga benannt worden war, sondern nach dem italienischen Revolutionär, an den sich kaum einer mehr erinnert, sodann quasi unter den Fenstern des wieder eingesetzten Gebietskomitees der Kommunistischen Partei entlang, weiter ein Schwenk nach Süden und über den Fluss Ustja – unter der Brücke befand sich eine dreifache Sperre, die im Flussbett verankert war. Schließlich verlief sie zurück in Richtung der Mlyniwsker-Lutzker-Kreuzung, zog sich weiter hin und umkreiste den Flughafen Riwne-Tynne. Dabei schloss sie das Dorf Tynne zum Teil ein, zerschnitt noch die Fernstraße nach Dubensk und schloss den Ring im Rayon Basow Kut entlang dem gleichnamigen See, der auch noch Ost-Rowno zugeschlagen worden war. In West-Riwne schüttete man nun an den Ufern der schlammigen Ustja, die Teil der Enklave geworden waren, eine Reihe von Sandstränden auf, die sich vom Basower Stauwehr unterhalb des Stadions bis zur T-förmigen Kreuzung jenseits des Bahnhofs befanden. Eigentlich waren die Strände entlang der Ustja und der Hydropark – also der hiesige in Riwne und nicht der bekannte in Kiew – zusammen mit den zahlreichen Straßen- und Strandcafés, den Bars und Restaurants beliebte Plätzchen in West-Riwne, um ein bisschen abzuhängen.

Und das galt sowohl für Einheimische als auch für Geschäftsleute und Touristen, ebenso wie für Journalisten auf der Suche nach Sensationen in der sogenannten Pufferzone und natürlich auch für romantische Schwärmer und Liebhaber des Nervenkitzels. Eben hier im Restaurant *Lebid* an der Ustja hatte die gestrige Zecherei von Schlojma und Maulwurf begonnen, und von hier aus waren sie dann ordentlich angeheizt in die Junggesellenwohnung von Ezirwan weitergezogen.

Inzwischen leuchteten die rubinroten, eckigen Bremslichter des alten VW Passat mit den beiden jungen Männern kurz auf, dann schob er sich ein wenig durch das offene Gittertor zurück und blieb seitlich, direkt vor der Motorhaube des Jeeps stehen. Fahrer und Beifahrer öffneten die knarrenden Türen, stiegen aus, setzten sich auf die Motorhaube und begannen zu rauchen. Schlojma kurbelte das Fenster herunter und lauschte, was sie sagten.

„Laut ihrer Zeit ist es schon elf Uhr und um elf haben sie Lagebesprechung. Sie haben gesagt, dass das durchaus eine oder auch eineinhalb Stunden dauern kann."

Ach ja, der Ostteil der Stadt lebt ja wieder wie in alten Zeiten nach Kiewer oder Moskauer Zeit, da ist es eine Stunde später, also schon lange nicht mehr zehn.

Plötzlich kamen zwei Gestalten in olivgrünen Jacken durch das Tor geeilt und teilten den beiden jungen Männern heftig gestikulierend und nachdrücklich etwas mit. Dann trat der eine seine Kippe aus und bahnte sich rasch den Weg zwischen den Autos hindurch zu Schlojmas Mazda. Er beugte sich zum heruntergelassenen Seitenfenster und schnaufte mit übel riechendem Tabakatem Schlojma an: „Die da ... meinen ... also sagen ..., dass sie jetzt aufmachen ..." Dann machte er eine Pause und blickte den Schriftsteller Ezirwan direkt an. „Also, dass die für SIE aufmachen ..."

Der Mercedes und der Jeep waren inzwischen ein Stück zur Seite gefahren, um die Durchfahrt frei zu geben. Der VW stand sowieso an der Seite. Die eine Hälfte des Tors war nun ein Stück nach innen geöffnet worden. Eine Gestalt in olivgrüner Jacke winkte ihm, blieb einen Augenblick stehen und ging dann mit erhobener Hand wedelnd langsam durch das Tor zurück.

*

„Genoss ... Bürgäh ... Herr Ezirwan?!", fragte ein jüngerer Feldwebel mit pickeligem Gesicht, um sich zu versichern, und gab dann Schlojma den aufgeschlagenen Pass zurück. Schlojma blätterte den Pass mit den gestempelten Seiten automatisch durch, konnte aber keinen neuen Einreisestempel entdecken. Allerdings waren hier weder die geeignete Zeit noch der Ort, sich damit genauer zu beschäftigen. Deshalb steckte er den Pass rasch in die Außentasche seiner Jacke, gab Gas und fuhr zum nächsten Häuschen, in dem eine Tafel mit der Aufschrift „Zollkontrolle" schief hinter einem Fenster hing. Da saß wiederum ein junger Mann, allerdings nicht in olivgrüner, sondern in grauer Uniform mit nicht weiter identifizierbaren Abzeichen an den Schulterklappen.

„Wie viel Hrywnja haben Sie dabei?", fragte er Schlojma und streckte dabei die Hand durch das kleine Bedienfenster. „Deklaratzija!"

Die Zollerklärung! Schlojma fiel ein, dass ihm jemand ein Stück Papier in die Hand gedrückt hatte, als er das Tor passierte. Er hatte es freilich nicht ausgefüllt, sondern in das offene Handschuhfach gelegt. Rasch krakelte er seinen Vor- und Nachnamen auf das Papier, die Nummer des Passes, dann zog er seinen Geldbeutel heraus und rechnete rasch nach, wie viel Geld er bei sich hatte.

Der Typ in der grauen Uniform wurde nun munter, er kam sogar aus seinem Häuschen, ging um den Mazda herum und beugte sich ins Seitenfenster: „Ich würde Hrywnja zu einem günstigen Kurs kaufen“, säuselte er Schlojma vertraulich ins Ohr, währenddessen blickte er aufmerksam in dessen geöffneten Geldbeutel. „Ah, und was ist denn das?“

Mit der eleganten Geste eines Taschendiebs zog er ihm mit zwei Fingern einen vierfach gefalteten Hundert-Mark-Schein aus dem Portmonee, den – wie Schlojma sich im gleichen Augenblick entsann – Maulwurf ihm gestern aufgedrängt hatte, nachdem sie die erste Flasche auf einen „glücklichen Ausgang“ geleert hatten.

„Wissen Sie denn nicht, dass die Einfuhr kapitalistischer Valuta verboten ist? Die werden konfisziert! ... Hmmm, aber wissen Sie was, der Akt der Konfiszierung ist sehr bürokratisch und dauert ... also, ich wechsle Ihnen die Valuta zu einem günstigen Kurs ... Da, bitte schön. Gute Fahrt. Willkommen bei uns in Rowno. Do swidannja!“

Die Transaktion, die den Monolog des Zöllners begleitet hatte, dauerte nur einige Momente, und der verdutzte Schlojma fuhr mit Banknoten im Wert von hundert Rubel der Sozialistischen Republik Ukraine in der Hand – was soll denn das für ein günstiger Kurs sein, 1:1? – durch den Checkpoint, als er plötzlich scharf bremsen musste, um nicht frontal mit einem Trolleybus zusammenzustoßen, der gerade vor dem Supermarkt kehrtmachte. Halt, und wohin jetzt?

*

Und jetzt nach oben, sagte er sich, den langen, flach hingestreckten Hang weit hinauf, an den Anfang der Sobornastraße, am zentralen, dem allerzentralsten „Supermarkt" der Welt vorbei, vor dem einige vom Leben gebeutelte und zerbeulte Trolleybusse der Marke Škoda erstarrt waren, die von einer Traube potentieller Fahrgäste umringt wurden. Dann vorbei am Café *Sputnik*. Und auf einmal überflutete ihn die Erinnerung an den Geschmack der Limonen-Plätzchen für fünfzehn Kopeken, mit Schlagobers und einer gelblichen Substanz bestreut. Der Geschmack war freilich ganz und gar nicht nach Limonen, sondern sandig, süß und mehlig, eben wie der Geschmack einer Fünfzehn-Kopeken-Nickelmünze, der Geschmack einer elenden Jugend, begleitet von Tanzabenden im Klub der Baumeister, Schlägereien mit anderen Jungs auf dem Prospekt, der Wein namens *Goldener Herbst* für 27 Karbowanetz und eben jene Limonen-Plätzchen, die man dem Mädel spendierte, das man in der siebten Klasse sonntags ins Kino einlud und ... genug der Erinnerungen! ... Und hinter dem *Sputnik* begann der Park, ja, der Park, ein ungeschriebener Roman, drei Viertel, nein, neunzig Prozent deiner Jugend hinter einer granitenen, einen Meter hohen Absperrung. Hinter dem Park, dort, wo er mehr zu einem Grünstreifen in der Mitte einer breiten Straße wird, steht das Hauptgebäude der Wasserwirtschaftlichen Akademie, zu früheren Zeiten einfach das „Wasser-Institut", an dem die meisten deiner Jugendfreunde und Mitschüler studiert hatten, dahinter fünfstöckige Bauten aus der Stalin- oder Chruschtschow-Zeit, Wohnungen mit hohen Decken und Eingänge mit breiten Treppen, über die man die Toten in den Särgen bequem heraustragen konnte, die früheren Chefs der Abteilungen der GebKom, StadtKom oder RegKom sowie KreisKom oder im äußersten Fall irgendeiner Abteilung der DTSAAF, linker Hand dann der Friedhof Hrabnyk, der allerdings nicht für diese Toten bestimmt war, denn auf dem Friedhof Hrabnyk wurde bereits seit vierzig Jahren niemand mehr beerdigt. Für diese gab es in Kolodenka, das vor langer Zeit in „Siedlung der Jugend“ unbenannt worden war, einen Friedhof. Und der bekam entsprechend der Siedlung den Namen „Friedhof der Jugend“, was wiederum ein unpassendes Grinsen bei den Zugezogenen hervorrief.

Die Steigung endete hier und nun folgten Bauten neueren Datums. Ah ja, die Kreuzung an der Druckerei, jetzt an der Druckerei vorbei rechts abbiegen auf die Artemstraße und geradeaus weiter, genau, vorbei an der zweistöckigen Badeanstalt mit dem Schild „Volksbad“, an einer Reihe schiefergedeckter einstöckiger Häuser, die die Kolonne genannt werden, dann rechts am Gebäude der Kinder-Poliklinik vorbei, gegenüber der finstre Stahlbetonkasten des „Gemüseverarbeitenden Betriebs“. Und da, fast schon am Ende der Strutinskyjstraße, langgezogen wie ein Gummi von West nach Ost mit mindestens neun Durchfahrten, befindet sich ein graues Plattenbauungetüm, ein Bau, der in den 1970er Jahren als das längste Gebäude der Stadt galt – die Nummerierung der Hauseingänge und Wohnungen beginnt seltsamerweise von hinten. Von dort bist du damals ins Zentrum zu einer Einladung in die Jubiläumsstraße gefahren, um dann auf der anderen Seite der Mauer aufzuwachen, in einer ganz anderen Stadt, in einer Stadt mit besonderem Status. Aus dem neunten Stockwerk, durch eine Tür, die mit Kunstleder verkleidet ist und eine dreistellige Nummer hat, hast du dich ins Ungewisse aufgemacht und bist für lange Tage und viele Monate hinter der Mauer gelandet. Und nun fährst du wieder „nach Hause“, ja, so sagten wir, obwohl uns in diesem Hause gerade einmal 35 bis 40 mit Linoleum bedeckte Quadratmeter gehörten ...

„Home, sweet home ...“, wie die Amis bei solchen Gelegenheiten vor sich hin trällern würden. Ob deine Eltern über deinen Besuch informiert sind? Bestimmt musste sie jemand informieren. Hmmm, warte, wer müsste sie denn informieren? Na ja, bestimmt die gleiche Instanz, die dir die Besuchserlaubnis geschickt hat. Irgend so ein „OUzmywon", oder wie das bei denen heißt. Oberinspektor Koltunetz, dessen Stempel unter dem Schrieb der Besuchserlaubnis steht. Oder sein Vertreter oder seine Vertreterin oder eine Sekretärin. Dafür sind sie doch da, die sogenannten kompetenten Organe ... Auweh, kaum ist man auf der anderen Seite der Mauer und schon schaltet die Denke um. Wahrscheinlich gibt's hier überhaupt keine kompetenten Organe ... aber nein, die gibt's doch überall ... wahrscheinlicher ist doch, dass dieser Oberinspektor oder sein Vertreter oder seine Sekretärin sich gar nicht die Mühe gemacht haben, deine Eltern anzurufen. Was erwartest du denn? ... Na gut, darüber denk ich später nach. Schau dich lieber ein bisschen um ... das ist deine Straße, die du weiß Gott wie lange nicht gesehen hast. Wie die Ebereschen entlang der Trottoirs gewachsen sind ... Und da, da hat einer doch die Malven unter den Apothekenfenstern ausgerissen. Ach ja, und die Schlaglöcher im Asphalt sind immer noch die gleichen.

Schlojma kurbelte am Lenkrad und hielt schließlich gegenüber der letzten Durchfahrt und machte den Motor aus. Die Birke quer vor der Straßenlaterne ist über die Jahre auch ganz schön ausladend geworden. Schlojma stieg aus und holte die Tüten mit den Geschenken aus dem Kofferraum. Die vertraute Schule Nummer 24 kam hinter einem Drahtzaun verschwommen ins Blickfeld, dort hatte er acht lange Jahre ukrainische Sprache und Literatur in verschiedenen Klassen, von der sechsten aufwärts, unterrichtet. Bis heute war es die Literatur, die ihn einer der Allgemeinheit irgendwie nützlichen Tätigkeit nachgehen ließ.

Die drei Tüten mit den Mitbringseln waren nicht weiter schwer und ließen sich mit einer Hand tragen, so konnte er die schwere Haustür mit dem Federmechanismus mit der anderen Hand aufziehen. Die Tür war mit Ölfarbe in einem unbestimmten Graugelb gestrichen, eine Farbe noch irgendwann aus der Urzeit, wahrscheinlich noch vor dem Putsch und der Teilung der Ukraine. Hinter dieser Tür sollte eigentlich noch eine sein, eine Innentür, die aber nicht mehr existiert, sie wurde samt Türrahmen entfernt und nun gähnte einem der finstre Schlund des Hauseingangs entgegen. Ein Treppenhaus und Wände, die wiederum mit einer schmutzig grünen Brühe angeschmiert worden waren. Schlojma drückte versuchsweise den Knopf am Lift – keine Reaktion. Na ja, kein Wunder, dieser Aufzug hat früher auch nur dann und wann, meist nur feiertags funktioniert, heutzutage wahrscheinlich nur noch feiertags. Also gut, zu Fuß, auf geht's, einhundertachtundfünfzig Stufen, früher ging das fix wie nix. Jeder Absatz hat elf Stufen, dazu noch fünf im Aufgang zum Erdgeschoss, das macht zusammen einhunderteinundfünfzig, wo sind die restlichen sechs? Das geht sich nicht aus ... also nachrechnen?

Inzwischen war er im dritten Stock angekommen. Jetzt war gleich die Hälfte geschafft, auf dem dreieinhalbten Stockwerk, Halbzeit, wie du damals immer sagtest, die Hälfte bis zum siebten Stockwerk. Seitdem du weg bist, sind im Treppenflur bereits in unteren Stockwerken Anbauten hinzugekommen, eine zusätzliche Wohnungstür, freilich ohne Schloss, ein einfacher Haken wie auf dem Land, der eingehängt wird und den man mit einer Hand öffnen kann. Wie zu alten Zeiten, ha-ha: Immer herein, fühlen Sie sich ganz wie zu Hause! ... Die verstaubten Fenster im Treppenhaus gehen nach Norden und lassen wenig Licht herein, Sonnenstrahlen verirren sich sowieso nur selten hierher, am ehesten während der langen Tage im Juni, wenn es achtzehn Stunden hell ist.

Na, da wären wir ja endlich im siebten Stock angekommen. Weiter geht's nicht, nur noch zum Speicher mit der seit Urzeiten demolierten Tür und der grünen Eisentreppe hinauf aufs Dach. Ein Flachdach, groß wie ein Fußballplatz, gedeckt mit Dachpappe. Von hier aus kann man die Dächer und Antennen des Westsektors sehen, die hohen Türme der Hotels und noch weiter bis dorthin, wo sich am Horizont die Gebäude des Jubiläumsviertels abzeichnen, die sich jedoch nicht jenseits, sondern diesseits des Mauerrings befinden.

Das Drücken des Klingelknopfes brachte ähnlich wie beim Aufzug kein hörbares Ergebnis. Oder die Klingel ist nur sehr, sehr leise oder ganz unhörbar. Und deine Schlüssel hast du am Haken im Vorzimmer, dort jenseits der Mauer, hängen lassen.

„Komm herein, mein Sohn", sagte die Mutter leise, während sie die Tür weit öffnete und einen Schritt zurück trat anstatt ihm entgegenzukommen und ihn zu umarmen. „Du wirst schon erwartet." Hinter dem Rücken der Mutter tauchten aus dem Wohnzimmer zwei breitschultrige Gestalten auf, die Gesichter nicht erkennbar, da sie gegen das Licht standen.

„Schlojma Wasyljowytsch?" Die Frage klang wie eine Feststellung.

„Alles charascho, äh, ich meine in Ordnung. Wir waren im Voraus von Ihrer Ankunft informiert. Mykola Iwanowitsch und ich sind bevollmächtigt, Sie zu einer öffentlichen Versammlung des hiesigen Schriftstellerverbands zu bringen, äh, einzuladen!"

Die Tonlage, in der dies alles vorgetragen wurde, ließ nicht einmal theoretisch Widerspruch zu. Schlojma schob sich mit seinen Tüten an den Breitschultrigen vorbei ins

Zimmer. Er stellte die Geschenke auf einen Tisch und setzte sich aufs Sofa.

„Ich bin gekommen, um meine Verwandten zu sehen", bemühte er sich möglichst ruhig zu sagen und blickte dabei die Gäste schief an. Im Tageslicht sah man jetzt, dass die beiden in nicht gerade elegant geschnittene zweireihige Anzüge mit Hemd und Krawatte gezwängt waren. „Also lassen Sie mich bitte in Ruhe ... Mama, wo ist Papa? Und Uljana?"

Die Mutter kam aus der Türöffnung hinter dem Rücken der Breitschultrigen hervor und setzte sich ans andere Ende des Sofas.

„Sie wollte kommen, Schlojma, aber in ihrer Schule ist die Russischlehrerin krank geworden und man hat Uljana gebeten, sie zu vertreten. Und Papa ist nach Cherkassy gefahren. Vorgestern. Na, aber wie geht's dir da drüben?"

„Mama, ich bin jetzt doch nicht dort, sondern hier, na komm schon her und lass dich drücken!", sagte Schlojma schon ziemlich nachdrücklich. Die Mutter rückte näher und umarmte ihn.

„Mama, wer ist das da? Warum hast du die überhaupt reingelassen?"

„Ach, Sohn!" Die Mutter blickte ihn direkt an. „Es muss sein. Fahr mit ihnen auf diese Versammlung. Die geben so oder so keine Ruhe."

„Welche Versammlung, Mama? Hab ich denn vier Jahre auf eine Einreisegenehmigung gewartet, um hier auf irgend so 'ne Versammlung zu rennen? Erzähl etwas von dir ..."

Währenddessen war einer der Breitschultrigen, jener, den der andere Mykola Iwanowitsch genannt hatte, still und leise durch das Zimmer gegangen und hatte die Gardine zur Seite geschoben. Er blickte nach unten auf den Hof.

„Keine besondere Karre, Schlojma Wasylowytsch, die Sie da fahren, njet, njet", bemerkte er mit kalter Ironie. „Im Juli dagegen, als einer von euch drüben hier war ... so 'n Genosse Tschinownik, der hat so 'n Jiiip ... weiß nicht mehr welche Marke ... njet, da, Pajero mit Antrieb vorne und hinten. Brutales Gefährt."

„Nun, auf geht's, Schlojma Wasylowytsch! Los!", teilte fast beiläufig der andere Breitschultrige mit, der an der Tür stand.

„Nach der Versammlung ham Sie noch Zeit, sich mit Verwandten und Muttern zu treffen."

„Schlojma, geh lieber. Ich werde warten."

Er hörte ein leichtes Flehen in der Stimme seiner Mutter.

„Naja, vielleicht dauert es ja wirklich nicht lange."

Der bisher namentlich nicht genannte Breitschultrige an der Tür hatte inzwischen zu telefonieren begonnen.

„Allo? Bist du's, Katruschin? Hier spricht Samtschuk. Wir sind in der Struntinskastraße. Schick 'nen Wolga her. Letzte Durchfahrt. Und schalt den Lift ein. Soll'n wir aus'm siebten Stock runterwatschln, oder was? Wir ham 'n Gast aus dem Westsektor, der denkt nachher noch, in Rowno arbeiten die Aufzüge nicht. Und beeil dich. In fünf Minuten sind wir draußen."

Mykola Iwanowitsch öffnete die Balkontür und trat hinaus. Schlojma nahm die Tüten vom Tisch und stellte sie vor die Mutter.

„Mama, ich hab 'n paar Geschenke mitgebracht. Jeans für Uljana, für Ilko und außerdem ..."

„Danke, Schlojma, aber warum gibst du Geld dafür aus? Bei euch ist doch alles so teuer. Und wir haben hier alles. Trotzdem danke, Schlojma, sie wird sich bestimmt freuen." Nachdem die Mutter in die Tüten geschaut hatte, stellte sie sie auf dem Boden ab.

„Und wie geht's dir und Oksana? Habt ihr, was ihr braucht? Genug Geld?"

„Der Wolga ist da", verkündete Mykola Iwanowitsch, der vom Balkon Ausschau hielt.

„Bei uns ist alles o.k., Mama." Schlojma hatte keinerlei Lust, Einzelheiten zu erzählen. Er stand abrupt vom Sofa auf und steuerte auf den Balkon zu. Mykola Iwanowitsch wollte ihn aufhalten, doch es war zu spät oder er traute sich nicht, ihn festzuhalten. Schlojma trat auf den Balkon und zog die Zigarettenschachtel heraus. Die Hand mit dem Feuerzeug zitterte.

„Da ham Sie aber feine Zigaros!" Mykola Iwanowitsch quetschte sich mit seiner Quadratfigur zu Schlojma auf den Balkon. „Krieg ich eine? Von unseren Kosmos kratzt's einem immer so im Hals."

Schlojma hielt ihm die offene Packung hin, doch anstatt eine herauszuziehen, nahm Mykola Iwanowitsch gleich die ganze Schachtel und begann sie zu betrachten.

„*Ga-u-lo-i-ses*? Was soll das sein?" Dann fischte er einen Glimmstengel heraus, zündete ihn an und lehnte sich zu Schlojma an das Betongeländer. Die Sonne kletterte hinter dem Haus zum Zenit empor und in den Hof glitt ein rechteckiger Schatten hinab wie ein großes schwarzes Segel. Unten strömten hinter einem Zaun Schüler in die Hofpause. Die älteren Jungs rauchten wichtigtuerisch unter einem gelb glühenden Ahorn, während die jüngeren auf dem Bolzplatz eine Mini-Halbzeit Fußball spielten. Rechter Hand nahm gut ein Viertel des Sichtfelds ein verwaister fünfzehnstöckiger Rohbau ein, dessen glaslose Fenster finstere Augenhöhlen schienen.

„Kooperative. Keiner baut's zu Ende." Mykola Iwanowitsch war Schlojmas Blick gefolgt. Während er den Tabakrauch ausatmete, beeilte er sich zu erklären: „Die

Leute ham zur Zeit wenig ... nun ja, Geld. Aber die Gehälter kommen regelmäßig. Ja! Ohne Unterbrechung."

Jenseits des Felds flimmerte die stinkende städtische Müllhalde, wie schon Jahre, jahrzehntelang. Rechter Hand auf der anderen Seite der Barmatzker Abhänge glitzerten Metallrohre zwischen den Feldern. Auf einer Umleitungsstrecke Richtung Sarna krochen Lastkraftwagen und Tankfahrzeuge entlang, lackiert in düsterer Armeefarbe.

„Wir müssen los, Schlojma Wasyljowytsch ..." Mykola Iwanowitsch schnippte die Kippe über den Balkon.

„Mama, ich komme nachher nochmal!", sagte Schlojma bereits in der Tür. Die Mutter blickte mit ihren dunkelbraunen Augen in seine stahlblauen und schüttelte den Kopf.

Die Lifttür öffnete sich quietschend und alle drei betraten das einst lackierte, jetzt aber völlig desolate Innere des Aufzugs. An den PVC-Platten war an mehreren Stellen das Furnier schief angebracht worden. Während der Aufzug nach unten fuhr, bemühte sich Schlojma, sich zu konzentrieren: Was kommt nun? Die Mutter wird er wohl nicht mehr sehen. Also – was? Diese „öffentliche Sitzung" des Schriftstellerverbandes absolvieren und wieder heimfahren? Ja wieder zurückfahren ... Wie gefangen, so gehangen. Aber wieso sollten sie dich festhalten? Aus welchem Grund? Zum Beispiel ... ach komm, Gründe denken die sich aus, so viele sie wollen.

Der Lift ruckelte noch ein letztes Mal und hielt dann an. Die Tür öffnete sich und Schlojma wurde nach draußen in die Durchfahrt geschoben. Draußen stand bereits direkt an der Treppe ein hellgrauer Wolga mit weit offenstehenden hinteren Türen.

„Um Ihr Auto brauchen Sie sich keine Sorgen zu machen. Bekommen Sie schon zurück", versicherte Mykola Iwanowitsch Schlojma aufmunternd.

„Steigen Sie ein." Schlojma stieg als Erster ein, nach ihm die Quadratfigur und dann Samtschuk, der die Tür schwungvoll zuknallte. Der Wolga ruckelte ein paar Mal und fuhr dann endgültig los. Entlang der Straße leuchteten die Vogelbeeren bereits in purpurnen Büscheln. Der nebelverhangene Morgenhimmel, so typisch für Mitte September, hatte sich gegen Mittag aufgeklart. Man sah kaum Passanten auf der Straße, Autoverkehr gab es gar keinen. Auf der rechten Seite war gerade ein Kiosk mit einer Reklame für filterlose Zigaretten der Marke *Werchowyna* aufgetaucht.

„Bis wir da sind", wandte sich Mykola Iwanowitsch freundlich lächelnd Schlojma zu, „könnte ich vielleicht noch eine von Ihren leckeren Zigaretten ...? Und, ähh", er stockte auf einmal, fuhr dann kleinlaut in einem russisch-ukrainischen Mischmasch fort, „nun, falls Sie da noch so vielleicht eine Zeitschrift von drüben mithaben? Na, Sie wissen schon, mit nackten Tussies und so ... *Playboy*, oder wie das da heißt. Ich würd's Ihnen abkaufen, falls es nicht zu teuer is."

„Nein, nix dergleichen dabei", Schlojma hielt ihm die bereits halbleere Schachtel hin.

„Na, egal, hab nur so gefragt."

Der Wolga fuhr gerade am Kulturpalast der Textilarbeiter mit der Skulptur der sowjetischen Weberin vor dem Eingang vorbei. Schlojma blickte sich um. Die riesige Frauengestalt saß unnatürlich verdreht mit seitlich zusammengepressten Beinen auf einem Postament. Die ist echt immer noch fürchterlich, dachte er, als habe er eine alte Bekannte nach längerer Zeit wiedergesehen. Und sie ist auch noch so allein.

An der Mlyniwsker Kreuzung bremste der Wagen abrupt, um dann ein ziemlich großes Loch, abgedeckt mit einer gelb leuchtenden Feuerwehrplane, zu umfahren.

„Scheiße, wann machen die endlich die Löcher wieder zu. Buddeln in der ganzen Stadt und jetzt sogar schon mitten auf der Straße!“

Mykola Iwanowitschs Streichhölzer zündeten nicht, er rieb sie an der Unterseite der Schachtel, sie qualmten, qualmten und verlöschten. Schlojma beugte sich vor und klickte vor seiner Nase mit dem Feuerzeug.

„Das finde ich gut, Westtechnik.“ Mykola Iwanowitsch blies den Rauch aus. Dabei schielte er an Schlojma vorbei auf Samtschuk und fügte eilends in seinem Mischmasch hinzu: „Aber auch hier gibt's ganz gute im Elektrozawod, nur dass' in den Export geht, nach Belarus ...“

„Sprich nicht mit Ausländern über Elektozawod, das is doch 'n geheimes Objekt, strategisch“, knurrte Samtschuk. Mykola Iwanowitsch wollte etwas entgegnen, aber sog stattdessen nur umso heftiger den Rauch ein.

Der Wolga zuckelte das letzte Stück der Mickiewiczstraße direkt vor der Mauer entlang. Von dem steilen Abhang aus schien der Bogen der Mauer unterhalb vom Hotel *Mir* zum grauen Beton-Parallelotop des Gebkom der KPU im besten Fall wie eine solide Betonwand entlang einer Baustelle, aber nicht wie ein Teil einer ukrainisch-ukrainischen Staatsgrenze.

Nachdem sie bis zum Fuß des Abhangs getuckert waren, rollte der Wagen nach rechts zum Gebäude des Gebkom und blieb dann vor einem würfelförmigen, helleren, aber ebenso aus Beton errichteten Anbau stehen, an den sich Schlojma noch aus der Zeit erinnerte, als die Stadt noch nicht geteilt war. In dem Gebäude war die Zentrale der politischen Schulung untergebracht gewesen. Nach 1991 übernahm dann das Pädagogische Institut das Gebäude, und jetzt ...

Haus der geistigen Arbeit des Gebietskomitees der kommunistischen Partei der SRU Rowno, las er auf einem großen spiegelnden schwarzen Schild rechts von der Eingangstür. Samtschuk öffnete die Autotür und blickte hinaus.

„Wir sind da“, sagte er eher leise.

*

Schlojma stieg hinter dem schweigsamen Samtschuk aus dem Wagen und vertrat sich ein wenig die Beine, die ihm schon eingeschlafen waren. Seine Begleiter sprachen derweil mit dem Fahrer. Der Blick des Schriftstellers Ezirwan fiel auf ein kurzes Stück Rohr, das inmitten des Bürgersteigs aufragte. Eine Bohrung, deren Öffnung mit einem grellorangen Deckel verschlossen war.

Also auch hier ..., ging es ihm durch den Kopf. Mit solchen Bohrungen war ganz West-Riwne durchlöchert. Vor einigen Jahren hatten Satellitenaufnahmen, die speziell für geologische Forschungen ausgewertet worden waren, endgültig erwiesen, dass die größten Uranvorkommen der Welt unter der geteilten ukrainischen Stadt lagen. Seitdem flossen unter beständigen Protesten der Grünen aller Länder Investitionen nach West-Riwne, die wesentlich zum gegenwärtigen Aufschwung der Stadt beitrugen. „Aufschwung um den Preis der Zerstörung“, so und ähnlich kommentierte die linke Presse das Wirtschaftswunder. Den Zeitungen im Ostteil der Stadt war dieses Thema zu heiß und sie fassten es nicht einmal mit der Feuerzange an.

Schlojma hob den Blick vom Bohrrohr und blickte auf zur Mauer, die sich linker Hand entlangschlängelte. Von hier aus, von der Ostseite gesehen, war sie ziemlich eindrucksvoll. Keine provokanten Graffiti von Anarchos und Hip-Hoppern an ihrer grauen Fläche, stattdessen Stacheldraht, der die Mauer oben abschloss und auf die hiesige

Seite nach Osten geneigt war. Das sah überzeugend und bedrohlich aus. An der Mauer und in ihrer näheren Umgebung war es wie ausgestorben, keine Menschenseele. Schlojma blickte nach links und nach rechts und bemerkte nun, dass im Schatten der Mauer doch Gestalten in khakifarbenen Mänteln standen, ungefähr je hundert Meter voneinander entfernt.

Hinter der Glastür des Hauses der geistigen Arbeit wartete man bereits auf sie. Als Samtschuk die Tür mit den blank polierten Türdrückern vor ihm öffnete, bemerkte Schlojma eine Menschengruppe in der geräumigen Halle. Sie bestand großteils aus Männern in Sakkos mit hellen Hemden und Schlips. Hinter ihnen konnte man zwei Tischreihen erkennen. Eigentlich waren es gar keine Tische, sondern einfach Schulbänke mit je zwei Stühlen. Auf den Bänken lagen aufgeschlagen Schulhefte und billige Kugelschreiber, eigentlich Wegwerfware, und doch waren einige mit Fäden oder Klebeband umwickelt und geflickt, manche am hinteren Ende auch angenagt – wohl in der Erregung schöpferischer Inspiration.

Inzwischen hatte sich aus der Gruppe der Sakko- und Schlipsträger ein untersetzter, glatzköpfiger Alter mit beachtlichem Bäuchlein und bäuerlicher Physiognomie gelöst und stellte sich vor die Ansammlung. Er fixierte mit einem kurzen Blick sein Kollektiv und sogleich erstarrte es und Stille machte sich breit. Dann, nachdem er sich geräuspert hatte, hob er an:

„Heute befindet sich hier ... unser, wie soll ich sagen ... Kollege ... der Autor aus dem westlichen Riwne ... der Schriftsteller ... Literat ... Ezirwan Schlojma Wasylowytsch ... der vorübergehend ... im okkupierten ... Westsektor unserer Stadt ... arbeitet ...“

Die Pausen in der direkten Rede waren voluminös und hart, man spürte, wie sie einen Moment lang in der Luft hingen und dann auf den Fußboden klapperten wie leere Patronenhülsen.

„Wir werden ihn jetzt ... der Reihe nach ... begrüßen ... den Gast ... aus dem westlichen Riwne ... und danach ... fahren wir in unserer Arbeit fort ... unsere Arbeit ... an der wir gemeinsam ... arbeiten ... schon längere Zeit. Außerdem ... haben wir heute ... noch weitere Gäste ... einen weiteren Gast ...“

Nach diesen Worten ging der Alte mit Bäuchlein drei Schritte auf Schlojma zu und reichte ihm die Rechte: „Trochym Subtschuk. Verantwortlicher Erster Sekretär und Erster Vorsitzender der Sektion Rowno des Schriftstellerverbandes.“

Schlojma schüttelte die dargebotene Hand. Ihm war Subtschuk aus der Zeit bekannt, als die Stadt noch nicht geteilt war. Persönlich kannten sie sich jedoch nicht, da sie einander nie vorgestellt worden waren. Deshalb erinnerte sich Subtschuk anscheinend auch nicht an ihn. Der nächste Schriftsteller, der Schlojma die Hand entgegenstreckte, stellte sich als Petro Tymtschuk vor. In einem früheren Leben waren sie, wenn auch keine engen Freunde, so doch gute Bekannte gewesen. Vor zehn Jahren hatte Tymtschuk die Kulturabteilung der Gebietsjugend geführt, geistreiche Feuilletons verfasst und im Kiewer Verlag Jugend war sogar eine Humoreskensammlung von ihm im Programm gewesen. Schlojma konnte sich aber nicht mehr erinnern, ob sie jemals erschienen war.

„Na, wir kennen uns doch, Petro ...“, sagte Schlojma sicherheitshalber mit gedämpfter Stimme und Verschwörermiene zum Humoristen.

„Wir können uns gar nicht kennen, denn unsere Sektion des Schriftstellerverbands der SRU führt ihre neuen Verzeichnisse erst seit der aktuellen Neuregistrierung der Mitglieder“, schwadronierte Tymtschuk zur Antwort. Dabei zwinkerte er nicht einmal, sondern richtete den Blick irgendwohin über Schlojma in die Höhe.

„Ach so, ja, gut. Wahrscheinlich, sicher, sicher ...“, entgegnete Schlojma ebenso laut und deutlich wie der Humorist. Anscheinend ist es im Augenblick wirklich besser, sich bedeckt zu halten. Wer weiß, was die hier für Regeln haben, dachte er.

Die folgenden Autoren, die sich ihm vorstellten, mussten entweder Brüder sein oder hatten einfach die gleichen Namen. Bei dem Ersten meinte Schlojma sich verhört zu haben. Doch als einer nach dem anderen und noch einer sich als Hymnenjuk Wiktor, Hymnenjuk Andrij, Hymnenjuk Mykola vorstellte, hielt Schlojma die kräftige, wurstelfingrige Pranke des Letzten von ihnen, Mykola, fest und rang sich durch zu fragen: „Wie: Hymenjuk? ...“

„Im Rahmen des Kampfes um die Rückkehr zu den Ursprüngen und zur wahren Wiege unseres Nachnamens haben wir ihm die ursprüngliche Bedeutung zurückgegeben und die Aussprache sowie die Schreibweise angepasst“, wurde Schlojma von Wiktor Hymnenjuk informiert. „Unser Nachname Hymnenjuk ist in der wolhynisch-polesischen Region weit verbreitet. Höchstens der Name Poleser ist mit unserem hinsichtlich der Verbreitung vergleichbar ... oder wir mit ihm.“

Die Poleser stellten sich gleich nach den Hymnenjuks vor. Es gab ihrer zwei: Juchym und Nikifor. Beide schrieben Prosa, wie sie betonten, während sie Schlojma die Hand schüttelten.

„Und nun“, verkündete Trochym Subtschuk, nachdem die Prozedur des Händeschüttelns abgeschlossen war, „erklären wir unserem Gast aus dem westlichen Rowno, woran wir hier arbeiten. Das Kollektiv der Sektion Rowno der Schriftstellervereinigung der SRU wirkt an einem gemeinsamen künstlerisch-dokumentarischen Werk mit dem Titel *Taras Hryhorowytsch Schewtschenko im Gebiet Rowno* mit. Wir haben alle Erwähnungen dokumentarischen Charakters über den Aufenthalt des großen Kobsars Schewtschenko als Mitglied der ethnographischen Expedition von 1846 in unserer Region im Lichte der jüngsten Parteibeschlüsse studiert und analysiert, chronologische Tabellen und geographische Karten seiner Route auf dem Territorium des heutigen Gebiets von Rowno detailliert erstellt. Diesem Thema sind wir alle mit großem Ernst verpflichtet und ich möchte betonen, dass wir auch schon einiges sehenswerte Material erarbeitet haben. Wir werden unserem Gast nun ... unseren Gästen, die gelungensten Teile des kollektiven Werkes vorstellen. Wer beginnt?“

Subtschuks Blick schweifte durch die Bankreihen der ihm anvertrauten Schriftsteller und rief dann: „Poleser Juchym Jakowytsch!“

„Rufen Sie doch einen auf, der eine Wohnung vom Verband kriegt!“, entgegnete Juchym Poleser scharf und rührte sich nicht vom Fleck.

„Nun, wenn Sie nicht wollen, Juchym Poleser, dann bitten wir eben jemand anderen“, ruderte Subtschuk gereizt zurück. „Und hinsichtlich Ihres Vorwurfs möchte ich nochmals darauf hinweisen, dass ich bereits zu einem früheren Zeitpunkt allen erklärt habe, dass wegen des Auftretens gewisser und vorübergehender Schwierigkeiten im Wohnungsbau das Gebkom der Partei die Order ausgegeben hat, bis auf Weiteres und bis weitere Order erfolgt den Mitgliedern unseres Verbandes Wohnungen erst posthum oder in andern außergewöhnlichen Fällen zuzuteilen. So! Und wer trägt uns nun seine Gedanken über den Aufenthalt von Taras Hryhorowytsch Schewtschenko in unserer Gegend vor? Vielleicht ... möchte ... vielleicht ... Hymnenjuk Mykola möchte!“, verkündete fast schon erleichtert Trochym Subtschuk.

Mykola Hymnenjuk nahm ein Heft voller Eselsohren, drehte sich zum Publikum und begann mit einem nasalen Genuschel monoton vorzulesen: „Unterwegs von Korytz nach Meschirytz musste Taras Hryhorowytsch im Dorf Syniw, im heutigen Hoschtschansker Rayon, übernachten. Die Dämmerung brach rasch herein. Die Häuser der örtlichen Popen, Kulaken und Reichen standen hell erleuchtet da. ‚Nein, zu denen gehe ich nicht, um ein Nachtlager zu bitten', entschied sich Taras Hryhorowytsch, ‚ich werde zu den einfachen Menschen gehen.' So klopfte er ans Fenster einer ärmlichen Hütte am Dorfrand oberhalb des Wegs. Die Tür wurde geöffnet und auf der Schwelle erschien Omelko Stetsjuk, Herr der ärmlichen Hütte. Taras Hryhorowytsch stellte sich vor und bat um ein Nachtlager. Omelko Stetsjuk ließ mit großer Freude solch einen werten Gast ein. Obwohl die Kinder bereits schliefen, trug Omelko Stetsjuk seiner Frau auf, noch ein Abendessen zu bereiten. Omelkos Frau Paraska legte freudig auf den Tisch, was es bereits zum Abendbrot gegeben hatte – Milch, Brot und gekochte Kartoffeln ..."

„Milch müssen Sie streichen!", unterbrach Subtschuk erbost den Vortrag. „Woher sollen diese armen Arbeiter Milch haben! Die ersten Viehbetriebe kamen erst mit der Sowjetregierung in unser Gebiet!"

„Wenn Sie in solchem Ton mit mir reden, werde ich nicht weiterlesen. Ich bin nicht ihr Knecht!", trompetete Mykola Hymnenjuk nasal, setzte sich auf seinen Platz und vergrub schluchzend sein Gesicht in dem geöffneten Heft.

„Nun ja, Sie haben Recht! Wir sind ein Kollektiv!" Subtschuk überlegte, dass er wohl einen Fehler gemacht haben könnte, und bemühte sich nun, die Situation zu retten.

„Also gut, wir haben ja auch noch Poeten. Dort am Ende des Saales, komm nur vor, versteck dich nicht, Oles Fialka ist sein Name, das ist natürlich ein Pseudonym, sein richtiger Name ist Baranjuk, Student am Pädagogischen Institut, ein sehr talentierter junger Poet, Mitglied des Rats der Republik, nun komm, lies dem Gast dein Gedicht vor ... das Gedicht, du weißt schon, über die Masse!“

Der sommersprossige Jüngling mit den abstehenden Ohren musste nicht lange gebeten werden, er stellte sich neben seine Bank und hob an zu deklamieren:

Wird es nicht in alle Ewigkeit so sein?
Die Zeit der Festigkeit des Guten ist kein Schein.
Es gibt Menschen,
So wunderbare Menschen!
Das ist Masse!

Vielarmig und vielgesichtig,
Kann man ihr entrinnen?
Und viele große Genies wie von Sinnen
Jagte sie schon von hinnen

Dafür den Minderbegabten sie trägt empor,
Sie wirbelt auf den menschlichen Staub,
Trägt ihn hierhin und dorthin wie Laub,
In ihrer Gleichgültigkeit schrecklich, das glaub ...

Hmm, und wenn ich mich einfach unbemerkt vom Acker mache ..., überlegte Schlojma. Er schob den Gedanken rasch beiseite, doch es half nichts, er kehrte hartnäckig wieder und wieder. Wie lange wird hier Literatur als Richtblock benutzt? Drei Stunden wohl mindestens ... Währenddessen hatte Oles Fialka-Baranjuk seine Miniaturen über den Frühling beendet, der in seiner Poesie die Wiedergeburt und das Erwachen alles Neuen, Unverbrauchten, Reinen und Fortschrittlichen symbolisieren sollte:

Und schon strömen bald
Regengüsse groß und klein
Wie die Revolution ewig, fein
schreitet der Frühling über die Erde! ...

„Wunderbar, Oles!", lobte ihn der verantwortliche Sekretär und Vorsitzende in Personalunion der Sektion Rowno. „Du machst Fortschritte. Bald schon können wir einige Publikationen im hiesigen Journal in Angriff nehmen. Das Niveau hierfür hast du erreicht."

„Ich möchte meinen Auftritt", unterbrach ihn plötzlich der junge Poet mit seiner sich überschlagenden Fistelstimme „mit einem Gruß an unseren geehrten Gast beenden!"

Das ganze Schriftstellerpublikum – als traue es seinen Ohren nicht – hob die Köpfe und blickte von Schlojma zu Oles Fialka und zurück.

„Schlojma Wasyljowytsch! Ich habe im hiesigen Archiv in alten Zeitungen Ihre ersten dichterischen Veröffentlichungen aufgespürt! Kehren Sie zur Poesie zurück, Schlojma Wasyljowytsch! Sie haben so wundervoll begonnen. Ich habe Ihre frühen Gedichte meinen Kommilitoninnen vorgelesen ... und auch Kommilitonen. Allen haben sie sehr gefallen. Ihre Liebeslyrik, Ihren *Walzer für Walja* kenne ich auswendig:

Ich bin kein großer Wortjongleur,
Die Liebe hinter Wortgeflecht verbergen kann ich nicht.
Im vollgerotzten Sand des Basikutsker Strands
Küsse ich deine Fußspur, Walja – kein Scherz!
Wie einen der Schmerz küsst, so küsst einen auch das Herz,
ich küss deine Fußspur, Walja, kein Scherz!

Der Schweinepriester lockt mit meinen Gedichten die Mädels in die Büsche, konstatierte Schlojma kein bisschen erbost. Doch der junge Poet, der offensichtlich die letzte Strophe vergessen hatte, war wieder zur Prosa, fast schon Publizistik übergegangen.

„Die Mädchen, ähh, die Kommilitoninnen haben mich sogar gebeten, dieses Gedicht in ihr Poesiealbum, also in ihr Freundschaftsbuch einzutragen. Ja, so haben Sie, Schlojma Wasyljowytsch, früher zu schreiben vermocht! Doch das, mit dem Sie sich nun beschäftigen, ist wahrlich nicht das Wahre und den breiten lesenden Massen unverständlich. All diese ‚Bubabisten', ‚Luhosadisten', ‚Neuen Degenerierten', das ist alles, tut mir leid, unnötig. All jene verwenden in ihren Werken vulgäre Ausdrücke, schreiben in einer für die einfachen Massen unverständlichen Sprache. All jene ..." Hier verstummte der junge Poet plötzlich mit sichtbarem Unbehagen, dann setzte er sich auf seinen Platz zurück und seufzte erschöpft.

„Ach diese Jugend!", fasste Subtschuk – war es nun als Tadel oder Lob gedacht – den Auftritt zusammen. „Doch nun fahren wir in unserer Arbeit fort. Will niemand mehr ein Kapitel aus unserer kollektiven Arbeit vorlesen ... keiner?" Subtschuks Blick glitt dabei über die Anwesenden, Schlojma eingeschlossen. „Nun, dann gebe ich das Wort weiter!"

Schlojma war auf einmal hellwach. Das fehlte gerade noch, dass er hier auftreten sollte! Was sollte er sagen? Was erzählen? Über was konnte man denn hier sprechen und über was lieber schweigen? Ach, wie schön wäre es doch, wenn man sich einfach in Luft auflösen könnte!

Doch er hatte sich umsonst gesorgt, denn Subtschuk legte eine ziemlich lange Kunstpause ein und verkündete dann siegessicher, dass er das Wort an einen weiteren Gast weitergebe, einen Gast aus der Hauptstadt, den gelehrten und berühmten Professor und Leiter des Lehrstuhls für Literaturwissenschaft der Kiewer Staatlichen Universität, an Jurij Pawlowitsch Tschmon.

Von der hintersten Bank erhob sich eine kräftige, untersetzte Gestalt in einem knallblauen Pullover mit himbeerfarbenen Ärmeln, klemmte sich eine Ledermappe unter den Arm und ging raschen Schritts zum hölzernen Rednerpult in der Ecke des Raums. Als sich die Blicke von Schlojma und Professor Tschmon kreuzten, nickte der kaum merklich mit seinem massigen Kopf, als grüße er Schlojma, oder vielleicht auch nicht.

Subtschuk führte Schlojma diskret zu einer vorderen Bank, auf der keiner saß. Nun waren alle Bänke mit Schriftstellern besetzt. Das Publikum hielt den Atem an, starrte gespannt auf Tschmon, der sich über das Rednerpult beugte, die Ärmel seines Pullovers nach oben krempelte und den Kopf am Hemdkragen öffnete.

„Über Schewtschenko zu sprechen, ist nicht einfach! Und nicht einfach ist es, über Schewtschenko zu sprechen, weil es schwierig ist ...“ Tschmon suchte offensichtlich das richtigen Standbein, von dem aus er seine Rede auf die Zuhörer schleudern konnte wie ein antiker Diskuswerfer. „Über Schewtschenko könnte man endlos sprechen! Denn er ist der Monolith! Auf dem! Wir stehen! Die ukrainische! Literatur!“

Schlojma begann zu verstehen, warum er die Ausführungen Tschmons nie verstand, wenn er hin und wieder in den wenig gelesenen Kiewer Zeitschriften *Kiew*, *Vaterland* oder in der unlängst wiederbelebten *Sowjetischen Literaturwissenschaft*, die nun freilich *Ukrainische Sozialistische Literaturwissenschaft* hieß, auf sie traf. Währenddessen drosch Professor Tschmon vor der versammelten Autorenschaft des Gebietszentrums seine inhaltslosen Phrasen.

„Schewtschenko ist allumfassend! Er umfasst alles. Und eben deshalb! Eben deshalb sind unsere ideologischen Gegner ...“ Hier warf Tschmon einen Blick auf Schlojma, einen kurzen und scharfen Blick, scharf wie der Hieb eines altrömischen Liktorenbündels. „All diese Grabowicze und ihre hausgebackenen Nachplapperer wie Oksana Sabuschko ... haben die Dreistigkeit, das Schaffen unseres großen Kobsars Schewtschenko zu interpretieren. Dabei kommen sie zu ... Na, ihr wisst selbst, wohin diese sogenannten Forscher kommen! ... Ich erkläre vor allen hier Anwesenden, und bin mir dabei der großen Verantwortung bewusst, dass, falls .... ja falls Taras Hryhorowytsch aus seinem Grab in Kaniw aufersteht ...“ Hier blickte Tschmon flehentlich in die Höhe und erstarrte.

Schlojma dagegen blickte schräg auf den rechts neben ihm sitzenden Subtschuk. Der schaute zutiefst gerührt nach oben und bemühte sich, jenen Punkt an der Decke aufzuspüren, auf den der Kiewer Professor gerade starrte.

„Ja, ginge es nach ihm, würde er diesen selbsternannten Forschern sogleich den Mund verbieten!“ Tschmons Stimme wurde nun schneidend und kreischend: „Und einigen würde er gar die Hose herunterlassen und ihnen mit dem Gürtel, mit der Rute den Hintern versohlen!!! Jawohl!“

Tschmon trommelte nun beinahe auf das Rednerpult, als wolle er mit aller Kraft zeigen, wie unbarmherzig Taras Schewtschenko die selbsternannten Interpreten seines Werkes traktieren würde.

Ahh, was habe ich nur verbrochen, dass ich hier sitzen muss!, dachte Schlojma voller Selbstmitleid. Draußen ist herrlicher Altweibersommer, vielleicht einer der letzten schönen Tage im Jahr. Ich könnte durch die Stadt oder den Park schlendern, in denen ich schon viele Jahre nicht mehr gewesen bin. Der Wunsch wurde so übermächtig, dass seine Beine schon zu zucken begannen, und nur der strenge Blick Subtschuks hielt ihn auf dem unbequemen Holzstuhl.

Währenddessen reckte in einer der zahlreichen Pausen Professor Tschmon hektisch den Kopf, als wolle er möglichst viel Luft in seine breite Brust saugen, um dann, kurz hüstelnd, nur noch ein Krächzen von sich gebend, langsam vom Rednerpult herabzusinken, wobei er flehentlich die Arme in Richtung des Schriftstellerpublikums ausstreckte. Subtschuk und einer der Schriftsteller eilten – nach einer Schrecksekunde – dem Professor entgegen. Es brach allgemeine Aufregung aus, einige riefen „Wasser! Wasser!“, doch Wasser konnte wie zum Trotz nicht herbeigebracht werden. Jemand stürzte auf den Flur, ein anderer schob einen Stuhl unter den Körper des Professors, der nun schwer wie ein Kartoffelsack war. Für sich selbst überraschend erhob sich Schlojma plötzlich und ging ohne Umschweife hinaus auf den Gang ... Der breite Gang mit Fenstern zur rechten und Türen zur linken Seite verlor sich in den Tiefen des Hauses für geistige Arbeit. Auf der letzten Tür am Ende des Korridors prangte der metallene Buchstabe „M“. Schlojma trat rasch ein und blickte sich um. Es gab ein Fenster an der Mauer gegenüber der Holztür, allerdings etwas hoch gelegen. Oberhalb von zwei Pissoirs. Hoffentlich kommt keiner herein ... dann könnte man es probieren ...

Plötzlich war aus einem der Klosetts die Spülung zu hören, zwei- oder dreimal plätscherte es, der Klodeckel wurde zugeklappt und in der Kabinentür erschien der breitschultrige Samtschuk. Nachdem der zum Wasserhahn gegangen war, rieb er dort die Hände unter einem dünnen Strahl, blickte dabei über die Schulter zu Ezirwan, der an einem Pissoir stand, und fragte gut aufgelegt:

„Na, Schlojma Wasylowytsch, Räuberleiter?“ Dann schüttelte er sich rasch die Hände ab und verließ eilends die Toilette, wobei er die Tür behutsam schloss, damit sie nicht so knarrte.

Was wollte er damit sagen? Was sind das für Späßchen? Was geht hier vor sich? Schlojma blickte ihm nach. Dann zog er den Reißverschluss seiner Hose sicherheitshalber nach unten und oben und lauschte. Im Flur herrschte völlige Stille. So etwas würden die von mir nie erwarten! ...

Die Ränder des Pissbeckens waren ziemlich rutschig, aber es gelang ihm, einen Fuß fest daraufzusetzen und sich dann mit dem zweiten vom Boden abzustoßen ... das Fenster ist nicht einmal verschlossen, nur mit Farbe von der letzten Renovierung etwas verklebt, lässt sich leicht öffnen und schon ist man auf der anderen Seite. Er sprang auf den leicht abschüssigen Rasen. Hmmm, ein bekannter und ein wenig durchgeknallter Autor in den Vierzigern aus Riwne ... was denkst du dir eigentlich dabei, wie ein Schuljunge abzuhauen ... von so einer gewichtigen Veranstaltung, wo garantiert nicht weniger als die Rettung der Welt geplant wird! Nun, sollen sie ohne mich planen, ich bin derlei Palaver nicht mehr gewöhnt. Ich muss mir ein wenig die Beine vertreten und spazieren gehen.

Auf der Rückseite des Hauses für geistige Arbeit erhob sich steil eine Anhöhe, auf der rückseitig Pappeln aufragten. Als dieses Gebäude errichtet wurde, machten die Bulldozer den Teil des Hügels platt, auf dem sich ein alter jüdischer Friedhof befunden hatte. Am gegenüberliegenden Ende der Stadt, auf der Moskauer Straße (Stepan-Bandera-Straße – halt, falsch, er befindet sich jetzt auf dieser Seite der Mauer, also doch auf der Moskauer Straße), wo du deine Kindheit verbracht hast, machte unter uns Gleichaltrigen das Gerücht die Runde, die großen

Jungs aus der nah gelegenen Schule Nummer 5 würden auf der Baustelle mit Schädeln kicken ...

Um nicht weiter aufzufallen, ging er nun den Abhang hinauf. Nachdem er auf der langgestreckten Anhöhe angekommen war, klopfte er seine Hosen ab, an die sich einige vertrocknete Disteln gehängt hatten. Die italienischen Lackschuhe waren staubbedeckt und glänzten mit ihren stumpfen Näschen nicht mehr im Sonnenschein. Und wenn schon, du bist heute auf keinen Empfang mehr geladen. Er zupfte die letzte Distel vom Hosenschlag und ging den Abhang auf der rechten Seite weiter zu den grau rötlichen Mauern der Schule Nummer 5, die ganz in der Nähe hinter den Pappeln aufschienen. Diese Schule wurde – gerade als du achtzehn Jahre alt wurdest, wenn ich mich recht erinnere – in Form des Buchstabens H errichtet, der freilich nicht ganz symmetrisch geraten ist. Nach den gleichen Plänen wurde auch deine Schule Nummer 17 gebaut. Eine breite Betontreppe führte nach unten, wo die Mauer abknickte. Die Stufen waren mit niedrigen Weiden bepflanzt, deren Blätter unter der Septembersonne bereits ein wenig braun wurden. Eine einzelne Frauengestalt stieg die Treppe nach oben. Als sie auf gleicher Höhe waren und sich ihre Blicke trafen, verzog sich das Gesicht der Frau erstaunt und zugleich erschrocken, doch nur einen kurzen Moment, dann lächelte sie überrascht: „Schlojma!"

Seine Schwester Uljana hielt noch einen Moment zögerlich inne, breitete dann die Arme in den grünlich bananenfarbigen Ärmeln ihres Übergangsmantels aus: Er war es tatsächlich. Uljana schmiegte sich an den Bruder und sagte nochmals: „Schlojma ..."

„Mutter meinte, du wärst in der Arbeit."

„Ich ... da war ich auch. Woher kommst du denn? Bleibst du länger?"

„Die Besuchserlaubnis gilt für einen Tag. Bis heute Abend. Bei Mama liegen für dich, Mykola und Ilka Geschenke."

„Und Ilja ist in der Schule, er geht in die sechste Klasse. Er ist so groß geworden ..." Uljana zeigte mit der Hand ungefähr auf die Höhe ihrer Augen. „Hör mal, Schlojma, du wirst hier so beschimpft, in den Ukrainischlehrbüchern für die zehnte Klasse, da gibt es ganz am Schluss so ein kurzes Kapitel über die Gegenwartsliteratur."

Seine Schwester hatte anscheinend keine Geduld und wollte über alles gleichzeitig mit ihm reden. „Da geht's um dich, um Andruchowytsch, und auch um diesen Neborak ... Schlojma, komm mit zu uns! Wir sind hier doch ... na, du weißt schon ..."

Schlojma blickte sich um. Aus dem Haus der geistigen Arbeit arbeiteten sich zwei Gestalten im Schrankformat unsicher die Anhöhe hinauf und blickten dabei hektisch nach allen Seiten.

„Du hast recht. Lass uns gehen!" Er überlegte nicht lange und nahm die Schwester am Arm. In seinem Kopf blitzte ein Gedanke auf, der ihm wie die Rettung erschien.

„Kann man von euch aus ein Taxi anrufen?"

„Natürlich, ja, klar", freute sich Uljana. „Du kriegst auch eine Wertmarke von uns."

„Was für eine Wertmarke denn?", fragte Schlojma verwirrt.

„Ach ja, du kennst das nicht. Für Taxis gibt's hier Wertmarken, verstehst du? Wir brauchen allerdings keine. Aber Mykola erhält welche von seiner Arbeitsstelle, seinem Büro. Deshalb liegt zuhause auch ein ganzer Haufen davon."

Auch Uljana hatte die beiden Schränke auf dem Abhang bemerkt und stellte sich nun vor Schlojma. Die Tarnung der grünlich bananenfarbigen Jacke eignete sich hervorragend dazu. Dann führte sie ihn rasch an dem heruntergekommenen Putz der Mauern der Schule entlang.

Zum Eingang ihres Hauses liefen sie fast, schnaufend drückte sie den abgegriffenen Plastikknopf des Fahrstuhls. In der Wohnung im sechsten Stock kamen sie schließlich zum Verschnaufen. Uljana stellte den Wasserkessel auf den Herd und ging dann zum Telefon, um ein Taxi zu rufen. Schlojma trat ans Wohnzimmerfenster und ohne den Tüllvorhang zu berühren blickte er hinunter auf den Hof. Auch Uljana trat heran und schaute nach unten. Die zwei Schrankförmigen eilten über den Hof, hierhin, dorthin, und setzten sich schließlich auf eine Bank direkt gegenüber dem Eingang. Dann begannen sie sich offensichtlich zu beraten.

„Ich hab das Taxi zum Eingang von Haus Nummer 1 bestellt", flüsterte ihm seine Schwester schadenfroh ins Ohr. „Wir sind hier doch die Nummer 3. Du gehst einfach übers Dach und dann in Haus 1 herunter. Wir können noch Tee trinken, das Taxi kommt in zwanzig Minuten."

Nachdem sie den Tee getrunken hatten, warf sich Uljana eine Jacke über und machte sich mit ihrem Bruder ins siebte Stockwerk auf und von da aufs Dach. Schlojma blickte sich um, auf der rechten Seite erstreckten sich weit unten die Häuser des Westsektors, übersät mit Antennen und Satellitenschüsseln, zwischen denen hier und da die hohen Bauten der Hotels *Hilton*, *Mariott* und *Europäischer Hof* aufragten. Uljana folgte seinem Blick.

„Mykola, Ilja und ich gehen manchmal aufs Dach und blicken in deine Richtung." Uljana lachte bitter. „Und die Wohnungen mit Fenstern nach Westen bekommen ausschließlich die Mitarbeiter des Gebietskomitees. Und vielleicht noch die von anderen Staatsorganen. Die können dann euer Fernsehen empfangen. Manche drei oder vier Sender, und nicht nur Radio eF-eM. Wir haben dich im Radio gehört, du hast ein Interview gegeben und über euer Theater und dein Stück erzählt. Das hat doch jetzt demnächst Premiere ..."

Er musste sich beeilen. Sie kletterten durch das Dach in Haus Nummer 1 hinunter und liefen dann über die salatfarbene Eisentreppe zum Aufzug. Die Aufzugkabine befand sich glücklicherweise im siebten Stock und der Lift funktionierte sogar. Nachdem sie unten angekommen waren, blieb Schlojma im Hauseingang stehen und Uljana lugte aus der Eingangstür.

„Komm schnell, das Taxi ist schon da!" Sie drückte dem Bruder ein Papierstück in die Hand und einen Kuss auf die Wange.

Schlojma machte einen kleinen Schritt nach vorne und öffnete ein wenig die Tür. Direkt vor den Stufen des Eingangs stand ein roter Moskwytsch 412 mit seinen strahlenförmigen Kanten am Heck und einem Taxilicht auf dem Dach, das mit einem Schachbrettmuster bemalt war. Die schwarzen Quadrate waren sicher mit Guaschfarbe gemalt, mit was sonst, wohl kaum mit Ölfarbe ... obwohl, wenn die ihr Taxilicht eh nie einschalteten ...

Er schwang sich flink auf den durchgesessenen Beifahrersitz und schnaubte: „Losfahren."

„Wohin fahren wir los?", fragte der Taxler, ein großnasiger, glatzköpfiger älterer Kerl mit Sonnenbrille und rautengemustertem kurzärmeligem Strickhemd. „Außerdem habe ich Ihre Wertmarke noch nicht."

Schlojma blickte nach links. Die breitschultrigen Gestalten auf der Bank vor dem Eingang zu Haus Nummer 3 hatten wohl Verdacht geschöpft und starrten in ihre Richtung.

„Los, los, fahren wir", bat Schlojma schon fast flehentlich und streckte ihm dabei das Papier entgegen, das er von seiner Schwester erhalten hatte.

„Wir fahren jetzt aus dem Hof, und dann sag ich Ihnen schon, wohin es weitergeht. Los, wir fahren nach ..." Die gesamte vertraute heimatliche Geographie mitsamt allen Straßennamen war plötzlich wie aus seinem Kopf gelöscht. „Wir fahren nach ... zur Kusnezowstraße, ja!" Endlich blitzte wenigstens ein Straßenname seiner Heimatstadt auf dieser Seite der Mauer auf.

Die quadratförmigen Gestalten vor dem Eingang des Hauses Nummer 3 hatten sich erhoben, sie besprachen etwas und hatten sich in Richtung des Taxis in Bewegung gesetzt.

Der Fahrer startete endlich den Motor, blickte in den Spiegel und der Moskwitsch fuhr ruckelnd und röhrend vom Hof.

Sie gelangten zwischen den Häusern beim Elektrogeschäft *Elektrika* auf die Mlyniwsker Straße, ließen den Friedhof Hrabnyk linker Hand liegen und drei Minuten später erreichten sie die Kreuzung Leninstraße – Kusnezowstraße, die Schlojma heute Morgen schon einmal entlanggefahren war – freilich in entgegengesetzter Richtung. Der Moskwitsch schob sich über die Kreuzung, fuhr dann noch ungefähr hundert Meter weiter und blieb dann stehen. Schlojma griff in seine Tasche und zugleich blitzte der Gedanke auf, dass er gar kein hiesiges Geld hatte. Doch eine Sekunde später erinnerte er sich an den Hundert-Karbowanetz-Schein, den er heute Morgen vom Zollbeamten für seine hundert Deutsche Mark bekommen hatte.

„Ach je, da hab ich kein Wechselgeld für", zischte der Taxler gereizt, doch nachdem er den Geldschein gegen das Licht gehalten und überprüft hatte, kratzte er achtzig Karbowanetz zusammen. Auf dem Taxameter stand freilich der Preis: 05:00 Karbowanetz.

„Mehr hab ich nicht in der Kasse."

Schlojma wollte sich nicht mit ihm streiten. Er stieg aus und atmete erst mal tief und lange durch, doch anstelle frischer Luft schnaufte er nur Asphaltgeruch, durchsetzt mit Staub ein. Er ging hustend die Stufen in den Park hinunter.

Die Kastanienbäume, Pappeln und Weiden und auch die Linden kennen dich schon ungefähr 35 Jahre. Ja, nach Riwne sind wir 1966 umgezogen. Oder 1967? Damals wurde anlässlich des 50-jährigen Jubiläums der Oktoberrevolution das Stadtzentrum auf Betreiben der Stadtverwaltung komplett umgestaltet. Einige Häuserblocks wurden komplett abgerissen und ein Leninplatz mit einer Leninstatue in der Mitte errichtet. Hinter dem großen Führer der Revolution wurde das Kino *Oktober* gebaut, ein Breitwandkino, das auch in der Presse oder in offiziellen Verlautbarungen stets nur so genannt wurde. Furchtbar stolz war man darauf. Jetzt befindet sich all das auf der anderen Seite, jenseits der Mauer. Mitte der neunziger Jahre übernahm dann Taras Schewtschenko die Rolle des Führers und das Kino wurde in *Ukraine* umbenannt. Doch bereits damals, als die Stadt noch nicht geteilt und du noch ein kleiner Junge warst, wundertest du dich ziemlich, dass sich zwei so große Plätze – der Theaterplatz und der Leninplatz oder jetzt Unabhängigkeitsplatz – sich direkt nebeneinander befinden, wie etwas ganz schlecht Geplantes und noch viel schlechter Realisiertes.

Doch der Park ist der gleiche geblieben. Groß, geheimnisvoll, still. So ist er immer gewesen. In den siebziger und achtziger Jahren bedeutete der Park für dich sehr viel, fast alles, ein Zuhause, vor allem Privatsphäre. Als missratenen Bengel konnte man dich zwar nicht bezeichnen, denn nachhause bist du schließlich immer gekommen, selbst wenn du jede freie Minute hier im Park zugebracht hast. Wahrscheinlich war das nur die normale Reaktion eines Kindes aus einem Waldgebiet auf die Waldlosigkeit der städtischen Umgebung. Der Park war von dem fünfstöckigen Chruschtschow-Bau, in dem ihr wohntet, nur einige Häuserblocks entfernt. Ins Stadtzentrum gelangte man – wenn man keine öffentlichen Verkehrsmittel nehmen wollte – durch den Park. Da gab es Fontänen, einen offenen Tanzplatz, ein Kino und Spielplätze mit allen möglichen Schaukeln, Karussells und Klettergerüsten. Doch vor allem war der Park wie ein lebendiger Organismus, riesig, grün und immer in Bewegung. Er atmete über den Hügeln des alten Stadtzentrums, er umfing jeden, der unter das grüne Dach trat. Die erste Zigarette, die erste Flasche Portwein, die erste richtige Rauferei, der erste Kuss, die meisten Initiationen der meisten Bewohner dieser Stadt – und bei dir ganz besonders – fanden im grünen Dickicht dieser Büsche, auf den unebenen Asphaltalleen statt.

Schlojma schlenderte eine dieser Alleen parallel zur niedrigen Granitmauer entlang, die den Park umgab, und erinnerte sich dabei an seine nächtlichen Nachhausewege durch den Park in der ersten Hälfte der 1970er Jahre. Damals schrieb er noch keine Gedichte, aber er rezitierte Poesie, und so gewann er den Schulwettbewerb im Vorlesen und wurde einer der legendären Sieben. Vier Jungs und drei Mädchen in der damals üblichen Uniform, oben weiß, unten schwarz. Sie waren unabdingbarer Bestandteil aller städtischen abendlichen Feierlichkeiten: 8. März, 1. und 9. Mai, 7. November sowie der regionale Feiertag, der 2. Februar, Befreiung von den deutsch-faschistischen Okkupanten. Der Auftritt der „Sieben“ fiel immer mit dem Ende der Jubiläumssitzungen zusammen, nach einer überlangen Rede des ersten Sekretärs der Gebietsleitung, in der er die Leistungen der Werktätigen von Stadt und Region aufzählte. Nachdem die Pioniere auf der Toilette geraucht hatten, ließen sie ihre krähend-kratzigen Stimmen in einem chaotischen Chor großartiger Verszeilen erklingen. Die Verszeilen verfasste meist der hiesige Autor mit dem komischen Namen Moschajenkow, an dessen Ende er selbst, oder vielleicht einer seiner Vorfahren, den Buchstaben -w- angefügt hatte. Genosse Moschajenkow erschien zuweilen auch selbst auf der Bühne, um sicherzugehen, dass nicht einer der Rezitierenden seine Gedichtzeilen entstellte, unpassend eine Betonung setzte oder sonst irgendwie den Inhalt verdrehte. Mit zärtlich triefenden Augen beobachtete er die jungen Vorleserinnen, wenn sie vor ihrem Auftritt ihre Röckchen zurechtzupften, und ebenso die jungen Vorleser und ganz besonders die jungen Tänzer, deren Leibchen eng an den Rundungen ihrer muskulösen Körper lagen. Wie jeder echte Poet war auch Genosse Moschajenkow von einem Übermaß an Liebe zur Welt erfüllt, und dass das Objekt der Liebe vor allem physisch, sehr körperlich ausgebildet war, war schließlich nicht seine Schuld, denn dies waren die Früchte der Sportwissenschaft, die man leichtsinnigerweise nicht auf die Liste der Pseudowissenschaften gesetzt hatte. Warum war Moschajenkow denn heute nicht auf der Schriftstellerversammlung?, überlegte Schlojma verwundert. Gestorben konnte er eigentlich noch nicht sein, er müsste jetzt vielleicht siebzig sein ... Oder hat man ihn etwa nicht in den Schriftstellerverband aufgenommen? ...

Die Mehrzahl der „feierlichen Sitzungen" fand im Theater statt. Genau in jenem Theater, in dem heute Abend die von Maulwurf eingepeitschten Schauspieler dein barbarisches Stück spielen werden – dein geniales Stück, dein erlittenes, im Schmerz geborenes, postmodernes und überhaupt und im Allgemeinen und alles Mögliche Stück. Das Theatergebäude sieht heute allerdings ganz anders aus, da der ursprüngliche Bau in der zweiten Hälfte der siebziger Jahre abgebrannt ist. Der Wiederaufbau dauerte dann ziemlich lange. Und doch war es ein richtiges Theater gewesen und auch damals war es von Zeit zu Zeit die Bühne für die besseren Menschen der Stadt und der Region hier. Einige Male im Jahr putzen sich die Bewohner von Riwne in Feiertagstracht heraus, die sie aus den Tiefen ihrer Schränke fischten, reinigten und bügelten. In der Zeit zwischen den Jubiläumssitzungen kam das Theater im Großen und Ganzen seinen Verpflichtungen nach und spielte regulär Theater in einem vollen Haus vor Fachschülern oder Webern aus dem Leinenkombinat, die die Eintrittskarten hinterhergeworfen bekamen.

Nach ihrem Auftritt wurden die „Sieben“ in einen der Räume oder zu den Garderoben hinter der Bühne geführt und jeder erhielt eine Schachtel teurer Pralinen der hiesigen Pralinenfabrik: *Roter Stern*, *Roter Mohn*, *Karakorum* oder *Mit Likör*. Der zweiundzwanziger Bus, der vom Theater in Richtung Moskauer Straße fuhr, verkehrte abends ziemlich unregelmäßig und deshalb eilte die magere, schmalbrüstige und halbwüchsige Gestalt mit abstehenden Ohren und der Pralinenschachtel unter dem Arm meistens flink durch den spätabendlichen Park. Uljana, damals drei oder vier Jahre alt, wusste schon, dass der Bruder, wenn er sich so verspätete, meist mit fetter Beute heimkam. Trotz der nachdrücklichen Versuche der Eltern, ihre kleine Tochter zum Schlafen zu bewegen, wollte die keinesfalls einschlafen, sondern auf Schlojma warten.

Hinter den nicht besonders großen und eher erbärmlichen Kastanien in einer Senke ragten bizarr verkrümmte Weiden empor, auf denen man wunderbar klettern konnte und Cowboy und Indianer nach dem Vorbild der DDR-Jugo-Western mit Gojko Mitić spielte. Der wurde dann freilich für die Sowjetkids der 1970er durch Arnold

Schwarzenegger abgelöst und weit übertroffen. Dieses Vergnügen dauerte, bis sich der dicke Ihor Jurkowskyj den Arm brach, als er sich von Ast zu Ast hangelte. „Hat ihn einfach verfehlt, der Ärmste!“, fasste Schlojmas Mutter das Schlamassel zusammen, als sie davon erfahren hatte.

Doch Schlojma war nicht immer allein im nächtlichen Park unterwegs. Manchmal begleitete ihn Oblja.

Oblja, eigentlich Olena Bljaschana war ein Jahr älter als Schlojma und ging aufs Gymnasium mit erweitertem Russischunterricht. Sie hatte eine glockenhelle, klare Stimme und gehörte auch zu den „Sieben“. Nicht zu groß gewachsen, dafür aber ein früh und gut entwickeltes, hübsches Mädchen, zog sie bei den Auftritten die durchaus zufriedenen Blicke der jüngeren Präsidiumsmitglieder auf sich. Ihre leicht untersetzte Gestalt auf den kräftigen Beinen zierte blondes, zu einem Kranz geflochtenes und um den Kopf gewickeltes Haar, dazu hatte sie noch ein Stupsnäschen. Das weckte bei den Parteilern offensichtlich angenehme Reminiszenzen, erinnerte sie an ihre stürmische Jugend im Komsomol.

Die Eltern von Oblja trennten sich, als das Mädchen zur Schule kam. Die Mutter arbeitete noch ein, zwei Jahre aus Gewohnheit als Grundschullehrerin, doch dann hatte sie es satt, zusammen mit der halbwüchsigen Tochter von 120 Karbowanetz im Monat dahinzuvegetieren und wurde Schaffnerin im Fernzug Moskau–Kowel. Ihr Vater war ein viel versprechender Neurochirurg und ein fanatischer Beatles-Fan, der darauf achtete, immer ein wenig Restblut im Alkohol zu haben, bis er schließlich sein Seelenheil als Pathologe in der zentralen Anatomie von Riwne fand. Nachdem er sich von seiner Frau getrennt hatte, holte Ihor Bljaschanyj seine alte Mutter aus dem Dorf zu sich und wohnte mit ihr in einer Zweizimmerwohnung in einem Chruschtschow-Bau im ersten Stock direkt über der Apotheke neben dem Supermarkt *Weißer Schwan.*

Wenn Olenas Mama länger als 48 Stunden unterwegs sein musste, übernachtete das Mädchen bei ihrem Vater und der Großmutter, was eigentlich jede Woche der Fall war, und so hatten Olena und Schlojma öfter einen gemeinsamen Weg durch den nächtlichen Park, wobei er nicht nur eine, sondern zwei Schachteln Pralinen trug.

An einem Abend im Frühling, nach den Ersten-Mai-Feierlichkeiten und nach den Neunten-Mai-Feierlichkeiten bekamen diese abendlichen Spaziergänge ein neues, bisher für Schlojma ungeahntes Kolorit. Er war damals in der siebten und Olena in der achten Klasse. Am 30. April zog sich die Versammlung endlos hin und die „Sieben" trieben sich nach dem Auftritt noch ziemlich lange in der Garderobe des Festsaals herum, bevor jeder seine übliche Schachtel Pralinen bekam. Schlojma verschwand mit seinen Kumpels zum Rauchen auf der Herrentoilette, während der zweite Sekretär des örtlichen Komsomols nicht ganz erfolglos Olena den Hof machte. Ein schleimiger dunkler Kerl, der das für einen Komsomolzen kritische Alter von achtundzwanzig Jahren erreicht hatte. Es gelang ihm ohne besondere Anstrengung, das stämmige Pioniermädchen zum Theaterbüffet zu lotsen und sie dort mit Bier, trockenem Wein und Schokolade zu bewirten. Als sie dann eine Stunde später durch den Park gingen, wunderte sich Schlojma über Olenas gerötetes Gesicht und ihr Gekicher zu seinen seichten Scherzen, das allmählich in ein völlig grundloses Gegacker überging. Als sie dann bei Oblja zuhause angekommen waren, schob sie Schlojma in den dunklen Hauseingang und dort, direkt bei der Eingangstür, küsste sie ihn auf den Mund. Nachdem sie sich von ihm gelöst hatte, blickte sie einige Sekunden zufrieden in sein verwirrtes Gesicht, zog ihre

Pralinenschachtel unter Schlojmas Arm hervor und mit den Worten „braver Junge“ eilte sie die Treppen in den ersten Stock zu ihrer Wohnung und ließ den künftigen Schriftsteller in einem Wirbel der Gefühle zurück.

Während Schlojma dann langsam zwei Blöcke weiter nachhause ging, analysierte er seine Gefühle. Also ihre Zunge ist in deinen Mund gedrungen – die Wortverbindung „Mundhöhle“ war ihm da noch fremd –, also etwas ist dort eingedrungen. Ihre Zähne waren gedämpft aneinander geklappert. Aber soll das irgendwie geil sein? Und was dann? ... Und hast du es nicht geil gefunden? Doch, ehrlich gesagt, irgendwie schon. Aber woran es lag, konnte er sich nicht erklären. Nun, bestimmt nicht am feuchten Kontakt der Schleimhäute. Wobei ihm dieser Begriff damals auch nicht viel sagte.

Schlojma blieb inmitten der Allee stehen, zog die Schachtel *Gauloises* heraus, blickte hinein und stellte fest, dass noch ungefähr zehn Kippen mit ihren beigen Filtern drin waren. Er steckte eine zwischen die Lippen, tastete mit den Fingern seine Taschen nach einem Feuerzeug ab, während sein Blick eine nahe Sitzgelegenheit suchte. Am Rand der Allee, ungefähr dreißig Meter entfernt, war eine Bank aufgestellt. Sogar die Bretter der Sitzfläche waren noch einigermaßen intakt. Zuerst musste man sie freilich abtasten und kontrollieren, denn das gute Parkmöbel war anscheinend vor kurzem angestrichen worden. Eine ganze Zeitungsseite der *Ukrainischen Wiedergeburt* hatte sich oben an der Farbe festgeklebt. Sie war allerdings von der Sonne ziemlich ausgebleicht. Diese Kiewer Zeitung konnte man sogar an einigen Kiosken in West-Riwne erhalten. Die Schlagzeilen fielen mit ihrer schwammigen Unbestimmtheit ins Auge: „Wir steigern das Prestige der vaterländischen Produktion“, „Verhandlungen auf der Krim – ein weiterer Schritt zur Festigung der russisch-ukrainischen Beziehungen", „Erntechronik", und im rechten unteren Eck – da schau her – eine Bekanntmachung, vielleicht auch Reklame: Die Minsker Fabrik für Milcherzeugnisse, Schokolade und Konfiserie schreibt den Literaturpreis „Das süße Wort" aus. Die Jury steht unter dem Patronat des ZK der KP der SRU. Eingereicht werden können Manuskripte künstlerischer Werke, Prosa und Theaterstücke, die bisher weder gedruckt noch aufgeführt wurden. Die Gewinner erhalten eine großzügige finanzielle Belohnung und das Werk wird in hoher Auflage gedruckt oder in den großen Theatern der SRU aufgeführt werden. Zur Teilnahme werden ausdrücklich Hausfrauen, Schüler und Lehrlinge sowie Gefängnisinsassen eingeladen. Schriftsteller und Personen mit höherer Bildung können an dem Wettbewerb nicht teilnehmen ... Der weitere Text der Bekanntmachung war abgerissen, zwischen den Brettern der Bank tat sich eine Spalte auf.

Ja, Mist, es gibt so Momente im Leben, da würdest du an diesem Wettbewerb teilnehmen, freilich unter einem Pseudonym, mit dem Namen irgendeiner Hausfrau, dachte er. Die Zigarette war bis zur Hälfte verglüht, ein länglicher grauer Ascheschwanz hing an ihr. Schlojma hob den Blick von der Zeitung, auf der er saß, und blickte über die Bäume hinweg Richtung Kusnezowstraße, in Richtung des Gebäudes, in dem Oblja gewohnt hatte. Obljas Vater Ihor Bljaschanyj hatte einen für sein Seelenheil ruhigen Fleck als Pathologe in der örtlichen Anatomie gefunden. In der Leichenhalle musste er allerdings zwei- bis dreimal in der Woche Vierundzwanzigstundenschichten schieben. Da Oblja überwiegend beim Vater lebte, brachte sie ihm an solchen Tagen das Mittag- oder Abendessen – einen Einliterbehälter mit Buchweizenbrei, Nudeln oder Kartoffelpüree, in das einige Schnitzel gestopft waren. An einem Tag in jenem Frühling der siebten Klasse ging

Schlojma die Belinskijstraße hinunter, schwenkte in einem Einkaufsnetz zwei Siphonflaschen, die man hinter dem Supermarkt

Weißer Schwan im Innenhof an einem Fensterchen auffüllen lassen konnte. Vom Balkon im ersten Stock des Innenhofs winkte ihm jemand und gestikulierte einladend. Schlojma kniff die Augen im Sonnenlicht zusammen und erkannte Obljas Gestalt in einem hellen Morgenmantel, die sich über die vollgehängte Wäscheleine beugte und mit ihm zu kommunizieren versuchte. Schlojma trat bis unter den Balkon heran und reckte den Kopf geradewegs in die blendenden Sonnenstrahlen, die von den Fenstern zurückgeworfen wurden. Oblja konnte er kaum erkennen, er vernahm nur ihre Stimme aus einem glitzernden hellen Dunst.

„Willst mit mir ins Krankenhaus?" In ihrer Stimme schwang etwas Geheimnisvolles.

„Warum'n?", entgegnete Schlojma etwas tölpelhaft mit einer Gegenfrage.

„Leichengucken!", verkündete triumphierend Oblja im Gefühl der Unwiderstehlichkeit eines solchen Angebots.

Nachdem die beiden Siphonflaschen, eine gläserne und eine metallene, wieder gefüllt waren, lief Schlojma eilends mit ihnen nachhause, gab den Eltern die 38 Kopeken Wechselgeld nicht zurück und stand zwanzig Minunten später wieder unter dem Balkon im Innenhof des Hauses in der Kusnezowstraße. Oblja schob die Store des Küchenfensters beiseite und gab ihm gestikulierend zu verstehen, dass er noch einen Moment warten solle.

Unten an der Apotheke bogen sie links ab und ganz am Ende der Kusnezowstraße, da, wo sie eigentlich begann, bereits außerhalb des Gebäudekomplexes der Wassertechnischen Akademie mit ihren Laboratorien, Wohnheimen und dem Sportplatz überquerten sie die Mirjuschtschenkostraße gegenüber dem medizinischen Institut, an dem, nach Abschluss der neunten Klasse, auch Olena Bljaschana im folgenden Jahr nach einigen Widrigkeiten zu studieren begann. Schließlich gelangten sie über einen Hügel hinab zu einem Gebäude am Rand des städtischen Krankenhauses. Oblja schlenderte bequem dahin, sie hatte Schlojma das Einkaufsnetz mit dem Essensbehälter und der Thermoskanne gegeben, der wiederum lief die ganze Zeit schief und krumm, trug das grobfasrige Netz einmal in der linken, dann wieder in der rechten Hand und starrte auf seine von dem Netz verkratzten Knie.

Nachdem sie das Gebäude betreten hatten, empfing sie sogleich kühle Luft, die die Umgebung und alles mit einem Mal spürbar und geradezu greifbar werden ließ. Nachdem sie schließlich einige schwere Türen aufgestoßen oder aufgezogen hatten, führte Oblja ihn durch Korridore in einen größeren Saal, in dem eine Reihe langer, weißer Tische aufgestellt waren. An einem dieser Tische verdiente Ihor Bljaschanyj gerade sein täglich Brot. Aus dem Kassettenrekorder der Marke *Frühling*, der gerade so auf ein Beistelltischchen in der Ecke neben der Steckdose passte, tönten die letzten Takte der Melodie von *All you need is love* durch die abgestandene und ausgekühlte Luft. Auf der schmutzig glänzenden Oberfläche des Tisches, der mit einem völlig ausgewaschen-verwaschenen, fast hautfarbenen Fetzen bedeckt war, lag wie ein absonderlicher Fisch der Körper eines zwanzigjährigen Mädchens, bereit zum Sezieren. Noch auf der Schwelle zog der Körper wegen seiner ungeschützten Nacktheit Schlojmas Blick sogleich für einige Augenblicke auf sich. In diesem Moment – nachdem sich Ihor Bljaschanyj zur Tür umgedreht hatte, die hinter Schlojma und Oblja dumpf ins Schloss gefallen war – schaltete er den Kassettenrekorder aus und bedeckte den Körper dann mit einem Tuch von

Kopf bis Fuß. Nachdem er sich der Gummihandschuhe entledigt hatte, ging er seiner Tochter lächelnd entgegen.

Er nahm Schlojma das Netz mit seinem Mittagessen ab und nickte dem Jungen dabei flüchtig zu, während er sich mit Oblja unterhielt. Die beiden gingen tiefer in den Saal hinein zu einer anderen Eisentür. Hinter dieser Tür befand sich sicher eine weitere Räumlichkeit, ein Aufenthaltsraum, in dem Ihor Bljaschanyj aß und mit Freunden und Bekannten saß, die ihn besuchten. Schlojma gehörte offensichtlich nicht zu dieser Kategorie und blieb im Saal mit den Metalltischen zurück, als Vater und Tochter, ohne sich noch einmal nach ihm umzudrehen, hinter der Eisentür verschwanden.

Er brauchte einen Moment, um sich daran zu gewöhnen und die Angst hinunterzuschlucken, dass er sich nun allein an einem solchen Ort befand. Dann ging er aber zu jenem Tisch, auf dem der Körper der jungen Selbstmörderin lag. Dass es sich um einen Selbstmord handelte, erfuhr er allerdings erst später. Als stünde er neben sich und als wären es nicht seine Hände, schob er langsam das Tuch von den Füßen zum Kopf hinauf. Sie hatte kleine Füße mit schlanken Zehen und ovalen Zehennägeln, die mit einem durchsichtigen Lack bedeckt waren. Die dürren Unterschenkel waren mit kurzen, hellen, fast durchsichtigen Härchen bedeckt, vielleicht waren sie rasiert. Oberhalb der Knie wurden die Schenkel fester, blieben dabei aber poetisch wohlgeformt. Ein rötlicher Flaum dichter, kurz gewachsener Härchen am Schambein zeichnete sich frech als ein gleichschenkliges Dreieck ab. Unterhalb des Bauchnabels waren noch die Abdrücke des Gummibands der Unterwäsche wie spiralförmige Abdrücke zu sehen. Die nicht übermäßig großen, schön geformten Brüste waren weiß, unbefleckt und noch geschmeidig und fest, dass es Schlojma in den Fingern juckte, sie zu berühren.

Der Körper des Mädchens war noch nicht erstarrt. Seine Finger fühlten nur eine trockene, leicht kratzige Kälte. Ein langer Hals und ein kleiner Kopf mit prächtigem Haar rundeten das Bild ab, von dessen Anblick dem Jungen abwechselnd heiße und kalte Schauer über den Rücken jagten. Das ruhige Antlitz der Toten mit den fahlen Lippen und den geschlossenen Augen hinterließ keinerlei Eindruck, es war weder schön noch abstoßend. Das Mädchen lag mit am Körper angelegten Armen da, die Muskeln erschlafft und weich. Sicher würde sie in genau dieser Stellung, nur in der Vertikalen, vor dem Jüngsten Gericht stehen.

Es war der erste nackte Mädchenkörper, den er in seinem Leben sah. Zugleich war es der erste tote menschliche Körper, den er in seinem Leben sah. Und insgesamt war es der stärkste Eindruck in seinem bisherigen fünfzehnjährigen Knabenleben.

Arkadij Gajdar kommandierte in dem Alter eine Schwadron, Alexander der Große scharte ein Heer um sich und zog nach Kleinasien. Jean-François Champollion entzifferte die Hieroglyphen. Und Schlojma Ezirwan sah zum ersten Mal einen nackten und zugleich toten Mädchenkörper.

*

Die Zigarette war bis zum Filter runtergeraucht. Die Kippen rochen dann immer säuerlich. Schlojma schnippte sie in den Busch auf der anderen Seite der Allee. Er schnupperte an seinen Fingern. „Pfuiii ..." Aus einer Senke ein Stück weiter tönte zwischen den Bäumen Musik, Blechblasmusik. Schlojma nahm sie erst jetzt wahr und wurde sich dabei bewusst, dass es ihm wohl nicht vergönnt sei, die Orte seiner wilden Jugend in Ruhe und allein zu besuchen. „Gorod Rowno, oh Rowno, meine Stadt, du schläfst wohl nie!“, grölte ein nicht besonders tiefer Bariton die Worte von Moschajenkow, „Gorod Rowno, Rowno, meine Stadt, sag mir, wer ist sie? Pam-pa-ram-pa-pam-pam! ...“ Außer der Musik waren auch bestimmte Kommandorufe zu hören, die wahrscheinlich einem bestimmten Kollektiv galten, das synchron gewisse Bewegungen und Übungen aufgrund dieser Kommandos ausführte. Was ist denn das für ein Volksauflauf?“, fragte sich der Schriftsteller Ezirwan und blickte auf die Uhr. Er zuckte zusammen: Außer der Uhrzeit (14:17) zeigte die Casio auch das Datum an: Sept. 17. Thurs. Der 17. September! Wie konnte er die Kombination dieses Datums nur vergessen? Der 17. September! Du hast dich schon völlig ins Vergessen gesoffen in deinem Westsektor! ... So ein Datum zu vergessen. Na ja, aber das kommt davon, wenn man nicht das Staatsfernsehen von Ost-Rowno anschaut. Während der Vorbereitung für das Theaterstück und der Sauferei mit Sommer und Maulwurf ist dir das Leben der normalen Menschen ganz fremd geworden. Der 17. September! Der Goldene September ... Welch goldner Klang ...

An einem wie ein Bleistift sechseckigen Pfahl prangte eine Bekanntmachung auf durchnässtem grauem Papier mit hellrosa Buchstaben auf Russisch:

> Am 19. und 20. September wird im städtischen Kultur- und Erholungspark namens Schewtschenko anlässlich des „Tages der Stadt Rowno“ eine Gartenschau veranstaltet. Eintritt frei. Alle Interessierten sind willkommen.

Aber heute ist doch erst der 17. ... Ja, heute ist ein Arbeitstag, gefeiert wird doch erst am Wochenende ... Dann ... dann üben sie jetzt, das muss eine Art Generalprobe sein,

ein letzter Durchlauf oder wie auch immer man es nennen mag? So ungefähr das Gleiche, was eben jetzt im Theater, nicht weit von hier, vielleicht vierhundert Meter jenseits der Mauer der durchgeknallte Maulwurf durchzieht.

Schlojma ging weiter zu einer breiteren Allee, zweispurig, die sich fast wie ein Prachtweg zwischen den Blumenbeeten dahinzog, rechts ragte auf einer kleinen Anhöhe die Skulptur *Zu den Sternen* empor – ein schwielenbedecktes Mannsbild hob einen Planeten himmelwärts, fest umklammert von seiner Hand mit einem unnatürlich verdrehten Arm, ungefähr so wie Mykola Dschera die Sichel, als er auf den erbarmungslosen Steuerbeamten losging. Genau dieser Gedanke war Schlojma durch den Kopf gegangen, als er sich augenblicklich dafür schämte: Was soll denn so ein Vergleich? ... Literarischer Kitsch ...

Schlojma konnte nicht sehen, dass ungefähr einen halben Kilometer hinter ihm, an jener Stelle, an der er den Park betreten hatte, der rote Moskwitsch von neuem hielt. Der Fahrer im Strickhemd hielt sich mit der Rechten ein Taschentuch ans verbeulte Gesicht, während er mit der Linken den zwei quadratförmigen Passagieren die Richtung wies, in die sein letzter Fahrgast wahrscheinlich gegangen war. Die Passagiere stiegen ohne zu zahlen aus und betraten gemächlich jene Allee, in der Schlojma vor nicht allzu langer Zeit jene Zeitungsseite las, die an der Bank festgeklebt war. Einer von ihnen durchsuchte die angrenzenden Büsche und fischte mit spitzen Fingern angewidert aus einem der Büsche eine Kippe, die fast bis zum Filter heruntergebrannt war und zeigte sie seinem Kollegen. Fast bis zum Filter, doch nicht ganz. Der andere Schrankförmige hielt sie vor sein Gesicht und las laut die Silben *Ga-u-loi-ses*. Die Männer blickten sich an und gingen dann in die Richtung, aus der die Musik tönte, in jene

Richtung, in die vor einer Viertelstunde der Schriftsteller Schlojma Ezirwan gegangen war.

Der Abstand zwischen ihm und seinen Verfolgern betrug nicht mehr als einen Kilometer, doch die Quadratschultrigen wussten nicht genau, in welche Richtung sie gehen sollten. Deshalb gingen sie langsam und durchkämmten den Park in konzentrischen Kreisen, wobei sie auch die seitlich und parallel laufenden Alleen mit einschlossen. So holten sie Schlojma auch nicht gleich ein.

Am Tanzplatz vorbei, auch die *Pfanne* genannt, auf dem er damals im Kreis von rotznäsigen Kumpels zum ersten Mal so halbwegs ausflippte zum unsterblichen Song *Venus* der heute fast vergessenen holländischen Band Shocking Blue, vorbei an einigen Kaffeebuden, in denen die gebeugten Gestalten der Besucher sichtbar waren, vorbei an der Grünen Estrade mit der gemauerten Kinobude, in der, soweit sich Schlojma erinnerte, nie ein Film gezeigt worden war, vorbei an einer Schewtschenkobüste, das weit und breit einzige Denkmal – und wie viele braucht man denn davon? – des Nationaldichters, Schriftstellers, Revolutionärs und Demokraten in der Bezirkshauptstadt. Schlojma gelangte schließlich auf den zentralen Platz des Parks. In der Mitte des Platzes befand sich auf einem Steinhaufen ein steinener altrussischer Recke – Popowitsch? Mikitisch? Murometz? –, der dabei war, mit einem schwungvollen Hieb seines Schwertes eine niedergekämpfte Schlange oder einen Lindwurm zu richten. Witek Krasynskyj hatte sie, bevor er Ende der 1970er Jahre zur Armee eingerückt war und seinen letzten Abend in Freiheit ordentlich begossen hatte, nachts grün angemalt. Damit verewigte er sich im kulturellen Gedächtnis zwar nicht als Nationalheld, aber doch wenigstens im Gedächtnis seiner Altersgenossen für die nächsten zwei Jahre seiner Abwesenheit. Während des

Militärdienstes wurden Krasynskyj die Nieren kaputt geprügelt, weshalb man ihn aufgeschwemmt und bläulich vorzeitig aus der Armee entließ. Er heiratete noch eine frühere Mitschülerin und starb ein paar Jahre später. Der grüne Anstrich an dem Reptil verblich auch mit der Zeit. Sic transit gloria mundi.

Auf der sogenannten grünen Bühne rezitierten einige Kinder in weißen Hemden und roten Pionierschleifen Gedichte vor einem Mikrofon, das furchtbar hallte und Rückkoppelungen produzierte. Durch das Dröhnen und Pfeifen konnte man eine Lobeshymne auf die Bauarbeiter vermuten, die stilistisch und ideologisch von keinem anderen stammen konnte als dem Sänger dieses Flecken Erde, Moschajenkow:

Rowno höher! Rowno weiter!
Stündlich! Täglich!
Den Meistern aus SMU-4
das höchste Verdienst im Revier!

Irgendwelche weiteren Anzeichen der Vorbereitung auf den übermorgigen Feiertag waren auf den ersten Blick nicht zu erkennen, sah man einmal von den Arbeiterinnen ab, die mit Besen und Eimern ausgerüstet durch den Park streiften, und von einem Mann unbestimmten Aussehens und Alters, der aus einem ausgebuddelten und abgesteckten Viereck den erdigen Untergrund mit Studentenblumen hellen und dunklen Tons wie ein Mosaik gestaltete. Schlojma schaute etwas genauer hin und erblickte auf dem quadratischen Stück wilder polesischer Erde zwei Gestalten, die in ekstatischem Kuss miteinander verschmolzen. Einen rot besternten Soldaten und Befreier im Stahlhelm und einen westukrainischen Kleinbauern im Leinenhemd. Die Konturen waren ein wenig von den Blütenblättern überwachsen, die in einigen Stunden zu einem rauschenden Blumenmeer zu werden versprachen, um die Blicke der Besucher in vornehmer Farbenpracht zu erfreuen, bis sie am Samstag verwelkt sein würden.

Der ausgetrocknete Springbrunnen, in dessen Mitte der stramme Recke mit dem Lindwurm kämpfte, war einst ein beliebter Treffpunkt von Sammlern und Antiquitätenjägern sowie Philatelisten, Bibliophilen, Androphilen, Nukleophilen, Heterophilen, Slawophilen und anderen Filous. Wenn Schlojma am Sonntagnachmittag aus dem Kino *Jugend* kam – der schmale hellgrüne und perforierte Streifen der Kinokarten für zehn Kopeken steht ihm noch ganz lebendig vor Augen –, trödelte er gerne hier bei den alten Briefmarkenalben, Fotomappen, Münzsammlungen und Leporellos herum. Unter dem hoch und heiligen Versprechen, nichts zu klauen oder mit dem Sammlerstück, einer Vierteldollarmünze, abzuhauen, nahm er das Geldstück in die Hand und stellte sich, vielleicht zum ersten Mal, vor, dass es irgendwo jenseits der Berge und Meere ein Land geben müsse, in dem diese Münzen ganz alltäglich verwendet werden und nichts Besonderes darstellen. Damit lag er freilich doch etwas falsch, denn die bei Sammlern beliebten Quarter Dollars tauchen eher selten als Wechselgeld in amerikanischen Läden auf, ganz zu schweigen von der Dollarmünze oder dem Half Dollar mit dem Konterfei von J. F. K. Und damals an jenem sonnigen Sonntagnachmittag am Ende des Sommers durchdrang ihn erstmals das Bewusstsein der Grenzenlosigkeit der Welt, begleitet von einem kurzen, zögerlichen Gedanken, der durchs Bewusstsein taumelte und wieder verschwand wie ein Unwesen, wie die schrecklichste aller möglichen Tragödien im Leben: Das werde ich nie sehen, dorthin werde ich nie kommen ...

Jetzt gab es bei dem Brunnen mit dem Lindwurm-Kämpen keine Jäger und Sammler, es war ein Arbeitstag und noch dazu ziemlich heiß. Ein Schülergrüppchen lief an Schlojma vorbei zum Nebeneingang des städtischen Kulturpalasts, bestimmt zu irgendeinem kreativen Arbeitskreis, vielleicht sogar zur Theatergruppe. In der Nähe führte ein Rentner in Jeansjacke mit eleganten Flicken auf den Ellbogen einen alten grauen Pudel Gassi und rief ihm dabei von Zeit zu Zeit mit der kräftigen Kommandostimme eines ehemaligen Feldwebels zu: „Tjopa! Tjopa!“ Der Rentner hatte eine hohe Stirn und einen auffallend schwarzen Bart und unter den Brauen blickten schwarze stechende Augen streng nach allen Seiten. Der Pudel setzte einen Haufen inmitten des Blumenbeets ab und scharrte gelangweilt mit den Hinterpfoten ein wenig Blumenerde darüber und als sein Herrchen ihn rief, tippelte er zu ihm, wobei er einige Mal asthmatisch hustete. Nachdem der Rentner Schlojma einige Male mit stechendem Blick fixiert hatte, ging er gemächlich die Kastanienallee entlang seinem Pudel hinterher in Richtung des Kinos. Das Kino war nach Schewtschenko benannt, genauso wie der Park, in dem es stand.

Schlojma ging um den Springbrunnen herum. Ein Stück weiter hinten rechts, ungefähr hundert Meter entfernt, endete der Park direkt an der Mauer. An der Mauer ließen sich Gestalten in dunklen Uniformen erkennen, die in regelmäßigen Abständen voneinander postiert waren und wie reglos dastanden. Außerdem war im Park entlang der Mauer auch ein Graben ausgehoben worden, der das Dickicht von der Mauerkante sichtbar trennte. Hinter dem Mauerkamm blickten die Dächer der Wohnhäuser auf der Drahomanowstraße hervor und ein Stück weiter befand sich die Redaktion des *Riwner Abendblatts* sowie die Leitung der Philharmonie, die in der Stadtvilla des ehemaligen sowjetischen Bezirksleiters untergebracht war. Die Straße führte dann zum Stadtmuseum und weiter zum Stadion bis zum Ufer der Ustja. Ein Spaziergang von zehn bis fünfzehn Minuten. Gegenwärtig war ein solcher Spaziergang aber mindestens so schwierig zu bewerkstelligen wie eine Wanderung durch einen Mondkrater oder ein Abstecher auf den Grund des Marianengrabens.

Ost-Riwne, auf Hügeln gelegen, beobachtete mit hunderttausenden Augen neidisch und scheel das satte und im Waffenstillstand erstarrte West-Riwne jenseits der Mauer, das sich vor ihnen auf der Ebene bis zum Horizont ausbreitete und sorglos weder nach Ost noch nach West blickte, sondern einfach in den blassblauen, unendlichen Himmel von Polesien. Nur der Himmel gehörte beiden Teilen der Stadt, und manch einer verstand dies sogar.

Es ist noch gar nicht so lange her, dass hier ganz in der Nähe ein bekannter Drachenflieger in einer finsteren Nacht mit einem Drachen, den er tags zuvor für die Teilnahme an der Spartakiade erhalten hatte, an der abschüssigen Leninstraße gestartet war und es sogar fertigbrachte, vierhundert Meter zu fliegen. Dann wurde er jedoch beim Anflug auf die Mauer von einer Milizpatrouille entdeckt. Die schickte ihm vorschriftsmäßig einige Patronen aus ihren Makarows nach oben. Der Körper des Sportlers wurde ungefähr 100 bis 200 Gramm schwerer, was keinen allzu großen Zuwachs an Ballast bedeutete, und so segelte der Drachen in ganz anständiger Höhe ruhig weiter über die Mauer. Er glitt bis über den Unabhängigkeitsplatz und ging dann in gemächlichen Senkflug über, den er mit einer engen Kurve genau unter die ausladenden Bäume des Doms der Auferstehung Christi beendete. Der Körper des Sportlers wurde zusammen mit dem Fluggerät, das an einigen Stellen Durchschüsse aufwies, in den Ostteil der Stadt überführt. Seither hat der Bezirk Rowno keine einzige Medaille mehr bei den Landesmeisterschaften im Drachenfliegen gewonnen. Zudem war diese Sportart für einige Zeit in Ungnade gefallen, vielleicht sogar verboten gewesen, ähnlich wie Vollkontakt-Karate in den fernen 1970ern.

Dieser Fluchtversuch war keinesfalls der einzige, an den sich Schlojma erinnerte, obwohl er sich nie besonders dafür interessiert hatte. Irgendwo im Viertel der kleinen Privathäuser gab es einmal den Versuch, sich von einem Garten aus, der direkt an die Mauer grenzte, durchzugraben. Ein völlig verzweifelter Familienvater, dem man am Vortag eröffnet hatte, dass man ihn mit seiner Familie nach Antopil, ungefähr 20 Kilometer östlich vom Bezirkszentrum Richtung Kiew, in ein „ganz genau gleiches Haus" umsiedeln werde, buddelte die ganze Nacht gemeinsam mit der Familie. Dabei schichteten sie die Erde hinter einem Verschlag auf, damit sie nicht zufällig von der Straße aus entdeckt wurden.

In den frühen Morgenstunden stürzte dann der beinahe zwei Meter lange Tunnel ein und hätte um ein Haar den Amateurmaulwurf für immer begraben, wenn nicht dessen Frau ein Wehgeschrei angestimmt und die Nachbarn daraufhin die entsprechenden Stellen informiert hätten. Erstaunlich rasch rückte die schnelle Eingreiftruppe an und befreite den Herrn der Scholle, von ihr, der Scholle, aus ihrer mächtigen und innigen Umarmung. Der Familienvater durfte dann auf Staatskosten mit der Familie nach Antopil umziehen und dort seine von der innigen Abschiedsumarmung gebrochenen drei Rippen kurieren.

Auch vom Westsektor aus gab es einen Versuch, die Mauer zu überwinden. Der einheimische Rockmusiker Nil Trepeta plante für eine Serie von MTV-Clips – die dann übrigens nie zustande kamen – eine lauthals propagierte „Rock and Social Action" mit dem Titel *Begleitet mich über den Majdan!* Für die Realisierung wählte er den Unabhängigkeitsplatz in West-Riwne aus, dessen Ostseite von der Mauer begrenzt wurde. Nil Trepeta hatte sich wie Schlojma in jener schicksalhaften Nacht zufällig im Westsektor aufgehalten. Er war bei einer Bandprobe im Kulturpalast der Chemiker auf der Jubiläumsstraße gewesen und übernachtete, nachdem er ordentlich einen zur Brust genommen hatte, einfach im Proberaum. Seine Familie, Frau und zwei Töchter, warteten in einem Wohnheim für Kleinfamilien auf der Wiener Straße im Osten vergeblich auf ihren Papa und Ernährer, denn am nächsten Morgen war die Stadt bereits geteilt. Trepeta erfreute sich in der eingeschlossenen Stadt eine Zeit lang seines Ruhms als cooler Rocker und nutzte die Situation eines blinden Huhns, das nun auch einmal Körner findet, geschickt aus. Für seine „Rock and Social Action" gelang es ihm, den mexikanischen Gitarristen ukrainischer Abstammung Ramon Sigals zu gewinnen. Der untersetzte Mexikaner mit Brille und Kinnbart spielte mit Trepeta die ersten beiden Songs. Als sie dann den dritten Song anspielten, jenen, der namensgebend für die ganze Aktion war, stürmte Nil Trepeta mit einem Mal vom Podium neben dem Schewtschenko-Denkmal in Richtung Mauer, der Mexikaner eilte ein wenig seitlich versetzt hinter ihm her und zupfte dabei weiter die Saiten mit seinen schlanken Fingern und langen Nägeln. Als Trepeta der Mauer immer näher kam, öffnete sich zum großen Erstaunen der Zuschauermenge das Durchfahrtstor ein Stückchen, der Sänger blickte sich verzweifelt um und verschwand dann durch das Tor. Sigals nahm all seinen Mut und Willen zusammen, ballte seine Hände krampfhaft zu Fäusten und warf sich ihm hinterher. Doch das Tor war schon wieder verschlossen. Kurz darauf flog die teure und wertvolle Fender-Gitarre von Nil wie ein Bumerang über die Mauer, schlug einige

Male auf dem Majdan auf und zerbarst. Journalisten der Regenbogenpresse bemühten sich vergeblich, etwas über das weitere Schicksal Nils zu erfahren, ebenso wie einige seiner Fans, von denen es leider nicht genug gab, um einen richtigen Aufruhr in den Massenmedien zu entfachen. Der völlig verwirrte Sigals gab kein einziges Interview und flog noch am gleichen Abend mit einem Charterflug über Kuala Lumpur und Neuguinea nach Mexiko zurück.

Schlojmas Blick wanderte schließlich von der Mauer in jene Richtung, aus der er vorher gekommen war. Er hatte Hunger und Durst. Nach der Tasse Tee bei Uljana hatte er erst recht Hunger bekommen. Hmm ... ob man hier irgendwo etwas zu essen bekommt? Warte mal, und was ist mit der Holzbude, dieser Spelunke? In dem schummrigen Raum waren doch einige Gestalten zu sehen gewesen, als du daran vorbeigekommen bist, es müsste gleich hinter dem Springbrunnen sein, beim Tanzplatz ... Hauptsache, die machen nicht gerade Mittagspause. Wie spät haben wir denn? 14:30 ... tatsächlich, auf dem Schild an der Tür steht's: Mittagspause 15–16 Uhr. Durch das trübe Glas war die Gestalt einer Putzfrau mit Eimer zu sehen, die mit einem Lappen die Stehtische abwischte, die Gläser abräumte und dabei immer fünf auf einmal packte.

„Gehen wir zum Privatverkauf!" Neben dir tauchten drei junge Männer in staubigen und schäbigen Klamotten auf. Anscheinend Bauarbeiter, deren Mittagspause natürlich genau mit der Pause in dieser Holzbude zusammenfällt. Ihre Eingeweide wollten mit Bier gespült werden und so gingen sie um die Holzbude herum unter den kümmerlichen jungen Linden durch, dann um ein weiteres Eck – und du ihnen leise hinterher –, schließlich durch eine Tür ohne Schild, ein Hintereingang. Du folgtest ihnen und bist in einen kleinen Raum gelangt, der in der Mitte von einem Tresen geteilt wurde. Auf einem gefalteten Stück Karton gab eine handgeschriebene Aufschrift bekannt, dass dies eine private Verkaufsstelle sei, in der Waren für Ost- und Westwährung abgegeben werden. Die jungen Männer beachteten dich nicht und kramten in ihren Taschen nach Geld. Währenddessen inspiziertest du das Sortiment, das in seiner vollen Pracht auf dem großen Kühlschrank unter dem Fenster platziert war. Eine Dose Bier der Marke *Lemberger Premium* – die haben hier Importbier! – für vier Hrywnja, hmm, doppelt so teuer wie in den Bars des Westsektors. Außerdem gibt es nicht mehr ganz frische Cracker sowie noch etwas verdächtig Aussehendes in einer Verpackung aus Glanzpapier. Na gut, wenn schon nichts anderes zu bekommen ist, dann eben Bier und Cracker.

Wieder ging dir der Gedanke an das Geld durch den Kopf. Nach einem Moment sinnloser und chaotischer Suche in den hinteren Hosentaschen hast du schließlich vier quadratisch ineinander gefaltete Zehn-Hrywnja-Scheine gefunden. Ein wahrer Schatz, und gerade zur rechten Zeit! „Wir kommen nie auf einen grünen Zweig, wenn du so mit dem Geld umgehst!“, hatte mich Oksana getadelt, als sie einmal in der Brusttasche meines Sakkos, das sie gerade in die Reinigung tragen wollte, zwei vergessene Hundert-Hrywnja-Scheine eines gelegentlichen Honorars fand.

„Kaufen Sie was?“ Die Frage hatten die drei Prollis an ihn gerichtet. Er hatte sie für sich bereits im Stillen so eingeordnet, denn sie machten einen merkwürdigen und nicht gerade sympathischen Eindruck. Während sie noch immer Geld in allen möglichen Innen- und Außentaschen suchten, traten sie zur Tür zurück.

Nachdem Schlojma das Wechselgeld für den Zehn-Hrywnja-Schein – auf sieben Hrywnja aufgerundet und Kopeken gab’s eh keine – erhalten hatte, trat er mit dem

Bier und der knisternden Packung im Arm hinaus. Unter einer kümmerlichen Linde stand eine Bank, die nur eine zerbrochene Planke hatte. Er riss die Cracker-Packung schräg auf, ließ die Bierdose aufzischen, aus der ein feiner Dunst aufstieg – genau wie in dem Gedicht von Neborak, fiel ihm dabei ein –, und schaffte es sogar, den leckeren ersten großen Schluck zu nehmen, als die drei Prollis aus der Tür der Verkaufsstelle traten und ohne große Umstände zu ihm kamen. Sie setzten sich neben ihn auf die Bank, schön der Reihe nach, und drückten ihn dabei ein wenig an den Rand. Na und wenn schon ...

„Hey, Wasja, früher lag das Blech auf der Straße!", griff einer von ihnen das vorher begonnene Gespräch auf. „Überall Blech, so viel ma wollte. Ja, Blech gab's im Kommunismus genug. Sagn wir mal, du kommst und sagst zu mir, rück mal Blech raus, und ich zu dir, da nimm, kein Problemo. Aba jetzt, nee, nee, die Zeiten sin schlächt ... Ich sag dir, gestern schleppt mein Nachbar 'n nagelneues Gästebett an und meint, ich verscherbel's, weil höchste Zeit, sich die Birne voll zu knallen." Der reizende rothaarige Sprecher trug eine wattierte Jacke, die mit irgendeiner weißen Masse verschmiert war. Er gestikulierte energisch vor der Nase seines Kumpels herum, der ihn mit seinen hellen, fast durchsichtigen Augen wie abwesend anglotzte, als wäre er mit seinen Gedanken ganz woanders. Dann wandte er sich an Schlojma, beugte sich verschwörerisch zu ihm und holte dabei ein stattliches Springmesser mit einem regenbogenfarbenen Griff aus der Seitentasche.

„Hey, Mann, solche Dingerchen machen wir in unserem Metallowerk. Willst eins, nicht teuer, zehn von euren ... Dingsda ... Hrywnja." Die hellen, farblosen Augen starrten Schlojma unverfroren und aufdringlich an. Der linke Arm des Blassäugigen lag locker, aber doch bedeutungsschwer auf seiner Schulter. „Ich und die Jungs wollen einen heben, aber Kohle fehlt, kapiert ..."

Schlojma erinnerte sich an den polnischen Film *Ewa will schlafen*, den er vor langer Zeit einmal gesehen hatte und in dem auf genau diese Weise einem einsamen Passanten in den Abendstunden vorgeschlagen wurde, einen Ziegelstein zu erwerben. Der Blassäugige drückte dabei, sei es offenherzig oder einer einstudierten Rolle gemäß, einige Male den Auslöser am Messer und die Klinge schnappte heraus. Dann klappte er sie wieder zu. Und zum Beweis der Qualität der Schneide ritzte er mit einer einzigen leichten Bewegung und ohne jegliche Mühe die Cracker-Packung auf, die Schlojma in der rechten Hand hielt. Einige Cracker fielen daraufhin ins Gras. Schlojma legte die Packung auf die Knie, während der Rothaarige mit der Arbeitsjacke die auf der Erde verstreuten Kekse aufhob und sie wie nebenbei in die Tasche steckte.

Schlojma hatte den Eindruck von etwas Komödienhaftem und beschloss deshalb, auch ein wenig zu spielen. „Zehn Hrywnja soll das kosten? Bisschen teuer oder?"

„Das Ding da is gut in Schuss, kapierste das nich, he?" Der Proll ließ nicht locker und umfasste Schlojma so kräftig, als habe er außer jenem mit dem Messer noch zwei oder drei Arme. Sein Atem ging schneller, stoßweise, fast wie bei einem Liebhaber, der den wollüstigen Moment kommen fühlt.

„Hast du 'ne Ahnung, was so'n Ding hier auf'm Basar kost? Und bei euch im Westen gibt's so was gar nich!" Aus dem Mund des Blassäugigen strömten mit seinen Worten seltsame Dämpfe, eine säuerliche Mischung wie von Spiritus.

Woher weiß der denn, dass ich aus dem Westen bin? Ach so, stimmt, ich hab ja mit Hrywnja bezahlt ... Schlojma kramte aus der Innentasche seiner Cordjacke die zwei

Zehner hervor. Kaum hatte er sie auseinandergeblättert, verschwand der eine in der linken Pranke des Schlägertypen, obwohl der Arm weiterhin fest auf Schlojmas Schulter ruhte. Schlojma schnappte sich mit der Rechten nicht ganz ohne Widerstand des Blassäugigen das Messer, das ja nun ihm gehörte. Plötzlich sprangen die drei wie auf Kommando auf und stürmten zur Tür der Verkaufsstelle.

Schlojma drehte und wendete das Messer in seinen Händen, drückte einige Male auf den Auslösemechanismus. Die Klinge klappte ziemlich gemächlich auf, unwillig und mit einiger Verzögerung löste sie sich aus dem Griff, gar nicht so wie in den flinken Fingern des Blassäugigen. Der Schriftsteller Ezirwan steckte das Messer in die Innentasche der Jeansjacke und widmete sich wieder seinem Bier. Er schaffte es sogar, einen weiteren Schluck zu nehmen und einen Cracker zu knabbern, bis die drei in den Arbeitsjacken fröhlich durch die Tür tobten. Schlojma verspürte eine innere Anspannung, während er den trockenen, salzigen Teig kaute. Was sich die Kerle eben geleistet hatten, da war weiter nichts Gutes zu erwarten ...

Zwei von ihnen – der Dritte in der Runde war eher unauffällig, von mittlerem Wuchs und ein Durchschnittstyp – hielten jeder ebenso eine Dose Bier in der Hand wie er, *Lemberger Premium*, der Dritte hatte etwas unter den Arm geklemmt, das aussah wie eine Flasche. Sie gesellten sich wieder zu Schlojma, als gäbe es keine anderen Bänke im Park.

„Ah, Mann, bist noch da, noch nich weg ..." Die Stimme des Rothaarigen klang voller Verwunderung, doch voll gleichgültiger Verwunderung. Du bist ihnen egal, dachte Schlojma, obwohl's auf der Bank zu viert enger ist als zu dritt. Sie setzten sich wieder der Reihe nach hin und schoben ihn bis an den Rand der Bank.

Gierig öffneten sie ihre Biere, der Dritte, Gesichtslose holte die – aha, halt, doch keine Flasche, sondern ein rundliches Plastikgefäß mit einer Chemikalie, anscheinend Dichlorvos, hervor. Der Blassäugige zapfte das Bier in den unteren Teil einer in der Mitte durchgeschnittenen Plastikflasche, bis sie zu drei Vierteln voll war, und reichte sie dann dem Dritten, dem Unauffälligen, Gesichtslosen. Der goss die Chemikalie aus dem Plastikgefäß großzügig in den Bierschaum, bis sie wie eine weiße Wolke über dem Gefäß hing, und gab diesen merkwürdigen Cocktail dann an den Blassäugigen weiter. Der guckte dich an und zwinkerte dir noch zu, als er deinen erstaunten Blick bemerkte, lachte und trank auf ex. Seine Augen trübten sich augenblicklich ein und er rutschte seitlich auf dich. Die beiden anderen beachteten ihn nicht, die waren viel zu sehr mit ihren chemischen Experimenten mit Bier und Dichlorvos beschäftigt. Allmählich – aber eigentlich ziemlich rasch – ging ihr ohnehin nicht sehr vernünftiges Gerede über in ein totales Gebrabbel. Schlojma überlegte, höchste Zeit das Bier auszutrinken, den Blassäugigen los zu werden und zu verschwinden. Je weiter, desto besser. Wenn sich dein Instinkt hier nur nicht zu spät gemeldet hat, denn ...

„Hö-ö-ör mm-ahhl Mahnnn ...“, lässt der Rothaarige nun mühsam seine Zunge kreisen, er ist ganz rot im Gesicht angelaufen und gibt von Zeit zu Zeit Rülpser von sich, die nach vaterländischer Chemieindustrie stinken. „... das Messer, hö-ö-ör mmahhl, das wir di-ie-r verkau hamm, das kost me-ehr ... zwanzi-ieg Hrywnja, sogar fünfundzwanzig ... hicks ...“

Er blickte dich erwartungsvoll an, auch seine zwei Kumpel wendeten dir ihre trüben Blicke zu, zugleich schlich sich etwas Bedrohliches in ihre Gesichter.

Das war also nicht nur reine Information, nicht nur ein Werbetext, nein, das war eine Forderung. Die wollen jetzt von dir nochmal zehn oder fünfzehn Hrywnja. Na, und da stehst du vor einem Dilemma, sogar Trilemma: 1. du gibst ihnen das Geld und verschwindest, 2. du gibst ihnen das Geld nicht und verschwindest und 3. du bleibst und versuchst die drei zu überzeugen, dass sie unrecht handeln, sich nicht menschlich verhalten, es einfach nicht gut ist, was sie jetzt da machen, und so weiter. Eine solche Lektion über die Grundlagen zwischenmenschlicher Beziehungen wird zweifellos einen großen Eindruck bei ihnen hinterlassen. Ich könnte da auch noch Konfuzius zitieren: „Was du nicht willst, das man dir tu, das füg auch keinem anderen zu."

„Hör mal, Mann, nich kapiert oda was?", hängt der Blassäugige schon wieder an dir, der plötzlich durch all die möglichen Bedeutungen des Worts Hrywnja wieder wach geworden war. „Wir kriegn noch fünfzehn Hrywnja von dir, klar!"

Während du noch überlegst, was du darauf antwortest, dich gleichzeitig bemühst, cool zu wirken, und die nicht ausgetrunkene Bierbüchse langsam neben dich auf die Bank abstellst, taucht plötzlich der Rothaarige in Arbeitsjacke vor dir auf und haut dir schwungvoll eine runter. Nun kann man eigentlich nicht behaupten, dass du eine solche Attacke nicht erwartet hättest, aber den Schlag hast du nicht abgewehrt und er ging direkt ins Auge. Nun spürst du, wie sich dein linkes Auge ziemlich rasch, einfach augenblicklich eintrübt und dein Sichtfeld einschränkt. Mit dem linken Arm wehrst du noch einige Ausfälle des Rothaarigen ab, während der Blassäugige offensichtlich überlegt, ob er seinen Kumpel zurückhalten soll, um so das erwünschte und geforderte Geld zu bekommen, oder ob er dir auch eine verpassen soll. Schließlich entscheidet er sich für diese Variante und versucht, dir mit aller Kraft in den Unterleib zu treten. Du schaffst es gerade so, dich wegzudrehen, und der Stiefel trifft deinen Oberschenkel. Das ist auch schmerzhaft, kann man aber überleben. Wenn er freilich dahin getroffen hätte, wohin er gewollt hatte ... Mit deiner seitlichen Drehung warst du aufgesprungen, an der Bank hängen geblieben und rücklings hingefallen, mit dem Gesicht nach oben und den Blick in den unendlich blassblauen polesischen Himmel gewandt ...

Im weiteren Verlauf schlagen sie dich gar nicht mehr, sondern treten dich alle drei ganz banal hierhin und dorthin, so dass dir der gute alte armenische Ratschlag einfällt, laut dem man sich bei einer Übermacht der Feinde, der man nicht standhalten kann, rund machen soll. Rund wie eine Kugel, Knie ans Kinn, Ellbogen schützend an den Kopf, allerdings sind Nieren und Rücken ungeschützt, ein schlauer Ratschlag, bei dem man dann wirklich rund gemacht wird. Alle drei beteiligen sich eifrig daran, dir den Rücken zu massieren, obwohl du versuchst, direkten Tritten zu entgehen, dich auf dem Boden windest und wie ein Uhrzeiger kreiselst. Aber einer trifft dich dann zwischen die Beine, die fette Schuhspitze trifft genau dorthin, wohin sie soll, also eigentlich ja nicht soll, und du wirst stocksteif vor wildem Schmerz und da kicken sie dir dann, ohne die Schläge noch zu zählen, gegen die Beine, den Kopf, in den Magen, von hinten in den Rücken, gegen die Nieren, und ein roter Nebel verdunkelt deinen Blick ...

Doch sich völlig auszuklinken, ohnmächtig zu werden, im Vergessen unterzutauchen, gelang Schlojma nicht. An diesem Tag war ihm keine ruhige Minute vergönnt, was die völlig überflüssige These belegt, dass ein wahrer Schriftsteller kein Recht auf Ruhe hat. Die Schläge hörten plötzlich auf und durch den roten Nebel tauchten die zwei bekannten Gesichter von Samtschuk und Mykola Iwanowitsch zu ihm hinunter. Die Gesichter beugten sich zuerst über den Schriftsteller Ezirwan, wechselten dann aber rasch in die normale vertikale Perspektive, woraus Schlojma schloss, dass sie ihn hochgehoben und auf jene Bank gesetzt hatten, auf der sogar noch die nicht ausgetrunkene Bierdose stand. Keiner der drei Prollis war weit und breit zu sehen. Obwohl weit sich mit dem verschwollenen Auge eh schlecht sehen ließ. Dann sank sein Kopf auf die Knie und er spuckte vor seine Füße auf die Cracker im Gras einen blutigen Schaum, in dem ein Stück von einem Zahn schimmerte. In seinem Kopf dröhnte und rauschte es.

Mykola Iwanowitsch schaute ihn an und sagte ein wenig vorwurfsvoll: „Schlojma Wasylowytsch, warum gehen Sie so leichtsinnig einfach im Park spazieren?“, wobei er ihn mit fast liebenswürdiger Geste an der Schulter schüttelte.

„Hier kann so einiges passieren. Wir schnappen uns diese Dreckskerle, keine Sorge. Samtschuk telefoniert schon und ruft die Sanis. Sie bleiben schön ruhig sitzen, denn wer weiß, vielleicht haben sie innere Verletzungen ...“

Der rote Schleier löste sich auf, wenn auch nicht völlig. Im Rücken hatte er ein dumpfes Drücken und unter der Achsel pulsierte der Schmerz. Schlojma betastete seinen Kopf und blickte auf seine Handflächen. An den Fingern klebten Blut und ausgerissene Haare. Der rote Nebel verdichtete sich wieder, besonders beim linken Auge. Samtschuk hielt ihm ein Taschentuch hin. Als Schlojma damit die Augenbraue berührte, röchelte er vor Schmerz, die Braue war tief aufgerissen und pulsierte wie ein klebrigschmaler Faden.

Die Sanis kamen und kamen nicht.

„Vielleicht ist ihnen das Benzin ausgegangen?“, überlegte Samtschuk laut. Doch dann bog ein Auto der Miliz in den Park und kurvte kreuz und quer unter den Linden hindurch zur Bank. Zwei Milizionäre stiegen aus und Samtschuk erklärte ihnen offensichtlich den Tathergang.

„Die sind hier noch irgendwo!" Nach dieser Ansage von Mykola Iwanowitsch machten sich die beiden Milizionäre in Richtung der Anhöhe auf, zur Vorderseite des Parkcafés hin. Dabei schauten sie hierhin und dorthin und brummten etwas in ihr Funkgerät.

„Was is mit ihm?" Die Frage klang ziemlich gleichgültig.

„Hat ganz schön was auf die Schnauze gekriegt …" Mykola Iwanowitsch klang auch nicht sehr mitfühlend.

„Na, was machen wir jetzt? Bringen wir ihn zu den Sanis, wenn die nicht kommen? Was meinen Sie, Schlojma Wasylowytsch, kommen Sie …"

Der Schriftsteller Ezirwan war nicht ganz bei sich, als sie ihn ins Milizauto verfrachteten. Samtschuk ging um das stumpfnasige Auto herum und setzte sich auf den Fahrersitz. Ächzend drückte er die Kupplung und das Auto schleuderte mit einem Hinterrad einige Erdklumpen auf die Füße von Mykola Iwanowitsch, rumpelte dann auf die asphaltierte Allee und zuckelte nach rechts Richtung Riesenrad und Auffahrt auf die Moskauer und Stepan-Bandera-Straße.

Den Park verließen sie bei der ehemaligen Blutspendestation und entfernten sich rasch von der Mauer, kurvten noch abkürzend durch einige Hinterhöfe und tauchten schließlich zwischen Kindergarten und Heizkraftwerk vor dem imposanten Gebäude der Wasserwirtschaftlichen Akademie auf. Das Areal des Instituts wurde bewacht und Samtschuk musste sich mit einem Ausweis in roter Schutzhülle legitimieren. Dann öffnete sich das Tor. Auf der Rückseite der Wohnheime und der Lehr- und Forschungseinrichtungen fuhr der Lada zügig am Sportstadion vorbei bis zum Vordereingang des Medizinischen

Instituts. Dabei fuhren sie einen Teil jenes Wegs, den er vor dreißig Jahren zusammen mit Olja in die städtische Leichenhalle gegangen war.

Nun, für die Leichenhalle bin ich noch nicht ganz reif, überlegte Schlojma und drückte sich ein Taschentuch an die Augenbraue, das er in der Hosentasche seiner Jeans gefunden hatte. Als hätte Samtschuk seine Gedanken gelesen, bog er nicht Richtung Leichenhalle ab, sondern kreuzte eine weitere Straße und fuhr unterhalb einer Anhöhe an einer Spezialforschungsanstalt entlang. Schlojma betrachtete die Studentinnen auf den Bänken unter den Weiden rund um das Gebäude. „Die jungen Dinger schaust du dir immer gern an, gell!“, pflegte bei solchen Gelegenheiten Oksana zu sagen. Beim Gedanken an seine Frau wanderte der Kloß aus beunruhigenden Gefühlen und Ahnungen von neuem nach oben bis zur Gurgel, die wie durch ein Wunder während der Schlägerei nicht von Tritten getroffen worden war.

Sie passierten noch ein bereits geöffnetes Tor, das sonst den Eingang zu einem sympathischen Obstgarten mit Apfelbäumen versperrte. Ein Wächter in Uniform, aber ohne Rangabzeichen oder sonstige Symbole und Embleme winkte Samtschuk einfach durch. Unter den Apfelbäumen führte schnurgerade ein asphaltierter Weg ohne irgendein Schlagloch und mit säuberlich verlegten Bordsteinen hindurch.

Was soll das sein? Ein Krankenhaus? Bei den ordentlichen Gebäuden und Treppen, versehen mit Rampen für Rollstühle und Rollliegen, konnte man durchaus darauf schließen, dass dies eine medizinische Einrichtung sein musste ... Komisch, hier, auf dieser Seite des Zauns war ich noch nie, obwohl ich praktisch mein ganzes Leben in dieser Stadt lebe ... Dort, ein Stück weiter, befinden sich die Einrichtungen der „Jungen Naturforscher“, und noch etwas weiter ist die Stadt auch schon zu Ende, da beginnt die Siedlung Nowyj Dwir ...

Der Lada hielt vor einer der Rampen an. Allerdings nicht auf der Vorderseite, sondern auf der Rückseite. Diensteingang. Ein kleines Schild an der Tür informierte jedoch auf Russisch, dass es sich um das „Rowner Gebiets-Heil- und Reha-Institut. Gebäude Nr. 1, Aufnahme. Unbefugten Zutritt verboten" handle. Zwei Krankenpfleger mit einer fahrbaren Bahre warteten bereits an einer Tür hinten im Aufnahmezimmer auf sie. Samtschuk half Schlojma aus dem Lada und begleitete ihn ins Aufnahmezimmer.

„Legen Sie sich, hinlegen, genau", dabei stieß er Schlojma auf die Bahre und drückte ihn fast gewaltsam nach unten, allerdings falsch herum. Die Krankenpfleger mussten deshalb die Bahre erst einmal umdrehen, wodurch die matten Glaszylinder der Deckenlichter zu kreiseln begannen und dem Schriftsteller ein wenig flau im Magen wurde. Sie schoben ihn dann sanft durch den Gang, der mit Linoleum ausgelegt war. Vorne und hinten schwammen Lichter, irgendwelche Öffnungen, weit geöffnete Türen, Fenster ... Schlojma spürte plötzlich, wie er irgendwohin abdriftete ...

„Er hat ein Trauma", sagte jemand über ihm. Er riss die Augen auf. Er sah, dass er sich auf einer weißen Liege mit hochgestelltem Rückenteil halb liegend und an die Wand angelehnt befand. Der Ärmel des rechten Arms war hochgekrempelt. Ein Arzt mit Brille bereitete gerade eine Spritze vor und neigte sich dann mit ihr zu dem Kranken. In der Stirngegend zuckte ein leichter, aber brennender Schmerz auf, der dann rasch nachließ und mit ihm auch alle anderen Schmerzen, im Kopf, im Bauch, im Rücken.

„Wir sollten eine Gehirntomographie machen. Ich rufe gleich den Tomographen an." Der Arzt am Tisch neben dem Fenster begann eine Nummer zu wählen. Samtschuk, der dem Arzt gegenüber am Tisch saß, blickte Schlojma schon beinahe mitleidig an. Vor ihm lagen auf dem Tisch die Sachen aus Schlojmas Jeansjacke, der Pass, Geldbeutel, eine Packung Zigaretten, Feuerzeug, ein blutverschmiertes Taschentuch und ein Springmesser mit einem schön verzierten Griff, das er bei drei Bewohnern der Stadt Rowno, Gebietszentrum der SRU erworben hatte – für zehn Hrywnja und Körperverletzung mittleren Grades für umsonst. Die Jeansjacke selbst hing auf der Rückenlehne.

„Alo, alo, Lena! Gleich schick ich dir einen Patienten, männlich, zweiundvierzig Jahre alt. Schädelbasis könnte gebrochen sein, schau dir das genauer an. Von allen Seiten komplett. Charoscho? Ok", sagte der Arzt, ohne eine Antwort auf seine Anweisungen abzuwarten. Er hielt dann den Hörer, aus dem ein dünnes Tut-Tut plätscherte, einen Moment vor seinem Gesicht und legte ihn dann auf die Gabel.

„Begleiten Sie ihn oder warten Sie hier?"

Diese Frage galt Samtschuk, doch was der antwortete, konnte Schlojma nicht hören. Süße Schläfrigkeit lullte seinen Körper ein und alle Gegenstände rundherum nahmen angenehme Formen und Farben an. Wie wunderbar geheimnisvolle Smaragde schimmerten die ausladenden Blätter des Gummibaums matt in einer Ecke des Korridors, durch den sie ihn nun fuhren. Wie angenehm und zärtlich wellt sich diese hellblaue Deckenfarbe mit ihren Unebenheiten und feinen Rissen, die Buchstaben ähneln einem außerirdischen Alphabet ... eine mit Ölfarbe bestrichene Holzverkleidung, die gesplitterten Türrahmen, einer, bald darauf einer zweiten, dritten Tür ... eine Tür schließt sich, der Korridor ist zu Ende, es folgen Durchgänge, Zimmer und Säle. An einem Türrahmen hängt ein umgedrehtes Schild. Darauf steht: „Zutritt verboten!" Schließlich stoppt die Bahre. Das Gesicht des Krankenpflegers beugt sich über ihn. „Stehen Sie auf und legen Sie sich dorthin. Gleich kommt der diensthabende Radiologe.“

Der Metalltisch war mit einem hautfarbenen Tuch abgedeckt und ragte mit seiner Stirnseite in eine große, drehbare Metallröhre, aus der an mehreren Stellen Drähte herausragten und nach oben unter die Decke führten. Unter dem Tisch stand ein niedriger Hocker und in der Ecke war eine weiße Liege abgestellt, die genau so aussah wie jene, auf der er eben in dem anderen Behandlungszimmer halb gesessen, halb gelegen hatte. Schwankend und mit ausgestreckten Armen ging der Schriftsteller Ezirwan wie ein Schlafwandler zu der Liege und sank auf ihr nieder. Der Krankenpfleger ging und die Tür fiel hörbar hinter ihm zu. Durch seine halb geöffneten Augenlider beobachtete Schlojma, wie der diensthabende Radiologe durch die gleiche Tür eintrat – oder war es eine Radiologin? –, das Schloss knackte – warum denn ein Schloss? Hier wird doch nicht geröntgt ... obwohl, wer weiß –, dann klapperten Sandalen über den Boden. Aha, eine Frau, die sich anscheinend in der Arbeit andere Treter anzieht, um nicht auf irgendwelchen hochhackigen Steppletten herumzustelzen. Die Gestalt in Weiß ging in seine Richtung, blieb vor ihm stehen und beugte sich zu ihm.

„Na, tut’s weh? Was ist denn passiert?“

Schlojma sammelte die letzten Reste körperlicher Kraft, spannte dann seinen Willen aufs Äußerste an, riss die Augen auf, so weit er konnte: Über ihn beugte sich mit blinzelnden Augen das Gesicht der diensthabenden Radiologin Bljaschana Olena Ihoriwna.

„Hallo Oblja“, grinste Schlojma, er stützte sich auf seinen Ellbogen und versuchte sich aufzusetzen. „Wie viele Jahre haben wir uns nicht mehr gesehen?“

*

„Weißt du, ich war fest davon überzeugt, dass wir uns noch einmal über den Weg laufen." Oblja holte aus einer Tasche ihres Kittels ein schmales Brillenetui, zog die Brille heraus und setzte sie auf, wobei die Brille sie nicht älter machte, sondern im Gegenteil verjüngte.

„Wie geht's dir denn sonst so?" Wieder beugte sie sich herab und blickte Schlojma tief in die Augen. „Vielleicht wunderst du dich jetzt, aber wie wär's, wenn ich uns einen Tee mache?" Sie blinzelte und ihr Gesicht bekam den Ausdruck einer Laborantin, die ein Objekt unter dem Mikroskop analysiert.

„Ja, lass uns Tee trinken ..." Schlojma setzte sich wankend auf und hinkte ihr in das Vorzimmer nach, in dem auf einem Tisch ein am Hals abgeschlagener, großer, bauchiger Kolben stand, in den ungefähr ein Liter Flüssigkeit passte. Ein mächtiger Tauchsieder steckte darin. Er setzte sich auf einen mit kariertem Stoff bezogenen Stuhl und schlug ein Bein übers andere, verzog aber augenblicklich vor Schmerz das Gesicht. Die Knie und überhaupt knieabwärts waren die Beine ordentlich ramponiert. Er blickte zum Fenster, doch die Scheiben waren vom Fensterbrett aus bis in die Höhe von einem Meter mit weißer Ölfarbe bestrichen. Aus diesem Fenster konnte man nur die Kronen der Apfelbäume sehen. Sie trugen Laub, das in der milden Septemberbrise trocken raschelte.

Olena öffnete den Wasserhahn über dem Spülbecken in der Ecke, ließ das Wasser so lange ablaufen, bis frisches kühles Wasser kam, füllte dann den Gefäßkolben und stellte ihn auf dem Fensterbrett ab, danach steckte sie den Tauchsieder in den Kolben und legte den Schalter an der Steckdose um. Sie setzte sich an die andere Seite des Tischs und stützte den Kopf in die Hände.

„Na erzähl mal!"

Schlojma wurde nervös.

„Ich weiß nicht … wo ich anfangen soll, das würde eine lange Geschichte werden. Erzähl lieber du, deine ist bestimmt kürzer."

„Nun, du erinnerst dich vielleicht daran, als wir uns zum letzten Mal gesehen haben …"

„Ja … also eigentlich nicht." An die letzte Begegnung – oder letzten Begegnungen? – konnte er sich ehrlich gesagt nicht erinnern. Die Jahre fließen dahin und waschen vieles fort, was der Erinnerung wert gewesen wäre. Als er in die neunte Klasse kam, begann Olena an der medizinischen Fakultät zu studieren, wie sie es sich schon immer erträumt hatte. Sie entwickelte sich rasch zu einer erwachsenen jungen Frau. Schlojmas Kindheit dagegen dauerte zu dieser Zeit noch an. Er sah Olena zuweilen abends, wenn sie in einem unglaublich kurzen Mini durch den Park in Richtung *Pfanne* zum Tanzen lief und ihre kräftigen langen Beine den Rentnern absichtlich zur Schau stellte, die dort auf den Parkbänken Schach spielten. Im zweiten oder dritten Jahr des Medizinstudiums absolvierte Oblja ein Praktikum in der Chirurgie und lernte den Internisten Stefko Orobetzkyj aus Lwiw kennen. Der bärtige Galizier mit den großen sanften Händen gewann rasch das Herz des Mädchens und die jungen Leute sehnten stets ungeduldig die gemeinsamen Nachtschichten herbei. Im Jahr darauf heirateten sie und einige Monate später brachte Oblja das Töchterchen Natalka zur Welt. Wiederum einige Monate später besuchte Stefko seine Eltern in Lwiw. Tags drauf rief er an und teilte ihr mit, dass er keine Lust mehr habe, in dieses Provinzloch Riwne zurückzukehren. Olena versteifte sich ihrerseits darauf, keinesfalls in die galizische Stadt umzuziehen, und versuchte Orobetzkyj naiverweise damit zu erpressen, dass sie ihm verbieten werde, die Tochter zu sehen. Daraufhin erklärte er in einem weiteren Telefonat, er habe ohnehin ernste Zweifel hinsichtlich seiner Vaterschaft. Olena brach in Tränen aus und schrie dann unüberlegt in den Hörer, dass sie nicht!!! wünsche!!! ihn!!! jemals!!! wieder!!! zu sehen!!! Anscheinend war Orobetzkyj nur darauf aus gewesen, denn wenig später befand er sich bereits jenseits des Ozeans auf dem amerikanischen Kontinent, von wo keinerlei Nachricht mehr von ihm kam. Wenigstens nicht zu Olena. Mitteilungen über die Scheidung oder wegen der Alimente bekam sie weder in naher noch in ferner Zukunft.

Zu dieser Zeit war Schlojma bereits ein ganz guter Student der philologischen Fakultät der Riwner Pädagogischen Universität und zudem ein junger vielversprechender Dichter. Seine und Obljas Wege hatten keine Kreuzungspunkte. Auf die Tanzabende im Haus der Kultur der Eisenbahner oder Bauarbeiter ging sie nicht mehr, ins LitStudio der Jugendzeitung *Generationswechsel* ging sie von Haus aus nicht und zur Pädagogischen Uni hatte sie eh keine Verbindung. Aber wenn man in einer Stadt mit zweihunderttausend Einwohnern lebt, läuft man sich einfach irgendwann einmal über den Weg, ganz zufällig, eine kurze Begegnung im Gedränge eines Trolleybusses oder auf einer stark frequentierten abendlichen Straße. Aufgrund ihres Status einer geschiedenen Frau hatte Oblja nun ein sehr intensives Privatleben. An ihrer Seite erschienen und verschwanden und paradierten Männer verschiedener Klassen und Gattungen, Militärs und Zivilisten, einfach gestrickte und intelligente, große und kleine, dicke und dünne. Nach einigen Jahren beendete Schlojma das Studium, wurde exmatrikuliert und musste zähneknirschend den Wehrdienst antreten. Nach seiner Entlassung wurde er in einem anderen Institut aufgenommen, dem Literaturinstitut in der damaligen Hauptstadt des damaligen Vaterlands, in der Stadt der Helden: in

Moskau. Von dort aus besuchte er ein langes halbes Jahrzehnt nur selten die Heimatstadt, bis er dann endgültig und als ziemlich bekannter Autor – „weit und breit in Insiderkreisen bekannt“, wie ein seinerzeit abgeschmackter Witz lautete – mit der schwarzhaarigen Oksana aus Wolynien an seiner Seite zurückkehrte, um hier zuhause zu leben und zu schreiben, in der damals, Mitte der neunziger Jahre, noch nicht geteilten Stadt Riwne. Er kehrte nach einer intensiven, vielleicht sogar der intensivsten Phase seines Lebens, die er in den Hauptstädten Russlands, der Ukraine und Polens verbracht hatte, in die heimatliche Provinz zurück, um lieber der Erste in der Provinz zu sein und nicht unzufrieden der Zweite – und meist nur der Dritte oder Vierte – in Rom. Zu dieser Zeit wohnten die Eltern bereits in einer neuen Drei-Zimmer-Wohnung in der Strutynskyjstraße, die Schwester hatte geheiratet, und so zogen er und Oksana in eins der drei Zimmer, und zwar in das, von dessen Fenster aus man auf den Barmatzker Hügel blickt und ein Stück weiter noch auf die städtische Müllkippe sowie quer übers Feld auf die Gagarinstraße mit ihren Trolleybussen.

Seit damals hatte er Oblja tatsächlich nicht mehr gesehen. Manchmal ließ sie völlig belanglose und oberflächliche Grüße über einen zufälligen gemeinsamen Bekannten ausrichten. Für ihn war sie eher ein Mensch am Rande seines Bewusstseins, mit dem ein Stück, ein heimliches kleines Stück seines früheren, längst vergangenen Lebens verknüpft war – es war nicht zuletzt dieses nackte Mädchen auf dem Seziertisch gewesen, das mit einem hellen, hautfarbenen Tuch bedeckt war. Und nun sitzt ein charmanter Teil seiner Biographie – vielleicht nicht der wichtigste, aber doch ein stimulierender, selbst wenn er vom Zahn der eigenen Biographie ein wenig angenagt ist – vor ihm und mischt den Tee in einem Glasröhrchen, in dem man im Krankenhaus sonst offensichtlich irgendwelche Analysen vornimmt. Sie lächelte ihm von der anderen Tischseite zu und senkte zuweilen den Blick, als ob sie sich an etwas Spaßiges, vielleicht auch Obszönes erinnerte ...

Der Tee kam aus einer Packung, auf der ein Etikett mit einem Elefanten und der Aufschrift *Ceylon* zu sehen war. Die braune Brühe, auf der eine fettig regenbogenfarbene Schicht schwamm, weckte aber durchaus Verdacht über Herkunft und Qualität dieses fein bröseligen Aufgusses ...

„Und was hat dich hierher verschlagen? Was ist denn passiert?"

„Ich bin nur für einen Tag da. Ich hab eine Besuchserlaubnis erhalten und bin gekommen, um meine Eltern und Uljana zu sehen. Aber im Park haben sich ein paar Kotzbrocken an mich rangehängt ... siehst ja, wie und was." Schlojma berührte mit dem Finger das linke Auge, das bereits etwas abschwoll.

„Heutzutage sollte man besser nicht mehr allein in den Park gehen, besonders abends. Die Zeiten haben sich geändert. Ich hole Natalka immer von den Tanzstunden ab oder bitte die Jungs, sie nach Hause zu begleiten."

Schlojma nahm das Glas und schlürfte ein wenig von der braunen Brühe. Der Tee roch nach Fisch, Staub, nach allem Möglichen, nur nicht nach Tee. Es kostete ihn einige Überwindung, das herunterzuschlucken, was er bereits im Mund hatte. Schlojma stellte das Glas dann behutsam zurück auf den Tisch und nahm sich in Gedanken vor: Denk dran, jetzt bloß nicht im Eifer des Gesprächs das Glas noch mal nehmen!

Er hatte einen unwiderstehlichen Drang, mit ihr über alles und jetzt gleich zu sprechen. Tausend Fragen hallten in seinem müden Kopf und waren ein eindeutiges Symptom einer leichten Gehirnerschütterung. Warum ist er zum Beispiel heute hierhergefahren? Was reizt ihn an dieser anderen Welt? Wieso ist er so überstürzt losgefahren? Vielleicht hat Olena eine Antwort auf diese Frage. Doch er fragte was völlig anderes:

„Wie lebt ihr hier?“

Oblja antwortete nicht sofort. Sie schwieg eine Weile und rührte mit einem Stäbchen in ihrem Glas. Dann hob sie den Blick. Er sah Kummer darin.

„Du kannst auch Fragen stellen. Was soll ich darauf antworten ... freudlos ... freudlos ... wie diese Gummibäume in den Töpfen auf den Gängen. Es scheint alles da zu sein, und doch fehlt was.“

„Was? Die Freiheit?“

„Ich weiß nicht, keine Ahnung, wie ich es ausdrücken soll ... wir wollen es und haben doch Angst. Ja, vielleicht die Freiheit. Wenn man es so nennen will ...“

Schlojma überlegte, dass ein Themenwechsel angebracht sei. Er mochte weder Pathos noch Gedankenakrobatik, weder im Leben im Allgemeinen noch in der Literatur im Besonderen, ganz besonders in der Literatur nicht! Und gerade deshalb hielt ihn ein nicht geringer Teil der Kritiker für einen oberflächlichen Pop- und Modeautor. Ihn ließen solche Vorwürfe kalt. Er schrieb, wie er schrieb, freute sich über Erfolg, ärgerte sich über Misserfolg und nie achtete er das wirkliche Leben geringer als die fiktiven Welten auf den weißen Buchseiten.

„Hast du die ganze Zeit im Krankenhaus gearbeitet?“

„Ja, eine Zeit lang sogar mit meinem Papa in der Anatomie.“

„Was macht er jetzt?

„Sitzt zu Hause, hört seine Beatles und säuft sich ein wenig seine Pensionierung schön. Manchmal begleitet er Natalka zur Tanzstunde, manchmal in den Park, manchmal in den Konzertsaal, gibt ihr Englischnachhilfe. Sie ist ein so naives Kind, lernt die Sprache und träumt davon, in den Westsektor zu gelangen und von da weiter nach Europa, um Fotomodell oder Mannequin zu werden, ich weiß gar nicht genau ...“

Ezirwan versuchte sich das gegenwärtige Leben in der Stadt auf dieser Seite der Mauer vorzustellen, das Alltagsleben mit seiner öden und destruktiven Melancholie. Letztes Jahr fand um Weihnachten herum im Hotel *Europäischer Hof* in West-Riwne eine der vielen Misswahlen statt. Welche genau, daran erinnerte sich Schlojma nicht mehr, sicher eine Ausscheidung. Eine Absolventin der Technischen Fachhochschule des Rayon Berezne in der Nähe von Riwne, die in der Kooperative *Stickstoff* arbeitete, schlug sich bis zum Stacheldrahtzaun am Klewander Korridor durch. Sie konnte den Stacheldrahtzaun wie durch ein Wunder überwinden, indem sie auf die zwei Meter hohe Schneewehe kletterte, die von einem Schneesturm an den Zaun geblasen worden war. Sie sprang von dort unbemerkt von den Überwachungskameras auf die Fahrbahn vor einen Bus mit polnischen Fernsehleuten, die gerade zur Vorausscheidung der Misswahl nach West-Riwne unterwegs waren. Die sammelten die polesische Schönheit auf, gaben ihr heißen Kaffee und nahmen sie mit in die Stadt. Dort beteiligte sie sich am Programm außerhalb der Konkurrenz, erhielt den Zuschauerpreis und wurde zur Heldin einiger Reportagen in- und ausländischer Fernsehsender. Sie blieb in West-Riwne und arbeitet nun an der Hotelrezeption, obwohl sie einige Angebote von polnischen und westukrainischen Model-Agenturen bekam. Sie traut sich aber nicht, durch den Klewanskyj-Korridor nach Westen zu reisen. Ihre Familie hatte man rasch aus dem Rayon Berezne in die Öde des Mykolajiwer Rayons verfrachtet. Davon erfuhr der waghalsige Flüchtling in einem sarkastischen Artikel unter der Überschrift

„Sie nährte eine verräterische Natter an ihrer Brust" in der Zeitung *Rote Fahne*. Die Zeitung war rein zufällig auf einem Tischchen in der Empfangshalle des Hotels von einem Angestellten des Gebietskomitees der Kommunistischen Partei der SRU liegen gelassen worden, der sich auf Dienstreise im Westsektor befand.

Schlojma wurde auf einmal bewusst, dass sich Oblja und er bereits einige Minuten schweigend anstarrten. Gedanken und Fragen waren verstummt, nur Entspannung und ein Gefühl angenehmer Stille ringsum. Oblja nahm die Brille ab und begann zu blinzeln, so dass er den Eindruck hatte, dass sie ihn anlächle.

„Ich fühle mich so wohl! Warum fühle ich mich so wohl?"

„Weil man dir Morphium gespritzt hat. Das hat diese Wirkung. Damit du keine Schmerzen hast. Ja, und schau, sogar die Augenbraue hat man dir geflickt."

„Tatsächlich?" Schlojma tastete die Augenbraue ab und spürte ein raues Pflaster und darunter eine kurze und harte Naht. Er konnte sich nicht daran erinnern, wann sie ihn geflickt hatten. Inzwischen war Oblja um den Tisch herumgekommen.

„Nun komm, lass dich untersuchen. Zieh dich ganz aus und schlüpf in den Bademantel." Sie streckte ihm einen Bademantel entgegen, den sie von einem Kleiderbügel genommen hatte, der an der Tür hing.

„Na los, zieh dich aus, komplett ..." Oblja bemerkte, dass Schlojma zögerte, als es an die Unterhose ging.

„Na, Ezirwan, wir sind doch keine zwölf mehr!" Sie trat zum Fenster und zog die Vorhänge vor. Dann nahm sie Schlojma am Arm und führte ihn ins Behandlungszimmer mit dem Metalltisch, der mit einem ausgewaschenen hautfarbenen Tuch bespannt war. Sie führte ihn weiterhin am Arm, setzte ihn auf den Tisch und half ihm sich hinzulegen. Schlojma streckte sich rücklings aus und legte die Arme an den Körper.

„Sag mal, Oblja, was ich damals eigentlich fragen wollte ..."

Oblja hatte sich bereits über das Bedienfeld gebeugt und einige Tasten oder Knöpfe gedrückt und wandte nun angespannt den Kopf in seine Richtung. Sie nickte zum Zeichen, dass sie ihm zuhöre.

„Du erinnerst dich vielleicht noch ... du müsstest dich eigentlich noch erinnern, als wir einmal ... einmal gemeinsam deinen Vater in der Leichenhalle besucht haben. Du hast ihm das Mittagessen gebracht. Während du deinen Papa gefüttert hast, bin ich in der Leichenhalle zurückgeblieben. Auf dem Tisch lag ein Mädchen, ungefähr zwanzig."

Oblja hörte ihm schweigend zu, wie erstarrt hingen ihre Hände reglos über dem Bedienfeld des Tomographen.

Schlojma hob den Kopf und stützte sich auf die Ellbogen, seine Stimme wurde irgendwie heiser: „Wer war sie? Dieses Mädchen? Kanntest du sie?"

„Ich kannte sie. Sie war eine Selbstmörderin. Ich habe meinen Vater gefragt. Kannst mir schon glauben, dass ich auch gleich auf sie aufmerksam geworden bin. Sie hatte eine ganze Flasche Essigessenz ausgetrunken. Offensichtlich aus unglücklicher Liebe. Ihre Innereien waren, wie Papa sagte, ganz schwarz, alles verbrannt ..."

„Komisch. Sie war schön. Ich meine, ihr Äußeres sah so schön aus ..."

Oblja antwortete nicht und beugte sich wieder über das Bedienfeld. Schlojma legte sich hin, streckte sich aus und starrte an die Decke. Die Decke schien in leichten Wellenbewegungen zu pulsieren, sie senkte sich und wich wieder zurück. Die Spritze wirkte noch, sein ganzer Körper fühlte sich leicht und angenehm an, ein kitzelndes Kribbeln in Fingern und Zehen nahm zu und ab, sein ganzer Körper schien hell zu klingen. Schlojma war immer bemüht gewesen, keine anderen Stimulanzen außer Alkohol und Nikotin an seinen Körper heranzulassen – die paar Hanfkippen während des Militärdienstes zählten nicht –, doch nun nahm er verwundert und ungläubig diese unbekannten Eindrücke auf.

Oblja war schließlich mit den Tasten auf dem Bedienfeld fertig, doch was passierte jetzt? ... Sie kam ganz nahe zu dir, stützte sich mit den Händen an der Liege ab und setzte sich neben deine Füße. Sie öffnete deinen Bademantel, der keine Knöpfe hatte, sondern nur einen schmalen Stoffgürtel, den du dir um den Unterleib gewickelt hattest, ihn aber weder mit einem Knoten noch mit einer Schleife gesichert, sondern die Enden einfach übereinandergeschlagen in die Tasche gesteckt hattest. Obljas Gesicht beugt sich über deine Brust, dann spürst du das Kribbeln ihres Atmens auf deinem Bauch, es wandert nach oben und unten. Du fühlst dich so warm und wohlig – wuschelweich wie diese Alliterationen –, und ihr Mund wandert weiter und du streichelst mit beiden Händen ihr rötlich schimmerndes Haar, sie schmeckt und schleckt und kostet von dir und unter den Berührungen ihrer Lippen windest du dich auf und nieder.

Schließlich besteigt sie dich wie eine Reiterin, wie eine Amazone auf einem aufgescheuchten und strammen Hengst, sie drückt mit den Knien in deine Seiten und enteilt in die Unendlichkeit ... nicht nur horizontal, sondern auch vertikal, und das Pulsieren der Zimmerdecke saugt euch an und stößt euch wieder ab, der ganze Raum dreht sich um uns herum, der riesige Zylinder des Tomographen rotiert. Sie saugt und schlürft dich ein, und dich einsaugend zieht sie dich in den klebrig, dunklen warmen, engen Raum, aus dem du einst in die große, weite und unerfreuliche Welt gezogen wurdest, sie wiegt sich rhythmisch auf dir, beschleunigt den Rhythmus, eure Umdrehungen, denn ihr dreht euch irgendwie unfassbar im Raum, oder er dreht sich um euch herum: Wände, Fenster, Fußboden, Decke, die eben noch über euch pulsierte, breitet sich um euch herum und wird zum Boden. Und du driftest davon und der halbwache Zustand, in dem du die letzten Stunden verbracht hast, geht in totale Betäubung über, dein Kopf sinkt zur Seite, du schnaufst tief und bemerkst gerade noch im hellen Viereck einer geöffneten Tür zwei quadratschultrige, gesichtslose Gestalten im Gegenlicht ...

Das Mädchen mit den offenen Haaren, das vom benachbarten Metalltisch aufstand, beugte sich über dich und drückte dir mit den Worten „braver Junge" einen kräftigen, doch kalt beißenden Kuss auf die Lippen.

*

Du wachst langsam auf, benommen wie aus einem Vollrausch, ähnlich dem von heute Morgen, damals, dort, weit weg, jenseits der Mauer. Mit einem Ruck rammt dein Kopf an etwas Unangenehmes, Hartes, Namenloses. Man könnte es Wand nennen, ja, eine Wand irgendwo in der Reha- und Heillehranstalt, neben der du dich halb sitzend auf einer fahrbaren Liege befindest, die mit Plastikfolie und etwas, das wohl ein Laken sein soll, bedeckt ist. Du selbst bist nackt, nur ein löchriger Morgenmantel ohne Knöpfe hängt um deine Hüften, während deine Klamotten, Cordhose, zerknautschtes und blutbeflecktes Hemd, die Jeansjacke, Socken und Schuhe neben dir auf der Liege und auf dem Fußboden verstreut sind.

„Na denn, Schlojma Wasyljowytsch, die Zeit ist um, ziehn Sie was an. Der Spaß, den wir für Sie vorbereitet hatten, ist zu Ende. Jetzt kommt die Arbeit", schallte die monotone Stimme von Samtschuk dumpf in seinem Kopf wie von jenseits einer Mauer. Die Hände gehorchten ihm nicht. Nachdem sich Schlojma die Cordhose bis zu den Knien hochgezogen und das Hemd um die Schultern gehängt hatte, hielt er inne, um auszuruhen. Die schlaffen Finger schafften es nicht einmal, das Hemd zuzuknöpfen. Die Wirkung der Spritze war verflogen, der Kopf dröhnte, die Augenbraue schmerzte und das Sichtfeld des linken Auges färbte sich von den Rändern her rot ein. Samtschuk setzte sich für einen Moment auf den gegenüberliegenden Rand der Liege und schaute den lädierten Schriftsteller Ezirwan gleichgültig an. Dann kehrte er zur Tür zurück, aus deren Richtung man einen Moment später hörte:

„Ich dachte, der kommt mal voran ... na ja, los, dann lies es ihm jetzt vor ..."

Schlojma hob angestrengt die Augenbrauen, gleichzeitig versuchte er mit seinen tauben Fingern die Manschetten seines Hemds zuzuknöpfen. In der Tür stand Mykola Iwanowitsch in der Uniformjacke eines Oberfeldwebels der Miliz, die er über sein Zivilsakko gezogen hatte. Er holte nach Samtschuks Worten einige vierfach gefaltete Papiere im A4-Format aus der Jackeninnentasche, öffnete sie behutsam und begann vorzulesen:

„Graschdanin Ezirwan, Sch. We., wohnhaft im Westsektor der Stadt Rowno. Die im Laboratorium EmBeWe laut Vorschrift durchgeführte Ekspertise ergab, dass auf dem bei Ihnen konfiszierten selbstöffnenden Messer Spuren menschlichen Blutes nachgewiesen wurden. Bis zur Aufklärung der Herkunft ... der Identifizierung, zu wem das Blut gehört ..." Er brummelte etwas und meinte dann: „Na ja, hier is dann noch aufgeschrieben ... so allgemein, Sie verstehn schon, im Protokoll passn wir's dann an ... und bis zur Identifizierung sind Sie aufgrund einer Sonderverfügung der Staatsanwaltschaft als ausländischer

Staatsangehöriger auf dem Staatsgebiet der SRU in Untersuchungshaft zu nehmen. Sie können bis zu zweiundsiebzig Stunden festgehalten werden."

„Hört mal ..." Ezirwan vernahm seine eigene Stimme so dumpf, als dringe sie durch eine dicke Wand. „Erklärt mir mal, was wir hier für ein Spiel spielen. Ihr wisst doch ganz genau, dass das nicht mein Messer ist. Ich habe es bei diesen drei Halunken gekauft, die mich hinterher verprügelt haben. Nehmt sie fest und klärt mit denen, was es mit dem Messer auf sich hat. Ich muss heute Abend zu Hause sein. Um sieben Uhr habe ich eine Theaterpremiere ..." Plötzlich bemerkte er die Sinnlosigkeit seiner Worte. Wussten die beiden denn überhaupt, was eine Premiere ist?

„Hier müssen Sie unterschreiben", gab Mykola Iwanowitsch seine Anweisung auf Russisch und beugte sich dabei mit Papier und Kugelschreiber über ihn. Mit dem Finger zeigte er auf eine leere Spalte unten auf dem Formular.

„Ich werde gar nichts unterschreiben!", antwortete Schlojma entschlossen in Schriftukrainisch und verschränkte demonstrativ die Hände auf dem Rücken. Er erinnerte sich noch zu gut an die früheren „Gespräche" mit den Sicherheitsorganen.

Nachdem Mykola Iwanowitsch einen Moment überlegt hatte, murmelte er: „Na gut ...", und blickte fragend auf Samtschuk. Der stand noch an der Tür und ließ ein lang gezogenes „Hmmm" hören, während er Mykola Iwanowitsch mit einem vernichtenden Blick strafte. Versöhnlich, fast schon wie unbeteiligt sagte er dann und betonte dabei jedes Wort freundlich:

„Nun gut, Schlojma Wasylowytsch, wenn Sie nicht wollen, dann wollen Sie eben nicht. Aber jetzt ziehen Sie sich an, wir haben mit Ihnen hier noch eine kleine Angelegenheit zu regeln."

„Was denn noch für eine Angelegenheit?“ Schlojma hatte es inzwischen geschafft, die Knöpfe der Manschetten und auch fast alle anderen zuzuknöpfen. Er erhob sich von der Liege, seufzte, zog dann rasch die Hose hoch und knöpfte auch sie zu.

„Was wollen Sie noch von mir?“

„Keine Sorge. Es ist ungefährlich. Außerdem sollten Sie sich eigentlich dafür interessieren.“ Samtschuk war wieder in seinen ukrainisch-russischen Sprachmix verfallen. „Es geht um Literatur. Stepanida Dobromoletz wünscht Sie zu sehen.“

„Stepanida Dobromoletz? Wer ist das denn?“, hätte Schlojma fast gefragt, doch im letzten Moment spuckte sein Gedächtnis die nötige Information aus. Stepanida Porfyriwna Dobromoletz, wäre sie als Mann geboren worden, könnte man sie heute als Patriarchen der Literatur Rownes bezeichnen. Schlojma war noch Schüler gewesen, als er im Festsaal seiner Schule Nummer 18 ein eineinhalbstündiges Treffen – wozu zwei Unterrichtsstunden zusammengelegt worden waren – mit der alten, ergrauten Schriftstellerin absaß. Sie hatte die Trilogie *Weg in die Freiheit* verfasst. Der erste Roman gab der Trilogie auch den Titel *Weg in die Freiheit*, es folgte der Roman *Besser frei als unfrei* und dann auch noch *Aus der Freiheit in die Unfreiheit will keiner*. In diesen Romanen wurde detailliert und umfangreich von der Errichtung der Sowjetregierung im Gebiet Riwne erzählt: Beginnend mit der kurzzeitigen Präsenz der Roten Reiterarmee bis zur Unterzeichnung des Brester Friedensabkommens, über die zwei Jahrzehnte „unter den Polen“, als die Mitglieder der Kommunistischen Partei der Westukraine in konspirativen Wohnungen die *Pravda* lasen, die von „der anderen Seite“ herübergeschmuggelt wurde, über den sogenannten goldenen September 1939, die ersten Kolchosen, den Kampf der Bauern mit den deutsch-faschistischen Horden sowie den Mördern und Henkern aus der Organisation der Ukrainischen Nationalisten, über den glücklichen 9. Mai, den Tag des Sieges, von der Nachkriegsordnung, dem Aufbau und der Entwicklung der Staatswirtschaft hier in der Region. Die Autorin der Trilogie schlummerte damals friedlich hinter einem Tisch auf der Bühne, während die Ukrainischlehrerin ihren Schülern Ausschnitte aus den Werken vorlas. Diese Werke wurden ungefähr alle zehn Jahre vom Politischen Verlag neu herausgegeben, manchmal auch von einem anderen Verlag und ausschließlich in den Buchläden von Riwne und dem Umland vertrieben, da außerhalb der Region nicht die geringste Nachfrage bestand. Und nun möchte diese Stepanida Dobromoletz ihn sehen ...

„Und, ähh ... lebt sie denn noch?" Die Frage klang ziemlich unpassend. Wenn sie ihn „sehen" möchte, dann lebte sie sicher noch. Die Mitarbeiter der Staatssicherheit hatten das sicher nicht in irgendeiner übertragenen Bedeutung gemeint.

„Sie is hier, im Krankmachhaus, im ersten Stock, Zimmer 22, Intensivghetto wegen nem Herzkasper vor drei Monaten. Seitdem isse ne Pflegebefohlene. Gerade heute hat sie aber das Gebietskomitee angerufen zwecks Möglichkeit, sich mit Ihnen zu treffen. Man ist ihr entgegengekommen. Also kommen Sie, Schlojma Wasljowytsch ..."

Schlojma stolperte zwischen Samtschuk und Mykola Iwanowitsch den nun schon sattsam bekannten Linoleumfußboden an den dunklen, verstaubten Gummibäumen entlang.

Um die Nebel aus seinem Kopf zu vertreiben, und für alle Fälle ging er in Gedanken die wichtigsten Figuren und Haupthandlungsstränge in Stepanida Dobromoletz' Trilogie durch:

Die junge Halbwaise und der Hirte aus Polesien namens Mykola Musytschuk kehrt von der Front des Ersten Weltkriegs und des darauffolgenden Bürgerkriegs in sein Heimatdorf Remtschitzi zurück. Seine Geliebte Halja musste nach dem Willen ihrer von schwerer Arbeit verhärmten Eltern, aber gegen ihren eigenen Willen einen örtlichen Geldschneider und Ausbeuter heiraten. Halja trifft ihren geliebten Mykola und schwört, dass sie nur mit ihm leben will. Um dieses Ziel zu erreichen, würde sie sogar ihren ungeliebten Mann Hryhorij vergiften. Doch dazu kommt es nicht. Hryhorij erfriert im Wald, als er betrunken von einem Jahrmarkt zurückkehrt. Mykola und Halja vereint so die Vorsehung. Nur der hinterhältige Dorfpope Vater Herasym will sie nicht trauen. Mykola und Halja „leben fortan in Sünde" und das ganze Dorf – vom Popen aufgehetzt – verdammt das junge Paar. Die unaufgeklärten und ausgebeuteten Bauern verstehen das aufrichtige und reine Gemüt des jungen Paares nicht. Das Paar wird nur von einem Sonderling im Dorf, dem Häusler Onysym unterstützt, der Anfang des Jahrhunderts als Zeitungsbote für Lenins *Iskra* in Wolynien unterwegs und sogar zu einem konspirativen Treffen nach Poronino gefahren war. Es ist Onysym, der Mykola als Erstem davon erzählt, dass man eine gerechte Gesellschaftsordnung ohne Popen errichten könne. Heimlich bringt er ihm sogar *Das Kapital* von Karl Marx und andere verbotene Literatur zum Lesen. Wenig später führen Onysyn und Mykola, eine von Halja genähte rote Fahne schwingend, die verarmten Bauern des Dorfs Remtschitzi zur allerersten Ersten-Mai-Demonstration in der Geschichte des Dorfs. Die vom Popen Herasym herbeigerufene Polizei jagt die Demonstranten auseinander und verhaftet Mykola und Onysyn. Doch im Gefängnis knüpft Mykola neue und nachhaltige Beziehungen mit städtischen Revolutionären und kehrt nach einigen Jahren bereits als überzeugter Kämpfer für eine lichte Zukunft des arbeitenden Volkes dieser Welt in sein Heimatdorf zurück. Am nächsten Tag beginnt mit dem Überfall von Hitlerdeutschland auf Polen der Zweite Weltkrieg.

Der zweite Roman, *Besser frei als unfrei*, beginnt am gleichen Ort, an dem der vorangegangene geendet hatte: Am Waldrand, wo das Dorf endet – es war später Abend oder früher Morgen –, ist Halja ganz zufällig unterwegs, um Wasser zu holen oder Hanf zu zupfen. Da erkennt sie in der Ferne am Ende des Weges Gestalten und unter ihnen ihren Auserwählten. Sie lässt Eimer oder Hanf mitten auf dem Weg fallen und jagt wie eine Supersprinterin los, um ihrem Liebsten an die Brust zu fallen und ihm atemlos zu sagen, dass während seiner Abwesenheit ein süßes Knäblein mit Namen Wasyl auf die Welt gekommen sei. Das Kind ist schon fast ein Jahr alt und wächst gesund heran, doch der bösartige Pope Herasym will den Knaben nicht taufen.

„Das macht nichts! Auch so wird ein ordentlicher Mensch aus ihm!", antwortete Mykola und ergriff die blütenweißen Hände der geliebten Frau und ging mit ihr nach Hause. Unterwegs sammelte Halja noch den fortgeworfenen Eimer – oder war es Hanf? – auf. Zuhause hebt er den Sohn aus der Wiege und küsst ihn, setzt sich an den Tisch, um zu frühstücken. Danach stürzt er sich Hals über Kopf in revolutionäre Aktivitäten. Nach wenig mehr als zwei Wochen marschiert das ganze Dorf, angeführt von Mykola, mit Brot und Salz den rotbesternten Panzern und Befreiern entgegen, den Blutsbrüdern aus dem Osten. Hinter einem Schuppen starren die örtlichen Halsabschneider und Reichen, um den Popen Herasym geschart, hasserfüllt auf die Bauern. Doch die glücklichen Landarbeiter beachten deren machtlose Wut nicht. Ein neues und glückliches Leben erblüht in Remtschitzi. Voller Freude treten die Leute in die Kolchose ein, um im Kollektiv zu arbeiten, denn gemeinsam sich regen bringt Segen. Und alle Dorfkinder besuchen nun ausnahmslos die Schule, wo sie eine junge und schöne Lehrerin, die gemeinsam mit den Befreiern kam, lesen und schreiben lehrt. Mykola Musytschuk wird von den werktätigen Bauern einstimmig zum Kolchosvorsitzenden gewählt. Ihre Wahl wird im Büro des Gebietskomitees bestätigt, in dem Mykola sogleich die Genossen von früher, aus der Gefängniszelle, erkennt. Er wird auf der Stelle in die Reihen der Partei aufgenommen. Der Vorsitzende des Gebietskomitees ist der frühere Sonderling aus dem Dorf Onysyn, an dessen Brusttasche der Orden *Rote Kampfflagge mit Blutstropfen* prangt – jaja, Blutstropfen und nicht Blutfleck, dieses Bild hatte Schlojma bereits bei der Lektüre des Romans verwundert, weshalb es sich wohl so fest in seine Gedächtnis eingeprägt hatte. Onysyn persönlich begrüßt Mykola als Erster, umarmt ihn und flüstert in sein Ohr:

„Ich weiß, du bist würdig, standfest, kein Verräter. Ich glaube an dich, Mykola!"

Die Kolchose in Remtschitzi, die von Mykola Musytschuk geleitet wird, existiert knapp zwei Jahre.

Der zweite Roman von Stepanida Dobromoletz endet am Vorabend des 22. Juni 1941, am Abend bevor die schrecklichen Kriegsjahre begannen. Am Samstag, den 21. Juni, fuhr der verantwortungbewusste Parteiarbeiter Onysyn in sein Heimatdorf und übernachtete im Haus des Kolchosvorsitzenden Musytschuk. Während sie mit einem Becher in der Hand am Tisch saßen, berichtete er dem Freund und Genossen Mykola halblaut von der angespannten internationalen Lage, vom riesigen Hitler-Heer jenseits des Bug, „nicht weit von hier, in Wolynien ..."

Geweckt wurden Mykola, Onysyn und die verschreckte Halja mit dem dreijährigen Sohn Wasyl bereits vom Gebrüll der faschistischen Flugzeuge am blauen Himmel des Vaterlandes. Onysyn fuhr schleunigst ins Gebietszentrum, um dort die Evakuierung zu leiten. Mykola rief dagegen alle Kolchosangehörigen zu einer Vollversammlung zusammen, um auf dieser Versammlung den verbrecherischen Überfall des faschistischen Deutschlands auf die Republiken der Räte zu verkünden und zum unausweichlichen bewaffneten Kampf aufzurufen.

Nachdem sie den lang gestreckten Korridor der Reha- und Heillehranstalt durchschritten hatten und nun bereits die Treppen zum ersten Stock hinaufstiegen, erhaschte Schlojma in den Geheimgängen seines Gedächtnisses das Sujet des dritten, die Trilogie krönenden Teil des Romans. Gerade dieser Roman rief seinerzeit bei den Kritikern die meisten Einwände und das größte Missfallen hervor, da die Autorin die Figur eines jungen Verbindungsmannes der OUN namens Jurko ganz sympathisch dargestellt hatte. Laut Gerüchten aus dem Privatleben von Stepanida Dorbromoletz hatte sie als bereits reife Frau in den Kriegsjahren eine stürmische Affäre mit einem jungen Nationalisten, was sie in ihrer Prosa – natürlich getarnt, offensichtlich aber nicht ausreichend getarnt – verewigen wollte. Die überarbeitete zweite Version des Romans erhielt der Verlag mit einiger Verspätung und die Welt sah diesen Roman mit noch größerer Verspätung wegen vier interner Zensurgänge. Zwei der Zensoren hatten hohe wissenschaftliche Grade und die andern beiden hohe militärische.

Im ergänzten, geänderten und umgearbeiteten Text organisiert Mykola Musytschuk bereits wenige Tage nach Kriegsbeginn und dem Vorstoß der Okkupanten ins Gebiet Riwne die Partisanenabteilung „Die Rächer“, die in den Wäldern rund um das Heimatdorf operieren. Halja versteckt sich mit dem kleinen Wasyl im Nachbardorf bei entfernten Verwandten. Nachdem Onysyn die Evakuierung im Gebietszentrum durchgeführt hatte, geht er in die Illegalität und hält sich maskiert und versteckt im Heimatdorf auf. Doch der hinterhältige Pope Herasym erkennt den ehemaligen Dorfbewohner und verrät ihn sogleich an die faschistischen Kollaborateure, OUN-Anhänger und Schutzpolizei. Der standhafte Onysyn stirbt unter der Folter, ohne den Aufenthaltsort der Partisanenabteilung „Die Rächer“ zu verraten. Zur Vergeltung überfallen die Partisanen nachts das Dorf und bestrafen den Popen und seine Zuträger. Danach setzen sie ihren bewaffneten Kampf fort und fügen dem faschistischen Hinterland im Gebiet Riwne durch Anschläge auf Eisenbahnlinien großen Schaden zu. Die Abteilung von Mykola Musytschuk hat Zulauf, wird stärker und ist gefürchtet. Den lokalen Hitler-Helfershelfern, OUN-Angehörigen und Schutzpolizisten bricht bereits bei der Nennung des Namens „Die Rächer“ kalter Schweiß aus. Als sich der Befehlshaber der Abteilung einmal nachts ins Nachbardorf aufmacht, um seine Frau Halja und den Knaben Wasyl zu sehen, gerät er in einen Hinterhalt, den die OUNler und Polizisten auf Anregung jenes jungen Nationalisten Jurko gelegt haben, der von der Autorin mit solcher Sympathie in der ersten Fassung des Romans dargestellt worden war. In der zweiten Fassung dagegen singt Jurko, der aus einer ärmlichen Hütte stammt, im Kirchenchor, wo er unter den verderblichen Einfluss des Popen Herasym gerät ...

Im ersten Stock ging Schlojma mit seinen Begleitern wiederum einen mit Linoleum ausgelegten Korridor entlang, doch anstelle der Schildchen mit den Bezeichnungen für die Arbeitszimmer befanden sich Nummern an den Türen: 2, 4, 6, 8 und so weiter mit geraden Zahlen. Das hieß, Zimmer Nummer 22 befand sich ganz am Ende des Ganges. Es gab auch keine Gummibäume in den Winkeln des Flurs.

... Mykola Musytschuk liegt verwundet, gefesselt und ohne Nahrung schon mehrere Tage im faschistischen Henkerloch. Er dämmert nur noch fast bewusstlos vor sich hin, als jemand seine Ketten löst und ihn wachrüttelt. Da dachte er zuerst, sie seien gekommen, ihn zu erschießen. Umso mehr, da es dämmerte und der Tag graute. Doch nein – es waren seine Partisanen, die unerwartet kühn das Gebietszentrum angegriffen hatten und dabei das Gebäude der Kommandantur besetzten, in dessen Keller man auch ihren Kommandanten gefangen hielt. Seine Brüder im Kampf führten den mehr toten als lebendigen Mykola Musytschuk zurück in die Freiheit. Die verängstigten Faschisten flohen aus der Stadt, weil aus dem Osten unerbittlich die Rote Armee heranrückte. Der Tag war nicht fern, an dem die verhassten Horden für immer aus den Städten und Dörfern des Gebiets Riwne vertrieben sein werden – und es geschah, an was wir uns alle so gut erinnern ... Na, und wann geschah das? Wer meldet sich? Genau, natürlich, im Februar 1944 ...

Genau vor dem Zimmer Nummer 22 wurde Schlojma von einem seiner Begleiter – Samtschuk oder Mykola Iwanowitsch – an der Schulter gepackt.

„Hier warten, die alte Frau kann ja bewusstlos sein oder schläft“, verfiel Samtschuk wieder in seinen ukrainisch-russischen Sprachmix. „Und noch eine Bitte zu Ihnen, Schlojma Wasyljowytsch. Nicht nötig, ihr in irgendwas zu widersprechen. Sagen Sie einfach ja-ja zu allem, was sie sagt. Denn sie verstehn doch, nicht nötig, die alte Frau aufzuregen, Herzanfall und so ...“

Samtschuk öffnete die Tür ganz leise einen Spalt breit, lugte zuerst ins Zimmer und glitt dann erstaunlich geräuschlos für seinen massigen Körper hinein. Schlojma und Mykola Iwanowitsch blieben vor der Tür stehen. Schlojma betastete die genähte und mit einem Pflaster verklebte Augenbraue. ... Nach der Befreiung des Gebiets Riwne von den faschistischen Horden und der endgültigen Errichtung der Sowjetregierung kehrte Mykola Musytschuk ins heimatliche Remtschitzi zurück und machte sich an den Aufbau der heimischen Kolchose. Halja und der kleine Wasyl kehrten ebenfalls zurück und die Familie erfreute sich ihrer Wiedervereinigung. Aus dem Krieg kamen zuerst die verwundeten und dann die demobilisierten Rotarmisten heim. Doch so viele kamen nicht heim und die Frauen waren Witwen und die Kinder Halbwaisen. Die Zeit verging und man musste anpacken, um ein neues Leben aufzubauen. Aber die blutrünstigen Nationalisten und ehemaligen Polizisten erschweren den Aufbau, sie verbergen sich in den umliegenden Wäldern, jagen den vertrauensseligen Bauern Angst und Schrecken ein, halten sie davon ab, in die Kolchose einzutreten, und erschlagen sogar die junge Lehrerin, ja, genau jene, die im goldenen Oktober 1939 ins Dorf gekommen war. Mykola Musytschuk setzt sich an der Spitze der Kampfgruppe „Die Falken", zu der sich Veteranen und einige Jugendliche melden, und tritt den unbelehrbaren OUNlern entgegen. In diesem entsetzlichen, blutigen Kampf Mann gegen Mann wurde Mykola tödlich verwundet, und nachdem ihn die Genossen nach Hause geschafft hatten, löste er sich von der flennenden Halja, die sich an seine durchschossene Brust geworfen hatte, und teilte dem Sohn Wasyl sein Vermächtnis mit: „Lebe ehrenhaft, Wasyl! Lerne! Kümmere dich um die Menschen ..." Nach diesen Worten verdunkelte sich sein Blick und seiner Brust entrang sich das letzte Röcheln ...

Die Werke von Stepanida Dobromoletz gehörten zwar nicht zur Schullektüre, sie wurden allerdings fleißig am

Institut für ukrainische Philologie der Pädagogischen Fakultät studiert, es gab dazu sogar einen Extra-Block mit Prüfungsfragen im Ukrainischstudium. Schlojma selbst hatte im zweiten Studienjahr eine Seminararbeit zum Thema *Die künstlerischen Besonderheiten in der Gestaltung der Charaktere polesischer Bauern in der Roman-Trilogie von Stepanida Dobromoletz* verfasst. In dieser Zeit hatte sich die Handlung aller drei Romane auch so unwiderruflich und klar in sein Gedächtnis gegraben. Das junge, frische und trainierte Gedächtnis hatte sich nicht widersetzt und wie ein Schwamm alles Widersinnige und Abseitige aufgesogen. Schlojma konnte sich wahrscheinlich genau deshalb nicht mehr an alle Details einer kurzen Novelle von Borges oder eines nicht sehr umfangreichen Romans von Hrabal erinnern, die er später gelesen hatte. Die Handlung aller drei Romane von Stepanida Dobromoletz hatte sich ihm jedoch für immer fest eingeprägt.

Die Tür des Zimmers Nummer 22 knarrte und Samtschuk erschien. Seine ganze dienstliche Erscheinung einschließlich seines Gesichts strahlte aufrichtige Besorgnis, Respekt und Rücksichtnahme aus.

„Also, Schlojma Wasyljowytsch, sie hat sich nun etwas hergerichtet und Sie können hinein." Mykola Iwanowitsch und ich warten hier auf Sie. Hören Sie, wir befinden uns im ersten Stockwerk. Die Fenster dort im Zimmer sind vergittert, also denken Sie nicht einmal daran, dass es einen anderen Weg heraus gibt als durch diese Tür. Sie können da drin sein, so lange Sie es für nötig halten, nur, wie schon gesagt, ermüden Sie die alte Dame nicht zu sehr."

Jetzt fiel er wieder ins ukrainisch-russische Mischmasch: „Und nicht widersprechen. Nicken Sie zu allem, was sie sagt, was immer es auch sei. Sie liegt im Bett, kann nicht aufstehen, deshalb setzen Sie sich möglichst nah zu ihr, damit sie Sie besser sehen und hören kann. Gut, also los, gehn Sie rein. Und denken Sie dran, wir sind hier, hinter der Tür.“

Schlojma zog die Tür auf und betrat den von einer Gardine verdunkelten, schummrigen Raum. Das Zimmer war lang und schmal. Irgendeine Pflanze – ein Gummibaum? – neigte sich in einem Topf auf einem mit einer Zeitung bedeckten Hocker an der Wand und produzierte entsprechend seiner pflanzlichen Bestimmung Sauerstoff. Etwas weiter im Zimmer, auf einem Bett am Fenster, die Arme auf dem dicken Federbett, den Kopf ihm entgegenreckend lag SIE, die ewig sterbende und zugleich ewig lebende Ukrainische Sowjetliteratur. Langsam und vorsichtig, fast auf Zehenspitzen näherte sich Schlojma in der künstlichen Dämmerung des Zimmers dem Kopfende des Bettes.

*

Dies war eine gewichtige Frau, zweifellos, mit einem Gewicht von über einem Zentner. Ich hätte nicht gedacht, dass die so ein Brocken ist, ging es Schlojma durch den Kopf. Aber ich habe sie nicht oft gesehen und dann immer nur aus der Ferne. Zudem müssen seither mindestens dreißig Jahre vergangen sein. Der Fleischberg im Bett zeichnete sich unter der Decke als ebenmäßiger Hügel ab. Die Füße ragten in Richtung des verdunkelten Fensters. Das Bett knarrte und knackte bei jeder ihrer Bewegungen. Die grauen struppigen Haare auf Stepanida Dobromoletz’ Kopf verrieten noch Reste einer Dauerwelle, die braunen Augen unter den ergrauten Brauen blickten ernst, nüchtern und ziemlich nachdenklich.

Schlojma blieb unentschlossen unmittelbar am Bett stehen und suchte mit seinen Blicken den Raum ab, wohin er sich setzen könnte.

„Setzen Sie sich zu mir. Petro, bring ihm einen Stuhl“, sprach die Schriftstellerin, zwar leise, aber klar und deutlich. Erst jetzt merkte Schlojma, dass da noch jemand im Zimmer war. Am Fußende des Betts saß zusammengesackt und irgendwie mit den Gardinen verschwimmend ein untersetzter, breitschultriger Kerl mit einem Kinnbärtchen, gewaltigen Augenbrauen und dem Gesicht eines Psychiaters oder Neurologen und dämmerte anscheinend vor sich hin. Als er die an ihn gerichteten Worte der alten Schriftstellerin vernahm, erhob er sich flink, holte unter dem Bett ein weißes Gefäß hervor, in dem etwas plätscherte, packte es am Hals und war schwuppdiwupp durch die Zimmertür hinaus.

„So, nun sind wir allein“, sagte Stepanida Dobromoletz leise und krächzend, während sie sich auf die linke Seite zu Schlojma drehte. Das Bett gab dabei ein langgezogenes Quietschen von sich.

„Nun können wir in Ruhe reden. Wie war die Fahrt? Und wie ist das Wetter dort bei Ihnen?“

„Oh, danke, ganz normal.“ Die banale Replik gab Schlojma ohne weiteres Nachdenken von sich, eine Standardantwort auf eine Standardfrage. „Und das Wetter ... nun, wie es eben im September so ist.“

„Sind Sie mit dem Zug oder dem Bus gefahren?“ Diese Frage war ebensolcher Standard und ebenso verständlich.

„Ich bin mit dem Auto gekommen. Einem Automobil, Frau Stepanida Porfyriwna.“ Schlojma trat noch einen Schritt näher und setzte sich, ohne weiter um Erlaubnis zu fragen, auf den Rand am Fußende des Betts, genau an jene Stelle, an der zuvor jener Mann gesessen hatte, den sie Petro nannte und der schon ziemlich lange unterwegs war, um einen Stuhl zu bringen.

„Mit dem Avtomobil ... Sie besitzen ein Avtomobil? Bei euch, da kann es sich ein Schriftsteller leisten, ein eigenes Avtomobil zu besitzen …“ In der Stimme der Autorin klang eine gewisse Traurigkeit mit oder vielleicht auch nur schlecht kaschierter Neid.

Stepanida Dobromoletz stützte sich am Kopfende ab und stopfte sich das Kissen unter den Kopf, um ihren Gesprächspartner besser sehen zu können. Schlojma entschied sich, ihr das behutsam zu erklären.

„Nein, es handelt sich nicht um mein Auto. Früher, da hatte ich einmal ein Auto, aber es war schon alt und ist nicht durch die technische Kontrolle gekommen. Und dieses jetzt habe ich geliehen, also gemietet.“

„Bei euch kann man ein Auto mieten? Das ist ja interessant …“

„Ja … und noch viele andere Sachen.“ Das Gespräch nahm eine unverständliche und unvorhergesehene Wende, doch Schlojma wollte es auch nicht in eine andere Richtung drehen.

„Wie kann denn das sein – noch viele andere Sachen! Bei euch dort wird der Mensch zur Sache! Und vor allem – die Frau! Die Frau wird zur Geschäftssache. Sie wird gezwungen, ihren Körper zu verkaufen, die eigene Würde in den Schmutz zu treten, die Frauenehre!“ Stepanida Dobromoletz hatte sich in Rage geredet und schrie ihre Worte nach oben in Richtung Decke oder verdunkeltes Fenster, so dass Schlojma schon überlegte, ob es eine Abhöranlage im Zimmer Nummer 22 gebe. Er wusste nicht, was er auf den wütenden Exkurs der alten Schriftstellerin antworten sollte, denn eigentlich betraf er ihn nicht persönlich. Wenigstens fühlte er sich nicht schuldig wegen der Diskriminierung der Frauen.

Währenddessen war der Wutanfall von Stepanida Dobromoletz genau so rasch verflogen, wie er gekommen war. Sie warf sich noch einige Male hin und her, dann war es still wie nach einem kurzen Sommergewitter. Das

Schweigen dauerte nicht lange, da begann die alte Schriftstellerin das Frage-Antwort-Spiel von neuem:

„Und sagen Sie mal, junger Mann ... Da bei euch gab es einmal einen, also, als ich noch jung war, gab es einen jungen, aussichtsreichen Romanautor. Sein Name war ... hmm, auf ‚a' endete er ... Prytschyna ... Platzschyna ... Dibrowa ... Mereha ... irgendwie so. Mich würde interessieren, lebt er noch? Was ist aus ihm geworden? Was schreibt er jetzt?"

Er verstand nicht. Wo sollte das sein, „da bei euch"? Und wann war sie denn jung gewesen? Wie sollte ich mich daran erinnern? Und diese Namen sagten mir rein gar nichts ... Krutschina, Drjutschina ... Solche Gedanken raschelten durch Schlojmas Kopf und damit er wenigstens irgendetwas entgegnete, brummelte er nach einer Pause:

„Nun ... er arbeitet. Ich denke, er schreibt. Die Kritiker loben ihn."

Er wollte die alte Schriftstellerin nicht enttäuschen oder gar verdrießen, entsprechend der Anweisung Samtschuks, der vor der Tür wartete. Doch sie hatte anscheinend bereits selbst vergessen, was sie ihn gefragt hatte, denn für einige Momente verstummte sie. Dann bekam sie wieder einen konzentrierten Gesichtsausdruck, kramte mit einer angestrengten Bewegung hinter sich eine Sauerstoffmaske mit einem Schlauch hervor, presste sie sich ans Gesicht, röchelte und atmete einige Male tief und schwer ein.

„Wissen Sie, ich bin schon lange hier ...", sagte sie, nachdem sie die Maske vom Mund genommen hatte. Sie blickte wieder ernst und nachdenklich zu Schlojma. „Und ich komm hier wohl nicht mehr raus. Ja, heute habe ich das Gebietskomitee angerufen und persönlich mit Genossen Manasenko gesprochen, der hat dann auch grünes Licht für unser Treffen gegeben. Ja, wundern Sie sich bloß nicht, denn Sie haben sicher gehört, dass Stepanida Dobromoletz schon lange in Ungunst gefallen ist ... Ungrund ... sozusagen Untergrund ... Ja, hier hat der Schriftsteller noch einen Wert und man hört seine Worte! ... Manchmal ... Wenn sie nicht mehr anders können. Dann kommen sie einem sogar entgegen. Wenn man Charakter hat und sich nicht unterkriegen lässt."

„Ja, das habe ich bemerkt." Schlojma war klar, dass er etwas sagen musste. In diese Antwort hatte sich freilich etwas sehr Zweideutiges geschlichen. Stepanida Dobromoletz verzog daraufhin das Gesicht, als habe sie Zahnschmerzen. Sie wurde plötzlich wieder gereizt.

„Jetzt hören Sie mir einfach zu und unterbrechen mich nicht!" Nachdem die Schriftstellerin dies in einer zu ihr nicht passenden hohen Tonlage geschrillt hatte, machte sie eine kurze, boshafte Pause, in der sich Schlojmas Darmwindungen vor Unbehagen krümmten.

„Ich habe Sie nicht einfach so hierher zitiert. Ich muss wohl Klartext mit Ihnen reden. Ich übergebe Ihnen nun eine Sache. Und zwar mein Werk. Mein letztes Werk. Mein Hauptwerk. Das Werk meines Lebens."

Stepanida Dobromoletz musste wieder husten, rollte sich dann auf den Rücken und angelte unter der Decke aus den unergründlichen Tiefen ihres Betts eine hübsche grüne Mappe mit einem Gummiband, das sie zusammenhielt. Ein weißes Viereck aus Pappe befand sich auf der Vorderseite und wurde von zwei handgeschriebenen Zeilen in Großbuchstaben geteilt: S. DOBROMOLETZ. POLESISCHE SAGA. Während sie die Mappe in den Händen wog, so als schätzte sie ihr Gewicht, erhob sich Stepanida Dobromoletz fast ganz aus dem Bett und reichte sie Schlojma.

„Hier! Ich übergebe Ihnen diese Arbeit. Ich vertraue Ihnen! Ich glaube an Sie!" Ihre Stimme klang nun ziemlich pathetisch. „Nehmen Sie! Bewahren Sie mein Werk! Nehmen Sie es mit dorthin in Ihre Welt!" Die gedämpfte Stimme der alten Schriftstellerin ging hier in ein Flüstern über, wovon sie trocken husten musste. Schließlich fuhr sie angestrengt in ihrer feierlichen Ansprache fort: „In die freie Welt ... In jene, die Sie frei nennen! Vielleicht gelingt es, es dort zu publizieren ... dieses mein Werk! Ich wünschte, ach, wie ich doch wünschte, dass es die Menschen lesen können, für die ich es doch geschrieben habe."

Schlojma nahm die Mappe an sich. Sie wog mindestens eineinhalb Kilo, wenn nicht sogar zwei. Als enthielte sie anstelle von Papier einen wesentlich gewichtigeren Stoff. Die Mappe hier vor der Autorin zu öffnen, war ihm unangenehm, obwohl ihn die Neugierde arg plagte. Was für eine Saga hatte Stepanida Dobromoletz da geschrieben? Ist dieses Werk denn die Fortsetzung der Trilogie *Der Weg in die Freiheit*? Sie hatte doch keine weiteren Werke außer der Trilogie verfasst oder gar publiziert, was – obwohl es merkwürdig klingt – der alten Schriftstellerin zugutekam, denn so konnte die Literaturkritik sie mit dem Klassiker der sowjetrussischen Literatur, Mychail Scholochow, vergleichen.

„Ich habe es erst hier, im Krankenhaus, abgeschlossen ...", sagte sie noch, während sie unverwandt auf die Mappe in Schlojmas Händen starrte. „Ich habe es nicht für die Schublade geschrieben, sondern hier im Bett aus mir herausgepresst." Diese letzten Worte sprach sie mit Würde und Stolz.

Schlojma schwieg, da er fürchtete, wieder eine Taktlosigkeit zu begehen.

„Ich wollte Ihnen noch sagen ...", verstummte Stepanida Dobromoletz plötzlich, als sei sie peinlich berührt, als sei ihr etwas unangenehm. In ihrer Stimme hallte wie von ferne leichter Zweifel oder eine Bitte.

„Falls für die Publikation dieses Werks ein ... hmmm, Honorar gezahlt werden sollte ...“ Die alte Schriftstellerin verstummte und ein leicht gläserner Blick bohrte sich in Schlojmas Stirn. Er schwieg, denn er wusste nicht, was er antworten solle. Er verstand nicht, welche Richtung das Gespräch nun nahm.

Nachdem Stepanida Dobromoletz eine lange rhetorische Pause gemacht hatte, fuhr sie unzufrieden, aber umso entschiedener in ihren Ausführungen fort. Das leichte Beben ihrer Stimme war völlig verschwunden:

„Nun, falls es ein Honorar geben sollte – und ich zweifle nicht daran, dass mein Werk, wenn es denn herausgeben wird, in aller Munde sein wird und sich bestimmt in hoher Auflage verkaufen lässt. Ich möchte, dass das ganze Honorar von Ihnen ...“, sie betonte die letzten beiden Wörter besonders, „... nach Abzug Ihrer Provision, hmm, ich denke, zehn Prozent wären angemessen?“ In die Stimme der Schriftstellerin stahl sich von neuem ein flehender Zweifel, „... denn mehr als fünfzehn, nein, mehr als zwölf Prozent kann ich Ihnen keinesfalls anbieten ...“

Schlojma verlegte sich weiterhin auf ein aufmerksames Schweigen. Inzwischen hatte er einigermaßen verstanden, in welche Richtung das Gespräch ging, aber dennoch begriff er noch nicht dessen Sinn und Zweck. Das Bett ächzte und stöhnte erneut. Stepanida Dobromoletz wälzte ihren massigen Körper unter der Decke herum, um eine bequemere Stellung einzunehmen. Auch ging ihr Schlojmas Schweigen auf die Nerven, doch strengte sie sich an, dies nicht zu zeigen. Schließlich hob sie wieder leise und beherrscht mit nüchterner Stimme an:

„Na gut, wie Sie wollen, Sie bekommen die Hälfte. Fünfzig Prozent hätte ich Ihnen niemals angeboten, wenn ich nicht in solch einer schwierigen, eigentlich aussichtslosen Lage wäre. Sie sollten verstehen, dass dies meine einzige, meine letzte Chance auf ... "

„Warten Sie bitte, Stepanida Porfyriwna!", versuchte Schlojma ihren Monolog zu unterbrechen. „Ich verstehe Sie nicht ganz ... ich verstehe eigentlich gar nicht ..."

„Nein!", schrie die alte Schriftstellerin schon beinahe. „Unterbrechen Sie mich nicht! Fünfzig Prozent, das ist die absolute Grenze! Mehr geht nicht! Das ist das Maximum, das ich Ihnen anbieten kann! Denn mehr wäre doch schon verbrecherisch! Ich habe mich abgerackert, geschuftet, geschrieben, mein Herzblut habe ich für dieses Werk vergossen. Also bitte, seien Sie so gütig, nehmen Sie sich des Werks an und organisieren Sie für die Hälfte des Honorars die Publikation in einem Ihrer besseren Verlage dort! Und den Rest, die zweite Hälfte des Honorars, müssen Sie mir ... Hören Sie! Sie müssen! Müssen Sie hierher überweisen, auf die Sparkasse von Rowno, Konto ... hmmm ... im Zentrum, Leninstraße, neben der Nähfabrik ... ich erinnere mich jetzt nicht an die Kontonummer, aber gleich kommt Petro, der sagt sie Ihnen. Also überweisen Sie es auf die Sparkasse mit Beleg, die Nummer sagt Ihnen gleich Petro, auf den Namen Dobromoletz, Petro Stepanowytsch."

Stepanida Dobromoletz verstummte und atmete schwer. Schlojma schwieg ebenso. Außer, dass die Alte ihren Roman veröffentlichen will und auf eine gewisse Geldsumme als Honorar hofft, begriff er auch weiterhin nichts. Er wollte ihr nicht widersprechen, um sie nicht zu enttäuschen oder aufzuregen, und zwar nicht nur, weil Samtschuk dies strengstens verboten hatte, sondern auch aus ethisch-moralischen Gründen.

„Petro ist ... er ist mein Sohn ..." Stepanida Dobromoletz wollte offensichtlich jegliches Missverständnis vermeiden. „Wenn er das Geld bekäme, dann könnte er ... er widmet sich der Einrichtung eines Museums in meiner

Wohnung. Dies wird das erste Wohnungs-Memorial einer Schriftstellerin in unserer ... in unserer gemeinsamen Stadt sein, Schlojma Wasylowytsch." Die Stimme der alten Autorin wurde ein wenig leiser, ihr Redetempo verringerte sich, als würde sie mit einem Mal unwillkürlich einschlummern oder in Trance geraten.

Von hinten berührte jemand Schlojma an der Schulter. Erschrocken fuhr Ezirwan zusammen und schnellte von der Bettkante hoch. Dabei wäre die grüne Mappe auf seinen Knien fast zu Boden gefallen. Hinter ihm war Petro aufgetaucht. Wie ist der nur so unbemerkt hereingekommen, keine Schritte zu hören, nicht mal die Tür hat geknarrt, schoss es Schlojma durch den Kopf, während Petro ihn mit seinen Wurstfingern an einem Knopf seiner Jeansjacke zu sich zog.

„Kommen Sie, wir müssen uns unterhalten ..."

Petro hatte dieses Gefäß nicht mehr in der Hand, aber ebenso wenig einen Stuhl, dafür roch seine Hand nach Erdbeerseife. Sie traten einige Schritte vom Bett zurück in Richtung Tür, wobei Schlojma noch einen Blick auf die alte Schriftstellerin warf. Sie lag mit dem Gesicht nach oben, die Beine schauten unter der Decke hervor, ihre Lippen bewegten sich noch und schickten ihm lautlos einige Worte hinterher. Dabei rollte sie schon mit den Augen, und dann begann ein eintöniges rhythmisches Schnarchen.

„Sie verstehen", hob Petro in einem besorgten Bassflüstern an, „Sie verstehn sicherlich ... für meine Mutter ... obwohl gar nicht so sehr für meine Mutter als vielmehr für mich ist dies die einzige Chance, hier rauszukommen. Ich verrate Ihnen ein Geheimnis. Ich bin Wissenschaftler. Meine Forschungen ... meine Untersuchungen im Bereich der vergleichenden Psychologie werden – wenn ich nur die Gelegenheit bekomme auszureisen – meine Kollegen im Westen bestimmt faszinieren ... doch dazu ... dazu muss ich ungehindert ausreisen können, als Sohn einer bekannten Autorin, damit man mir erlaubt, mein Archiv mitzunehmen ... Ich hoffe sehr, Sie helfen uns ... meine Mutter hegt große Hoffnung ... hat sehr große Erwartung an dieses Treffen mit Ihnen geknüpft ...“

Petro Stepanowytsch atmete heftig. Der Luftschwall, der durch seinen Bart drang, roch abgestanden und abstoßend. In seinen Augen flackerte unverhohlene Erregung. Schlojma erinnerte sich, dass er irgendwo, irgendwann gelesen hatte, dass auf Psychiater die Krankheiten ihrer Patienten abfärben. Er löste die Hand Petro Stepanowytschs nicht ohne Mühe vom Knopf seiner Jeansjacke und trat sicherheitshalber einen Schritt zurück. Dann sprach er zum breiten Bartgesicht mit größtmöglich ernster Stimme:

„Ich werde alles in meinen Kräften Stehende versuchen ...“

Die Miene von Petro Stepanowytsch hellte sich erfreut auf und unter dem Bart zeichnete sich ein verkrampftes und täppisches Lächeln ab.

„Oh, ich danke Ihnen vielmals im Voraus!“, sagte er und wurde dann ernst, als habe er sich an etwas erinnert. „Und über die Geldtransaktion hat Mutter hoffentlich mit Ihnen gesprochen?“

Schlojma presste die grüne Mappe fest gegen seine Brust, blickte nach unten auf sie und zwinkerte, sozusagen alles ok, alles abgesprochen. Petro Stepanowytsch wollte ihn abermals am Knopf packen, doch im letzten Moment, als er bereits die Hand ausgestreckt hatte, hielt er inne und nahm Ezirwan am Ellbogen. Er griff kräftig zu, drehte Schlojma leicht und lenkte ihn langsam zum Ausgang, wobei er verschwörerisch brummelte: „Und falls Ihnen hier in unserer Stadt plötzlich etwas zustoßen sollte – Gott behüte! –, dann versuchen Sie, mit mir in Verbindung zu treten, ich habe auch so meine Möglichkeiten, Ihnen bei allem Möglichen Hilfe zukommen zu lassen ... Ich kann zum Beispiel ... falls es nötig sein sollte ... Ihnen ein Zeugnis ... ein Gutachten über Ihre geistige Verfassung ausstellen und Sie für unzurechnungsfähig und nicht schuldfähig in jedweder Hinsicht erklären ... denken Sie bitte daran."

Schlojma war es dann schließlich doch gelungen, seinen Ellbogen aus dem Griff des Psychiaters und Sohns der alten Schriftstellerin zu befreien, und dachte an das verrückte Protokoll von Mykola Iwanowitsch, das er vor einer Weile im Vorzimmer der Tomographie unterschreiben sollte. Das war wie ein böser Tagtraum gewesen. Er trat ein Stück zurück, neigte sich dann nach vorne und entgegnete gedämpft und verschwörerisch:

„Unbedingt, ich werde es nicht vergessen. Vielleicht melde ich mich bei Ihnen sogar schon bald. Sie wissen ja selbst, das Leben ist manchmal so seltsam, man muss auf alles gefasst sein."

Petro Dobromoletz schaute mit routiniertem Blick von schräg unten auf Schlojma bereits wie ein Psychiater auf seinen Patienten, der freilich den Idioten nur mimt. Sein Gesichtsausdruck verriet, dass er Ezirwans Worten nicht ganz glaubte und er hinter ihnen eine Falle oder ein gutes Stück Ironie verborgen sah oder eher spürte. Dazu hatte er in diesem Fall allerdings keinen Grund.

Petro Dobromoletz schaffte es nicht mehr, darauf zu antworten, denn inzwischen waren sie bei der Zimmertür angekommen und hinter der Türe ließ sich ein leises Scharren vernehmen. Das stammte von Samtschuk und Mykola Iwanowitsch, die dort hinter der Tür sich ungeduldig bewegten und von einem Fuß auf den anderen traten. Petro Dobromoletz ergriff Schlojmas rechte Hand und drückte sie, dass dem Schriftsteller alle Finger knackten. Beide Männer blickten sich schweigend in die Augen und ebenso schweigend nickten sie einander zu. Es kam sogar zu einer gegenseitig angedeuteten Verbeugung, wie bei einem Samurai-Zeremoniell. Nach der Verneigung zog Petro, ohne weiter ein Wort zu verlieren, ein rechteckiges Pappkärtchen aus der Hosentasche, ein ebensolches wie auf der Vorderseite der grünen Mappe aufgeklebt war und hielt es Schlojma vors Gesicht. Auf dem Kärtchen waren in Druckschrift klar und deutlich zwei Zahlenreihen zu sehen: die Nummern der Sparkasse und des Sparbuchs. Ohne ein Wort zu sprechen, schob Petro das Kärtchen mit einer eleganten Bewegung in die Brusttasche von Schlojmas Jeansjacke.

Wie zum Abschied streckte und reckte sich die alte Schriftstellerin auf dem Bett neben dem Fenster und rülpste dann leise und langgezogen, was Schlojma, der bereits an der Tür stand, freilich als Segensgemurmel wahrnahm. Petro eilte zurück zum Bett, zupfte dort etwas zurecht, zog die Decke gerade und schob ein Kissen unter den Kopf der Kranken.

Schlojma Ezirwan öffnete währenddessen die Tür und trat hinaus, wobei er die grüne Mappe an den Bauch drückte. Er hatte ein wichtiges Treffen hinter sich gebracht und ging nun seinen quadratschultrigen Freunden entgegen. Samtschuk und Mykola Iwanowitsch zeigten beide einen fast schon fröhlichen Gesichtsausdruck, als sie sich dem Schriftsteller zuwandten. In ihren Blicken lag Dankbarkeit, dass er selbst herausgekommen war, ohne Zwang, und auch nicht versucht hatte, durch das Fenster abzuhauen, das nämlich entgegen der Behauptung Samtschuks ganz und gar nicht vergittert war. Und selbst die Belüftungsklappe darin war offen, obwohl die Luft in dem Zimmer recht abgestanden war und somit der Nutzen der Klappe gegen null ging.

Schlojma atmete die letzten Reste der abgestandenen Luft aus und schaute Samtschuk und Mykola Iwanowitsch fragend an.

„Also, wohin nun?“

*

Jetzt geht's wieder auf dem Weg zurück, auf dem man dich hergebracht hat, durch Höfe und verwinkelte Partisanenstraßen mit entsprechenden Namen: Mirjuschtschenko, Ostafiw, Prychodok, Bem, Straßen, die nie einen anderen Namen getragen haben, da sie nach dem Krieg gebaut und Zugezogene aus den umliegenden Dörfern hier angesiedelt worden waren. Deshalb hat sich hier auch eine ländliche Art und Umgangsform erhalten, selbst wenn jetzt Trolleybusse durch die Straßen fahren. Doch die hiesigen Hausfrauen können es sich auch heute noch erlauben, einfach im Kittel vor dem Trolleybus zur Nachbarin über die Straße zu huschen, um sich Salz zu borgen oder nach einem Rezept für eingelegte Gurken zu fragen.

Du wirst nicht mehr im Miliz-Lada transportiert, sondern in jenem grauen Wolga, mit dem du auch aus der elterlichen Wohnung in der Strutinskyjstraße abgeholt worden warst. Als du, Genosse Schlojma, das Gebäude der Reha- und Heillehranstalt verlassen hast, stand das Auto bereits am Eingang, im Schatten eines Apfelbaums, doch ohne Fahrer. Auf deinen Knien rutschte die mit einem Gummiband gesicherte Mappe hin und her, vor dem Autofenster schaukelten flache Privathäuser vorbei und ein Stück weiter bereits die vierstöckigen, aus Ziegeln errichteten Chrustschowbauten, dann die um einiges höheren Häuser der Moskauer Straße, Gebäudekomplexe aus der zweiten Hälfte der sechziger Jahre. Auch dort spielte sich deine Jugend ab – man konnte nicht nur im Park herumstrolchen ... Hier entlang verlief dein Schulweg, von der Ostafiwstraße bog man in eine kurze Gasse ein, die den Namen des progressiven Naturforschers Darwin trug, genau so, ohne den Vornamen auf dem Straßenschild. Du warst überrascht und es war auch ziemlich komisch, als in der neunten Klasse Kolja Pelech, der in derselben Straße wie du wohnte, den Vornamen von Sir Charles nicht kannte. Dies kam während einer Biologiestunde auf, als Dorfschullehrer aus dem Gebiet Riwne und die Schulinspektoren des Gebiets und der Stadt anwesend waren. Pelech, der Einserschüler und potenzielle Anwärter für eine Schulmedaille, eilte nach vorne und spulte dann vor der Tafel die geforderte Antwort über die evolutionäre Entwicklung der Arten runter, wobei er unbemerkt seinen Spickzettel zu Rate zog, auf dem sich aber nur der Nachname des Gelehrten befand. Diese Respektlosigkeit verärgerte eine Lehrerin so sehr, dass sie den Schüler aufforderte, auch den Vornamen des Forschers zu nennen, was den wiederum völlig verwirrte. Die Biologielehrerin wollte ihrem Schüler helfen, die Situation zu retten – auch um selbst einer Unannehmlichkeit zu entgehen –, und wagte ihm einen Hinweis zu geben: „Sein Vorname ist genauso wie der des Schauspielers Chaplin. Kennst du Chaplin? Wie ist sein Vorname?“

Pelechs Antwort kam wie aus der Pistole geschossen: „Charlie!“

Für die Unterrichtsstunde erhielt die Biolehrerin eine Eins.

Samtschuk steuerte den Wolga und Mykola Iwanowitsch saß neben ihm. Er wandte sich plötzlich zu dir auf dem Rücksitz um, lächelte und bat um eine weitere deiner ausländischen Zigaretten, falls denn noch eine da sei, natürlich. Du tastetest die Taschen deiner Jeansjacke ab und fandest die Packung *Gauloises* in der linken Tasche, obwohl du doch die Angewohnheit hast, sie stets in die rechte zu stecken. Die Zahl der Zigaretten hat sich deutlich verringert. Es waren noch fünf oder sechs da, eine davon hast du Mykola Iwanowitsch hingehalten, die andere selbst angezündet. Sie schmeckte gut, doch danach wurde dir gleich schlecht, sei es vom Hunger oder weil du so lange nicht geraucht hattest.

Das Wetter, das vor kurzem Stepanida Dobromoletz angesprochen hatte, begann sich zu ändern. Anstelle des sonnig vernebelten morgendlichen Sfumato, das bis zum Mittag noch alles weichgezeichnet hatte, war der Himmel nun ziemlich bedeckt und feine, mikroskopisch kleine Tropfen eines Sprühregens bedeckten nun sogar die Windschutzscheibe des Wolgas.

Von der Moskauer Straße aus seid ihr dann an der letzten Kreuzung, nur einen Block von der Mauer entfernt, am Wohnheim des Medizininstituts nach rechts auf die Kusnetzowstraße abgebogen, dann bergauf geprescht, vorbei an den Fenstern der Eckwohnung der Familie Bljaschanyj im ersten Stock über der Apotheke, wobei du dich noch schnell umgedreht hast: Stand da nicht der pensionierte Pathologe Bljaschanyj auf dem Balkon über das Geländer gelehnt und rauchte? Linker Hand, hinter der granitenen Eingrenzung dehnte sich der Park aus, in dem du heute bereits gewesen warst. Eigentlich hast du von hier aus heute deinen Spaziergang begonnen, den Spaziergang, den du dir so lange gewünscht hattest und auf den du so lange warten musstest – und der dann so gründlich danebengegangen war. Aber du bist nicht umsonst dort gewesen, du musstest einfach dort hin. Du musstest seine Luft einatmen, im Schatten seiner Bäume auf dem unebenen Asphalt seiner Alleen umherschlendern. Und obwohl du bereits im stillen Berliner Tiergarten, im überfüllten Krakauer Planty, im Münchner Englischen Garten warst, wo du zwischen den Nackten am Ufer des schmalen Zuflusses zur Isar herumgestiefelt bist, und sich vor dir das Wegenetz des Jardin du Luxemburg in Paris und des Sommergartens in St. Petersburg ausgebreitet hatten, lebt nur dieser eine Park in dir, taucht als einsilbiges Wort mit vier Buchstaben aus deinem Bewusstsein: PARK. Vier Buchstaben, drei davon Reibelaute ... Pcha-r-rk! Ein zerfetzter Ton, als ob Stoff zerrissen wird, und in der Engstelle, die den ausströmenden Klang verwirbelt und zerreibt, wird diese andere, heimelige, unwiederbringlich verlorene, stille und geliebte Welt sichtbar, in der alles Übel weit weg war. Jenseits des Meeres, in der schrecklichen, fremden und käuflichen Welt, wo Seine Majestät der Gelbe Teufel und Mammon regieren, wo diabolische Falken atomare Eier ausbrüten, wo die Werktätigen in langen Schlangen vor dem Arbeitsamt stehen, um wenigstens einen Tagelohn zu ergattern, um sich und die Familie am Leben zu erhalten. Ja! Doch hier erhielt jeder Zweitklässler vom Papa eine Zehn-Kopeken-Münze für die Kindervorstellung und eilte durch den Park zum Kino *Schewtschenko* oder ein bisschen weiter ins Zentrum hinein zum Kino *Jugend* und nichts passierte ihm, denn das hier ist nicht der Central Park in New York. Und selbst am frühen Abend kann der Bub durch die Stadt zurückgehen, ja selbst durch den Park. Soll der Junge doch draußen sein, es ist so schönes Wetter, und im Fernsehen gibt's eh nichts zu sehen: Im ersten Programm läuft die Landarbeitersendung und im zweiten *Oh Ukraine, deine Talente!* Und am Abend, nach den Nachrichten, gibt es noch einen moldawischen Film über irgendwelche Preisträger oder etwas von Usbekfilm, danach und bereits ziemlich spät Dokumentations-TV, moderiert von einem bekannten russischen Dichter, der sich wohl verirrt hat. Manchmal gibt es auch noch „Mit der Kamera durch die Welt", wobei dann solche Schrecklichkeiten gezeigt werden wie die Demonstrationen von Arbeitslosen, die die Polizei vermöbelt, oder wie die Juden in Israel mal wieder mit den Arabern raufen – was haben die eigentlich für ein Problem miteinander? Mina Benzioniwna, die einen Hauseingang weiter wohnt und im Mieterverzeichnis im Erdgeschoss als Nina Borisowna aufgeführt wird, erhielt ein Paket aus Israel. Darunter auch einen neuen, echten Ledermantel und ein Halstuch und zwei Mützen sowie noch alle möglichen anderen Klamotten. Im Brief, der dem Paket beigelegt war, schrieben die Verwandten jedoch, dass alles sehr teuer sei, sie sehr sparsam sein müssen und sich keine großen Sprünge erlauben können ... Und dann müssen auch die Frauen Wehrdienst leisten, es sei zum Gotterbarmen, denn sie müssen in der Kaserne leben, Socken waschen, mit der Maschinenpistole schießen, müssen Befehlen gehorchen! ... Hier lebt man wie im Krieg ...

Der Wolga macht eine Linkskurve an der technischen Fachschule und der Stadtverwaltung vorbei, entlang der Kinoreklame an der Front der Textilfabrik und nun wieder rechts herum auf die Puschkinstraße, wo du heute noch nicht warst. Hinter einem Eisenzaun taucht die hiesige Zweigstelle des Innenministeriums auf, deine Begleiter gehören wahrscheinlich nicht zu diesem Amt, sondern zu einem anderen Dienst. Hinter der Milizverwaltung schmiegt sich das leicht rosa gepuderte, alte flache Gebäude VVIR an die Ecke, nun entdeckst du darauf ein Schild mit der seltsamen Abkürzung OUZVMN – stammte der Brief, den du heute Morgen bekommen hast, nicht von hier? Unterschrieben von Inspektor Koltunetz. Er hatte wahrscheinlich zwei Wochen auf der Hauptpost in direkter Nähe zur Mauer in einer Kiste gelegen, bis diese voll mit Briefsendungen war und dann in den Westsektor transportiert wurde.

Auf der linken Seite wird nun die Schule Nummer 15 sichtbar, renommiert und zugleich von etwas zweifelhaftem Ruf, von einer beleuchteten Tafel geziert. Schrieb Uljana nicht, dass hier auch Ilko zur Schule geht? Du hast deinen Neffen weiß Gott wie lange nicht gesehen. Er geht bereits in die dritte oder vielleicht schon in die vierte Klasse. Hoffentlich passen ihm die Jeans, die du heute Morgen auf gut Glück gekauft hast. Der Verkäuferin hattest du noch zur Orientierung mitgeteilt, dass der Junge zehn Jahre alt sei, aber ob hochgewachsen oder eher klein, konntest du nicht mehr sagen. Als die Stadt noch nicht geteilt war, hast du dem Neffen immer Shirts mit aufgedruckten Bildern von Athen und Prag, Berlin und Bonn mitgebracht. Damals hast du den Jungen regelmäßig gesehen und es gab kein Problem mit der Kleidergröße.

Früher hattest du auch immer die Stadt im Blick, die ganze Stadt als Einheit. Sie ist für dich wie maßgeschneidert und du ebenso für sie – gleich und gleich gesellt sich gern –; du wolltest der Barde dieser Landschaft sein, dieser Stadt, dieser ziemlich charakterlosen und gleichgültigen Stadt, die dennoch deine Heimat ist, zu dir gehört, der du deshalb auch alles nachsiehst. Du hast von ihr in Lyrik und Prosa erzählt, vielleicht nicht immer in höchsten Tönen geschwärmt, denn es gab nichts so Großartiges zu erzählen. Keine großen Themen, eher kleine Variationen. Dann hast du ein paar Theaterstücke geschrieben, die in fiktiven Milieus spielten, und du hattest Erfolg. Die Stücke wurden übersetzt, aufgeführt und so hast du dann auch weitergemacht – fiktive Welten mit ihren fiktiven Bestandteilen und Details und ebenso ausgedachten, künstlichen Personen. Sich eine Welt auszudenken, scheint leichter zu sein, als mit der Realität zurecht zu kommen.

Rechts, umgeben von Tannen, Fichten und anderem Nadelgrün taucht nun die Waldverwaltung auf. Oder Wälderverwaltung? Egal ... vielleicht Waldwirtschaftsverwaltung? Denn das Gebiet Riwne ist sehr waldig, übrigens ist auch Wolhynien bewaldet. Dorthin wolltest du heute Morgen noch Isabella und Maulwurf zum Pilzesuchen einladen. Wie viel Zeit ist seit diesem sonnig vernebelten Morgen eigentlich vergangen, der doch eigentlich nichts Außergewöhnliches prophezeit hatte ... doch da hat dich deine Literatur eingeholt, du Schriftsteller du ...

Links, etwas weiter hinten in der Straße, wo sich die Weide auf den Gehsteig neigt, befindet sich das Hotel *Mir*, das von Stacheldraht umgeben ist. Es stimmt sicher, was man sich erzählt, dass in dem Hotel mit seinen acht Stockwerken, die quasi über die Mauer hinüberreichen, niemand anderes untergebracht wird als Mitarbeiter der Dienste und Organe, die überwiegend aus Kiew anreisen, um vom Hotel aus den Westsektor zu beobachten und abzuhören. Na und da vorne ist ja schon die Ausbuchtung der Mauer mit den Gestalten in den khakifarbenen Mänteln. Sie sehen euer Auto, treten einen Schritt zurück direkt an die Mauer, nicken Samtschuk zu, der bremst, die Tür einen Spaltbreit öffnet und mit einem der Mäntel etwas bespricht. Währenddessen kurbelt Mykola Iwanowitsch das rechte Fenster herunter und schnippt die Kippe auf die Straße, die Kippe, die zwar schon längst runtergeraucht war, die er aber in der Hand behalten hatte, da es im Wolga keinen Aschenbecher gab. Du hast deine Kippe unbemerkt einfach in die Gummimatte am Boden gedrückt. Bisschen barbarisch, ja, aber ist es deine Schuld, dass es hier keine Aschenbecher gibt? Würdest du dich auf der anderen Seite der Mauer auch so verhalten? Interessante Frage ... Schlojma kommt der Gedanke, dass er auf diese Frage nicht wirklich antworten kann.

Samtschuk schloss die Tür, gab Gas und kurvte langsam links herum, die Mauer entlang bis zu den Stufen am

Eingang mit den weit geöffneten Türen des Hauses der Politischen Arbeit. Da warst du heute schon einmal, ungefähr zur Mittagszeit. Der Kreis schließt sich.

*

Obwohl es längst noch nicht Abend war, erstrahlte die Halle des Hauses der Politischen Arbeit mit all ihren Lüstern und Leuchtern. Die Bänke, an denen tagsüber die Schriftsteller gesessen hatten, befanden sich dreifach aufeinandergestapelt an der hinteren, fensterlosen Wand, und den nun freien Raum bevölkerte ein Publikum, das in gleichförmige zweireihige Anzüge gekleidet war. Die Kontrolleure an der Tür überprüften die Einladungen. Schlojma und seine Begleitung ließen sie jedoch ohne weiteres ein, wobei sie sich vieldeutig umblickten. Aus dem hinteren Teil des Saales kam ihnen Trochym Subtschuk, der Sekretär und Vorsitzende der Abteilung Rowno des Schriftstellerverbandes der SRU entgegen. Mit gezwungen freundlichem Lächeln bedeutete er mit einer Geste, freilich ohne Schlojma die Hand zu schütteln, dass er ihm folgen solle. Wie einem Aussätzigen, dachte Schlojma. Samtschuk und Mykola Iwanowitsch blieben augenblicklich zurück und verschmolzen mit der Menge. Doch ihre Blicke spürte Schlojma den ganzen Abend unausgesetzt in seinem Nacken.

Subtschuk lächelte weiterhin und führte Schlojma einen kurzen Seitengang entlang in den „Aktsaal". Welche Akte hier wohl stattfinden?, überlegte Schlojma. Es handelte sich um einen großen Raum mit hoher Decke, den die Neonröhren nur schwach erleuchteten und der voller Werktätiger war. Dass es sich tatsächlich um Werktätige handelte, zeigten die Orden und Auszeichnungen auf der linken Seite der Brust, die viele von ihnen zierten, und ebenso der Zustand ihrer Kleidung, abgehangen in Schränken und Garderoben und heute hervorgeholt und glatt gebügelt. Deshalb waren auch die Bügelfalten an Hosen und Sakkos so deutlich sichtbar. Einige der Anzüge hatten anscheinend längere Zeit über Stuhl- oder Sessellehnen gehangen, wodurch ihre Passform an den Schultern etwas gelitten hatte. Im Übrigen waren nur die Männer so einheitlich gekleidet, während die wenigen Frauen, die ungefähr ein Zehntel der etatmäßig Eingeladenen ausmachten, ein wenig gefälliger und bunter angezogen waren. Jede Vierte von ihnen hatte anstelle der Bürokleidung – Rock, weiße Bluse, verziert mit einer Schleife am Kragen und darüber eine Jacke – sogar einen Festtagsrock in hellblauer, grüner oder roter Farbe an.

Frage eins: Wie viele Frauen im Saal hatten Röcke an, wenn bekannt ist, dass die Gesamtmenge der Teilnehmer der Vollversammlung des Gebietskomitees sechshundertvierzig Personen umfasst und eine der Frauen, die Melkschichtleiterin Kybukewitsch Uljana Josipiwna aus dem Dorf „Altes Dorf" des Rokytynsker Rayons eine schwarzbräunliche Plüschjacke mit einem dunkelgrauen Halstuch anhatte? (Für die Aufgabe gibt es drei Rechenwege.)

Frage zwei: Wie viele der Männer hatten ein Sakko an, wenn nur einer der anwesenden Männer – Schlojma ausgenommen, der bekanntermaßen eine Jeansjacke anhatte – einen grellblauen Pullover mit himbeerfarbenen Ärmeln trug?

„Was ist das für eine Versammlung?" Schlojma blickte Subtschuk so ernsthaft wie möglich an.

„Wie? Hat man es Ihnen noch nicht mitgeteilt? Gleich findet eine offene Diskussion über Ihren Roman statt."

Über meinen Roman? Schlojma hatte den Roman *Die Mauer* Anfang letzten Jahres geschrieben, als Abwechslung zur ermüdenden Theaterarbeit, und ein Lemberger Verlag veröffentlichte ihn in einer ersten Auflage von tausend Exemplaren. Der Erfolg bei den Lesern der WUR – also der Westukrainischen Republik, genauer gesagt, Lemberg und Umgebung – war nicht besonders groß, obwohl es mehrere positive Rezensionen gab. Und in den Buchhandlungen von West-Riwne wurden insgesamt nur fünfzehn bis zwanzig Exemplare verkauft, womit die ganze Angelegenheit mit der ersten Auflage auch erledigt war. Und hier soll es auf einmal eine offene Aussprache zu diesem Roman geben?

„Wie bitte? Haben denn die Diskussionsteilnehmer meinen Roman überhaupt gelesen?" Schlojma konnte sich das beim besten Willen nicht vorstellen.

Subtschuk legte diplomatisch eine kurze Pause ein und sagte dann sehr lang gezogen: „Nu-un, viel-lei-icht nicht a-alle ... aber einige, ich meine ein gewisser Teil, bestimmt ...Wenigstens haben es jene gelesen, denen es aufgetragen wurde ... die dazu verpflichtet waren ..." Man merkte, dass Schlojma einen wunden und für Subtschuk ziemlich unangenehmen Punkt getroffen hatte. Deshalb beschloss Schlojma, erst einmal genug erfahren zu haben und alle anderen Fragen für eine günstigere Gelegenheit aufzusparen – zu der es jedoch nicht kommen sollte.

Subtschuk und Schlojma gingen an der mit Holzfurnier verkleideten Wand entlang durch den ganzen Saal und blieben in der ersten Reihe bei den Stühlen eins und zwei stehen. „Bei uns sitzen Sie immer in der ersten Reihe und im ersten Sessel ...", ging es Schlojma durch den Kopf und er grinste, denn genau auf einem solchen Platz saß er für gewöhnlich bei den Proben im Freien Theater Riwne, die Maulwurf leitete. Schlojma gehörte nicht zu den eitel-neugierigen Autoren, doch einige Proben besuchte er mit Interesse, denn er wollte wissen, ob der Regisseur die Handlung seines Stücks ebenso sah wie er, der Autor. Natürlich sah der Regisseur alles ganz anders. Der kam auf die Bühne geschossen, verwandelte sich augenblicklich in eine andre Person und zeigte den Schauspielern, wen sie wie gerade jetzt und hier darzustellen hatten, er schimpfte, zankte, brüllte, beschimpfte die Schauspieler auf Deutsch und sogar einige Male den Autor ziemlich heftig, an dessen Stück er doch arbeitete.

Schlojma wandte sich um und blickte in den Saal. Und plötzlich war ihm alles klar. In dem Saal befanden sich nicht nur Werktätige. Da, in der vierten oder fünften Reihe, ganz in der Nähe saß der Taxifahrer im Strickhemd und mit blauem Auge. Gleich hinter diesem glotzte der Rentner aus dem Park mit dem Pudel, der sich an sein Herrchen schmiegte, unter seinen buschigen Brauen hervor auf die Bühne. Das Trio der drei Prollis in den verdreckten Arbeitsjacken unterhielt sich in der Saalmitte, ungefähr auf Höhe der zwölften Reihe. Ah, und da war seine Schwester Uljana mit Mykola und Ilko in der braunen Schuluniform. Sie schoben sich zu ihren Plätzen durch. Gerade gingen sie durch den engen Gang in der neunten Reihe am Rentner Ihor Bljaschanyj vorbei, der ganz frech zu dieser feierlichen Veranstaltung mit einem Walkman gekommen war – die Ohrhörer hatte er vorsichtshalber bei der Kontrolle an der Tür abgenommen – und nun wackelte er mit dem Kopf im Takt der Musik. Einige Sitze weiter saß Petro Dobromoletz, der etwas in seiner Sakkotasche suchte – bestimmt seine Brille. Als Uljana sich am Sohn der berühmten Schriftstellerin vorbeiquetschte, traf sich ihr Blick mit dem ihres Bruders. Sie blinzelte mit einem Auge, fast so, als zwinkere sie ihm zu. Irgendwo musste dann auch die Mutter sein, außerdem war da Olja mit ihrer Tochter, der Zollbeamte, der seine hundert DM so günstig gewechselt hatte und wer noch alles so in den „Aktsaal“ passte, der 640 Menschen fasste. Außerdem konnten noch locker 25 bis 26 weitere Personen, ohne jemand anderen zu behindern, an den Seiten stehen. Was auch der Fall war.

Über der Bühne war in der Mitte ein riesiges Transparent angebracht, dessen Buchstaben aus elektrischen Lämpchen bestanden, auf dem zu lesen war: „Schimpf und Schande dem Abweichler Ezirwan!“ Einige der Lämpchen funktionierten nicht, besonders das Wort „Schimpf“ sah aus wie „Sif“ und „Schande“ wie „hand“. Etwas weiter hinten auf der Bühne, gleich hinter dem Präsidiumstisch, hing ein seltsames Objekt von der Decke: zwei große metallene Halbkugeln, daran Gummischläuche und Plastikkabel sowie Telefonhörer.

Subtschuk bemerkte zum wiederholten Mal den fragenden Blick des Schriftstellers Ezirwan, dachte eine Weile nach und entschloss sich dann, die seltsame Erscheinung unter der Decke zu kommentieren.

„Das ist ein De-E-Pe-Pe“, erklärte er kurz angebunden. „Ein geheimer Apparat unserer Radiofabrik. Ich besitze nicht die Klassifizierung, Ihnen das zu erzählen, aber Sie sind ja schon fast einer von uns.“ Nix da!, dachte Schlojma etwas panisch. „Und wissen Sie, D.E.P.P. steht für Denk-Einheits-Personal-Produkte. Seine Strahlung unifiziert das Denken des Kollektivs. Für diese Erfindung gaben die erfinderischsten Physiker und Biologen der gesamten Ukraine ihr Bestes ... also, der Sozialistischen Ukraine natürlich. Vorläufig gibt es zwei Geräte im Probebetrieb, das eine hängt dort vor Ihnen, das andere befindet sich in Kiew, im Parlament. Für diesen geheimen Apparat unserer Radiofabrik gibt es bereits jede Menge Vorbestellungen ... wie mir zu Ohren gekommen ist, aus Russland, Weißrussland und anderen Staaten der ehemaligen Sowjetunion. Übrigens fand Ihre Festsetzung hier ... ähhh, also Ihre Anwerbung als Mitarbeiter des Büros des Gebietskomitees ebenfalls unter der Einwirkung von D.E.P.P. statt. Und wie Sie zugeben müssen, hat doch alles ganz gut geklappt, nicht wahr?" Er hatte seine Worte absichtlich mit einer Frage enden lassen und blickte Schlojma nun direkt an. Schlojma jedoch entschied für sich, dass er das Recht habe, die Aussage zu verweigern. Subtschuk drängte nicht sehr auf eine Antwort und wenige Augenblicke später war er bereits die Stufen an der Seite die Bühne hinaufgestiegen und verschwand dann links hinter einer Kulisse. Schlojma sah kurz darauf, wie er nach vorne gebeugt seitlich über die Bühne nach hinten schlich.

Dann klackte etwas und das Gerät unter der Decke summte in Mücken-Manier über die Bühne zum Tisch des Präsidiums und hinter den Kulissen tauchten unter dem Applaus des Saales die Führer von Stadt und Land auf. Sie bewegten sich ohne Eile, einer hinter dem andern im Gänsemarsch, der Applaus wuchs an und ging schließlich in einen allgemeinen Beifallssturm über, in ein ohrenbetäubendes Rauschen wie von tausend Flügeln, na gut, wenigstens wie von fünfhundert Fliegenflügeln. Die Führung war nun in zwei Reihen angetreten und verteilte sich dann geordnet entlang dem Präsidiumstisch. Der Vorsitzende blieb allerdings stehen, ergriff das Mikrofon und hob die Hand mit einer beruhigenden Geste. Der Applaus verstummte so plötzlich wie ein Sommerregen.

„Lasset uns beginnen!" Die Worte aus dem Mikrofon überschlugen sich quietschend und hallten dann durch den verstummten Saal.

„Lasset uns mit der außerordentlichen Sitzung des erweiterten Plenums des Gebietskomitees der Kommunistischen Partei der SRU beginnen. Die Sitzung ist der Entlarvung und Verurteilung des Abweichlers", der Vorsitzende schielte nun auf den Zettel, den er zwischen Daumen und Zeigefinger hielt, „Ezirwan Schlojma Wasyljowytsch, Schriftsteller, wohnhaft im westlichen, okkupierten Sektor der Stadt Rowno, gewidmet. Ich erteile nun dem Ersten Sekretär des Gebietskomitees der KP SRU, dem Genossen Manasenko, das Wort!"

Der vorherige stürmische Applaus schien nicht mehr als ein zaghaftes Zittern gewesen zu sein im Vergleich mit dem Erdbeben, das nun den Saal erschütterte. Der Erste Sekretär erhob sich vom Tisch, an dem er bescheiden zwischen seinen Genossen gesessen hatte, und lenkte seine Schritte zum Rednerpult mit Hammer und Sichel. Nun konnte man es gut sehen: Genosse Masenko hatte das freundliche, offene Gesicht eines erfahrenen Arbeiters mit kleinen Furchen und Falten um die Mundwinkel. Sein tadelloser grauer Anzug saß wie angegossen, die Krawatte passte hervorragend dazu, und das Hemd war geradezu blendend, so strahlend weiß war es. Als Genosse Manasenko am Rednerpult angekommen war, schob er mit einer unauffälligen Geste die Ärmel hoch, an denen feine goldene Manschettenknöpfe aufblitzten, und legte seinen Vortragstext, der sich über mehrere Blätter weißen Papiers erstreckte, vor sich hin. Er wartete einen Augenblick, nicht zu lang und nicht zu kurz, eben genau richtig, blickte in den Saal und blinzelte dabei weise und gewitzt. Alle Augen im Publikum waren wie verzaubert auf ihn gerichtet, es war mucksmäuschenstill. Der Schriftsteller Schlojma Ezirwan in der ersten Reihe am Rand legte die Mappe mit dem Manuskript von S. Dobromoletz unter den Stuhl, schlug ein Bein übers andere und zog zu seiner eigenen Überraschung den Kopf etwas ein.

GEKÜRZTES STENOGRAMM DES ERWEITERTEN AUSSERORDENTLICHEN PLENUMS DES GEBIETSKOMITEES DER KOMMUNISTISCHEN PARTEI DER SRU MIT BETEILIGUNG DER VERTRETER DER WERKTÄTIGEN UND PROGRESSIVEN INTELLIGENZ AUS STADT UND LAND.

17. Oktober 200X

Die Arbeit des Plenums wurde mit einem Vortrag des Ersten Sekretärs des Gebietskomitees Rowno der KP SRU vom Mitglied des ZK KP SRU Genossen Manasenko Taras Panasowitsch eröffnet. „Wir müssen insbesondere darauf hinweisen", betonte schon in den ersten Sätzen seines Referats der Genosse Manasenko, „dass in letzter Zeit trotz der Erfolge der wirtschaftlichen Entwicklung der Dörfer, der spürbaren Verbesserung der Lebensmittelversorgung im Gebietszentrum und der Aufgeschlossenheit für eine Normalisierung der Beziehungen zwischen der Sozialistischen Republik der Ukraine und der WUR – wozu sich auch die jüngste Anschaffung eines Computertomographen für die Reha- und Heillehranstalt Rowno rechnen lässt – dennoch seitens gewisser westukrainischer Kreise und besonders aus dem okkupierten Westsektor der Stadt Rowno unverständliche, zum Teil offen provozierende Schritte in gänzlich entgegengesetzter Richtung unternommen werden. Ein klares Beispiel stellt die Veröffentlichung des Buches *Die Mauer* unter der Autorschaft von Schlojma Ezirwan in einem der reaktionären Lemberger Verlage letztes Jahr dar. Dieser sogenannte Roman schäumt vor Bosheit und Hirngespinsten, die darauf ausgerichtet sind, die Stabilität und guten nachbarschaftlichen Beziehungen zu vergiften, die die beiden benachbarten Staaten erreicht haben." (Allgemeine Empörung im Saal, „Schande!"-Rufe.) „Und ebenso müssen wir heute im vollen Bewusstsein unserer

Verantwortung ein entschiedenes NEIN rufen gegenüber feindlichen Äußerungen und Versuchen, die Normalisierung unserer Beziehungen zu torpedieren. Diese betreffen zweifellos und unzweifelhaft unsere inneren Angelegenheiten, genauso wie die Menschenrechte und die freie Meinungsäußerung, von denen die sogenannten Verteidiger der Menschenrechte im Westen so gern schwätzen und dabei wegschauen, wie vor ihrer Nase die Rechte des arbeitenden Volks missachtet werden", bemerkte Genosse T. P. Manasenko im Weiteren. „Wir, die Werktätigen des sozialistischen Rowno müssen im vollen Bewusstsein unserer Verantwortung eine entsprechend zornige Antwort auf jedwede Versuche geben, einen Keil zwischen die Teile des getrennten ukrainischen Volks zu treiben. Solche wie Ezirwan mit ihren Opusen werden den ihnen gebührenden Platz auf dem Müllhaufen der Geschichte finden, vor deren Gericht bekanntermaßen alle stehen und die alle nach den gerechten Gesetzen der Dialektik und des Materialismus beurteilt werden. Ezirwan ist vergänglich, doch das Volk der Sozialistischen Ukraine baut an seiner lichten Zukunft, dieses Volk ist ewig!" Mit diesen Worten schloss der Erste Sekretär des Gebietskomitees der KP SRU sein Referat. Dieses wurde häufig von stürmischem Applaus unterbrochen sowie von zustimmenden und unterstützenden Zwischenrufen begleitet.

Die im Referat von Genossen T. P. Manasenko angesprochenen Punkte wurden dann im Redebeitrag von Prawtschuk Mykola Pawlowitsch, dem Sekretär des Gebietskomitees der KP SRU für Fragen der Ideologie und Kandidaten der Philosophie aufgegriffen und weiter ausgeführt. Er wies insbesondere auf Folgendes hin: „Die heutige Zeit stellt uns vor zahlreiche Herausforderungen, vor allem in ökonomischen Bereichen, in der Festigung und im Ausbau des volkswirtschaftlichen Komplexes, der Anhebung des Sicherungsniveaus für die Werktätigen mit Produkten und Waren der Grundversorgung, der Verkürzung von Fertigstellungsterminen von Wohn- und Industriebauten. Laut den Werten des dritten Quartals aus diesem Jahr gehört das Gebiet Rowno unleugbar zu den zwanzig führenden Wirtschaftsregionen der SRU. Leider gibt es auch in dieser für uns alle so schweren Zeit gewisse Exzesse besonders an der ideologischen Front. So findet sich zum Beispiel in letzter Zeit im Gebietszentrum und in einer Reihe von Kreiszentren eine geringfügige Anzahl unverantwortlicher Bürger vor allem aus Kreisen der Jugend und unreifen Intelligenz, die unter den Einfluss der Werke des Ezirwan und ähnlich denkender ‚Literatoren' geraten sind und dadurch ihren Enthusiasmus und ihre Begeisterung für die Aufbauarbeit eingebüßt haben und eine Vielzahl unserer Errungenschaften gar in Zweifel ziehen, da sie von einem krankhaft ungesunden Skeptizismus angesteckt worden sind. Deshalb müssen wir noch aktiver in Richtung einer möglichst umfassenden Vermittlung unserer ideologischen Normen und Anforderungen für alle Menschen von Rowno werden, ihnen gründlichst die Materialien des letzten Parteikongresses, die theoretischen und methodischen Arbeiten der Parteiführer und Apparate auf den Parteiversammlungen und den Versammlungen der Werktätigen vermitteln und in diesem Zusammenhang ganz besonders das Buch von T. P. Manasenko, *Das Gebiet Rowno: Weg in die Zukunft*, in dem in einer knappen, konzentrierten Übersicht die Pläne und Wege unserer weiteren Entwicklung dargelegt werden, der Weg zur Entwicklung und Blüte unseres alten polesischen Landes."

Kybukewitsch Uljana Josipiwna, Melkschichtleiterin der Kolchose „Dschmbul", begann ihr Referat mit den Worten: „Ich bin eine Mutter. Ich ziehe vier Kinder groß. Zwei Jungen und zwei Mädchen. Und deshalb erschrecke ich schon beim bloßen Gedanken daran, dass diese Kinder einmal die Werke des Pseudoautors aus dem Westsektor der Stadt Rowno in die Hände bekommen. Solche Bücher können nur Unheil bringen, Zwietracht säen, die schrecklichsten Leidenschaften unter den Menschen entfachen, sie sind voller Wut und blutiger Menschenhasserei. Ich habe diese Bücher nicht gelesen, aber ich rufe alle hier Anwesenden auf, alles Mögliche, alles, was in ihrer Macht steht, zu unternehmen, um die heranwachsende Generation vor solchen und ähnlichen Werken zu schützen. Die ausgedachten Handlungen dieser Bücher, die lockeren Beziehungen zwischen den Menschen lehren nichts Gutes. Sie locken die Menschen nur auf die schiefe Bahn leichter Vergnügungen, des Verfalls und der totalen Entartung der Persönlichkeit. Doch diese Ezirwans wüten vergebens! Und zwecklos sind ihre Versuche, Zwietracht unter uns zu säen. Das Volk der Sozialistischen Ukraine bahnt sich gefestigt den Weg in die lichte Zukunft. Wie heißt es bei weisen Menschen: Der Hund lügt, der Wind ist stramm, und wir arbeiten uns voran! So schrieb der Dichter der Werktätigen und Unterdrückten Maksim Tadejowitsch Rylskyj." Mit diesen Worten beendete die Melkschichtleiterin U. Jo. Kybukewitsch ihren Auftritt.

Jantarow-Bernschtein Samijlo Abramowitsch, Dozent der Angewandten Astronomie der Fakultät für Maschinenbau der Hochschule für Wasserwirtschaft, wies darauf hin, dass die progressive, werktätige Intelligenz des Gebietszentrums einmütig den Kampf mit amoralischen Auswüchsen der Gegenwartsliteratur unterstützt. „Der Roman *Die Mauer* von Ezirwan ist für uns alle eine Herausforderung, eine Ohrfeige, eine Beleidigung unseres Heiligsten.

Ezirwan hat unsere Stadt zum Gegenstand seines Romans gemacht, sie auf schiefe und entstellte Weise abgebildet, sie durch die allerschwärzeste Brille betrachtet. Doch was am allerschlimmsten ist – er versucht eben diese Brille auch seinen Lesern aufzusetzen und sie dazu zu bringen, ihre Heimatstadt mit Ezirwans Augen zu sehen. Ezirwan ist ein vaterlandsloser Geselle, der das Allerheiligste mit Schmutz bewirft, das im Herzen eines jeden Bürgers von Rowno wohnt, seiner Heimatstadt. Doch unsere Stadt, unsere mit Orden ausgezeichnete Stadt, unsere von Legenden aus der Partisanenzeit umrankte Stadt, die selbst im geteilten Zustand – woran nur die aggressiven westlichen Kreise schuld sind – unsere Stadt ist und bleibt eine Stadt der Bauarbeiter und Werktätigen, eine Stadt der Jugend und Studenten, die Stadt des Frühlings. Ezirwan hat sie stattdessen als Stadt des Schmutzes und Unnutzes gemalt. Jeder, der selbst etwas wert ist, sieht das doch! Sein erbärmliches Büchlein wird zu Staub werden, auf dem Müllhaufen zerfallen, wohin es die dahinschreitenden Generationen von Rowno werfen. Es wird spurlos verschwinden, ebenso wie die erbärmlichen Versuche einiger Pseudoaktivisten, unsere Stadt zu portionieren und Einzelstücke an westliche Uran-Magnaten und andere Geldsäcke für eine Handvoll Silberdollar zu verkaufen. Erbärmlich!"

Waskewitsch Wasyl Wasylowitsch, Schlosser und Vorarbeiter in der Stahlgießerei der Herstellungskooperative „Asot" und Delegierter des XXXI. Parteikongresses der KP SRU: „In den Arbeitskreisen auf dem vergangenen Parteitag in Kiew wurde eine Menge über jene Vorstellungen gesprochen, die die sogenannten Herren aus der Westukraine auf dem Territorium der Sozialistischen Ukraine einpflanzen, nähren und vergrößern wollen. Gewaltsam geteilt, strebt das ukrainische Volk nach Wiedervereinigung, nach einem neuen Perejaslaw. Doch nicht alle im Westen wollen diese Wiedervereinigung. Es gibt dort Menschen, die gerade das panisch fürchten. Sie haben sich mit Haut und Haaren an die Finanzhaie der Wallstreet verkauft. Zu eben diesen Leuten gehört auch der sogenannte Schriftsteller Schlojma Ezirwan, der in unserer Stadt geboren wurde, der mit unserem Brot ernährt wurde, das die Werktätigen von Rowno gebacken haben. Er hat nicht einfach eine unmoralische Tat begangen, nein, er steckt bis über beide Ohren im unmoralischen Morast, seit er sein sogenanntes Buch *Die Mauer* zusammengeschmiert und in die Welt gelassen hat. Schlimmer als ein Schwein ist Ezirwan. Er hat in wortwörtlichem und übertragenem Sinn die Heimstatt besudelt, in der seine Landsleute essen und schlafen, die eigenen Mauern, die eigene Stadt. Zu Recht ist die Verbreitung seines Werkes in Rowno und auf dem gesamten Territorium der SRU verboten. Dieses Buch ist ein Verbrechen und verbrecherische Bücher muss man wie verbrecherische Menschen unbedingt von der Gesellschaft isolieren, damit sie nicht noch größeren Schaden anrichten!“

Subtschuk Trochym Dormydontowitsch, Vorsitzender und verantwortlicher Sekretär der Zweigstelle Rowno des Allukrainischen Schriftstellerverbands SRU machte in seinem Beitrag deutlich, dass die Aufgabe des Literaten in unserer Zeit der ständige und beständige Kampf für den Frieden sein muss, was allerdings in den Werken des sogenannten Schriftstellers Sch. Ezirwan nicht der Fall ist, der im westlichen, okkupierten Sektor der Stadt Rowno wohnhaft ist. „Seine frühen Gedichte und Theaterstücke weckten den falschen Eindruck, dass ein neuer, überdurchschnittlicher Autor mit eigenem Stil und Stimme in die Literatur eingetreten sei. Doch mit der Zeit wandelte sich der Eindruck, und nun sah man, dass ein professioneller

Schwarzmaler in die Literatur gekommen ist, ein zynischer Verspotter der heiligen Dinge unseres Volks. Seine wahre, wilde, bestialische Fratze konnten wir dann nach der gewaltsamen Teilung unserer Stadt erkennen. Nachdem er sich im westlichen, okkupierten Sektor niedergelassen hatte, zeigte Ezirwan plastisch und in voller Absicht nur die verdrießlichen und unangenehmen Momente unseres Daseins. Er ergötzt sich an ihnen, bannt sie auf die Seiten seiner Werke und genießt das auch noch. Er nimmt zudem pseudophilosophische Verallgemeinerungen vor, wobei er gerissen mit ethischen Begriffen und moralischen Werten hantiert und jongliert und dabei die trügerischen Freiheiten der bourgeoisen Gesellschaft besingt, deren Gebilde nur ephemeres Blendwerk sind, das von verderbten Pinslern und Küchenjungen in der ideologischen Küche von Uncle Sam gefertigt wird. Deshalb ist es die Aufgabe eines jeden Mitglieds der wieder ins Leben gerufenen Schriftstellervereinigung SRU, Gedichte, Romane und Erzählungen zu verfassen, die eine deutliche Antwort auf die Schreiberei von Ezirwan und Konsorten darstellen, die überzeugend und argumentativ dem Leser die Überlegenheit der sozialistischen Lebensweise über die kapitalistischen Pseudowerte wie ‚freies Unternehmertum' und ‚freien Sex' darlegen. Im Kampf um die Leser werden wir, die Schriftsteller von Rowno, keine Handbreit zurückweichen. Und wir werden diesen Kampf unausweichlich gewinnen, denn die Wahrheit ist auf unserer Seite – und die ist bekanntermaßen der Garant des Sieges."

Der Komsomolze Oles Fialko (Baranjuk), Student der Pädagogischen Hochschule und debütierender Dichter, verkündete vom Rednerpult: „Heute habe ich tagsüber ganz zufällig Schlojma Ezirwan persönlich kennen gelernt. Ich will nicht verbergen, dass ich bis dahin unter dem irrtümlichen Eindruck seines früheren Werks stand und es sogar teilweise im Kreis meiner Freunde und Bekannten verbreitet habe, was ich jetzt aber als ärgerlichen und unzulässigen Irrtum bereuen muss. Und da mir nun die erfahrenen Genossen die zutiefst verderbte Verruchtheit einer solchen Bekanntschaft und einer solchen Einstellung gegenüber dem Werk von Sch. Ezirwan erklärt haben, habe ich ein Gedicht verfasst, das ich nun von dieser hochehrwürdigen Tribüne verlesen möchte. Als Epigraph zu diesem Gedicht wählte ich die poetische Zeile eines bekannten russischen Lyrikers, und zwar ‚Mozart wählte seine Heimat nicht', die sehr klar die Idee veranschaulicht, die ich in meinem Gedicht ausdrücken will:

Wir Jungen, wir dachten – Ihr seid Mozart.
Wir Jungen, wir dachten – Ihr vermögt es.
Wir dachten über euch, dass Ihr …
Doch Ihr, was …
Nun sehe ich ihr kaltes Hirn
Läuft es nicht durch die Ohren aus?"

(Applaus im Saal.)
Der Auftritt des jungen Dichters beendete den offiziellen Teil des erweiterten Plenums der Gebietskomitees der KP SRU.

*

Ein Hirn, das aus dem Schädel, noch dazu durch die Ohren auslaufen soll, muss doch warm sein, flüssig ..., sinnierte Schlojma und hörte dem Auftritt des jungen Poeten nur noch mit einem Ohr und sehr gemischten Gefühlen zu: Abscheu und Sympathie. „Du wirst es noch weit bringen als Gesinnungsakrobat, wenn du innerhalb von ein paar Stunden ein paar Verse zusammenreimen und deine Überzeugungen einfach mal so austauschen kannst!“, brummelte er. Währenddessen war Samtschuk in einer Seitentür erschienen, die sich genau auf Höhe der ersten Reihe befand, und bedeutete ihm mit Blicken, dass er zu ihm kommen solle, aber ohne irgendwelche Tricks ...

Er hörte hinter sich noch die Ankündigung, die der Vorsitzende machte, während er sich zum Mikrofon auf dem Präsidiumstisch beugte: „Die Veranstaltung ist noch nicht zu Ende! Wir haben jetzt eine zehn- bis fünfzehnminütige Pause, während der man sich am Büffet im ersten Stock erfrischen kann, es gibt das Wasser der Marke *Pepsi-Baikal*, hergestellt von der Sdolbuniwsker Fabrik für Konsumgüter. Sie können pro Einladung einen Liter pro Kopf käuflich erwerben. Danach bitte ich, wieder in den Saal zurückzukehren. Im zweiten Teil unserer Sitzung gibt es ein feierliches Konzert, in dem eine Folkloregruppe blinder Banduraspieler der pädagogischen Fakultät der Pädagogischen Universität Rowno auftritt sowie das Tanzensemble *Kinder Tschernobyls* des städtischen Pionierpalasts, ein Vokalquartett von Solosängern der Gebietskulturleitung und weitere kreative Kollektive des Gebietszentrums. Nach dem Konzert wird eine kollektive Resolution unseres Plenums verabschiedet. Die Abstimmung erfolgt aufgrund der Einladung, da auch etliche Parteilose anwesend sind. Die können natürlich nicht ohne Partei-Billetts abstimmen. Deshalb noch eine besondere Bitte: Seid aufmerksam und verliert eure Einladungen nicht!“

Die Mappe mit dem Manuskript von Stepanida Dobromoletz wurde zusehends schwerer. Ezirwan trug sie einmal unter dem einen, dann unter dem anderen Arm. Was für ein gewichtiges Werk hat die Alte denn da gestrickt? Na, ich schau mir das noch an, bin schon neugierig, dachte er. Schlojma schob die Mappe unter die Achsel und klemmte sie mit dem Oberarm fest. Er hätte gerne eine geraucht, aber es ging gerade nicht. Sein Betreuer marschierte rasch den mit Parkett ausgelegten Korridor entlang und blickte sich so gut wie nicht um.

„Wi-ir mar-schier-r-en! Wi-ir zi-ieh-hn in den Kampf!“, plärrte aus einem Seitenzimmer ein Frauenchor. Zwei vollbusige Chorsängerinnen in traditionell bestickten Blusen und langen schwarzen Röcken liefen schwatzend über den Flur an Samtschuk und Ezirwan vorbei und verschwanden dann hinter einer gelb glänzenden Tür. Der rot-grüne Läufer, der sich den Korridor entlangschlängelte, führte Schlojma in ungeahnte Tiefen des Hauses der Politischen Arbeit.

Das Haus der Politischen Arbeit war offenbar nicht nur groß, sondern schien unendlich in seinen inneren Ausmaßen, so dass jemand mit höherer technischer Bildung durchaus das Vorhandensein einer vierten Dimension annehmen konnte. Und wirklich, nach der Durchquerung seiner Tiefen mit zahlreichen blinden Galerien und fensterlosen Tunnels ging sie mit einem Mal in das ursprüngliche Raumgefüge des Gebietskomitees über, das äußerlich viel größer schien. Nach dem Auf und Ab der vielen Treppen, die mit rot-grünen oder grün-roten Läufern bedeckt waren – Schlojma hatte bereits aufgegeben, die Stufen zu zählen –, bogen sie auf dem Treppenabsatz zwischen dem fünften und sechsten Stockwerk ab und gelangten schließlich durch eine wunderschön geschnitzte Tür in ein geräumiges Zimmer mit blutroten Samtvorhängen an den Fenstern, deren Fransen sich goldglänzend gegen den Boden hin schlängelten. In der Tiefe des Raums leuchtete gräulich ein Computerbildschirm und eine vornübergebeugte Männergestalt vollführte magische Rituale auf der Tastatur. Mehr zur Zimmermitte, bei einem runden, holzgeschnitzten Tisch, der mit unterschiedlichsten Speisen und Getränken vollgestellt war, in einem bequemen und ausladenden Schaukelstuhl, das linke Bein lässig über das Knie des rechten Beins in amerikanischer Sitzhaltung geschlagen – auf Grund derer übrigens die Deutschen während des Zweiten Weltkriegs zweifelsfrei amerikanische Spione im Hinterland enttarnten – thronte der Erste Sekretär des Gebietskomitees der KP SRU Taras Panasowitsch Manasenko höchstpersönlich. Er trug über seinem Anzug einen glänzenden Seidenkimono, der mit blauen und roten Federn gemustert und mit goldenen Fäden durchwirkt war.

„Kommen Sie. Treten Sie näher!", sagte Genosse Manasenko bestimmt, jedoch ohne die Stimme zu heben. Schlojma blickte sich um und begriff, dass die Worte ihm gegolten hatten und er sogar mit „Sie" angeredet worden war. Sein Begleiter blieb an der Schwelle der mit Schnitzereien verzierten Tür stehen. Außer dem Mann am Computer bewegten sich noch zwei oder drei Gestalten im Zimmer. Sie schienen jedoch so grau, unscheinbar und geradezu körperlos, dass sie eher Geistern denn normal Sterblichen ähnelten. Sie waren in dem halbdunklen Zimmer kaum zu entdecken. Die Strahler an der Decke warfen ihr Licht zudem auf eine Weise, dass nicht einmal Schatten am Boden zu sehen waren. Stattdessen breitete sich auf dem Boden ein herrlich weicher Teppich mit einem fantastischen, doch unaufdringlichen Muster aus, sicher irre teuer. Schlojma tauchte mit seinen Blicken in das Labyrinth dieser federleichten Linien des Ostens, die sich in einen verschlungenen und doch lesbaren Schriftzug verwandelten: „Den Teilnehmern des Tags der Ukrainischen Kultur in Tadschikistan zum ewigen Gedenken in Dankbarkeit vom freien werktätigen Volk am Fuße des Pamirgebirges".

„Nun kommen Sie schon, Schlojma Ezirwan! Ich rede doch mit Ihnen ...“ Der Ton, in dem diese Worte gesprochen wurden, war keinesfalls drohend, sondern vielmehr gespannt und ungeduldig. Schlojma trat ein wenig näher und hielt wieder inne. Inzwischen hatte der Erste Sekretär, indem er etwas schwungvoller geschaukelt hatte, ein Kristallglas von dem geschnitzten Tisch gegriffen und einer der Schatten goss einige Deziliter Cognac aus einer bauchigen Flasche ein, die er davor virtuos aus einer roten Schachtel mit der Aufschrift Hennessy gezogen hatte. Genosse Manasenko reduzierte nun den Schwung seines Schaukelns und nippte einige Male am Glas, dazu nutzte er den vorderen und hinteren Scheitelpunkt der Amplitude. Danach wandte er sich lachend an Schlojma, als ob er sich über ihn lustig mache:

„Ich kann Ihnen leider nichts anbieten, Sie dürfen nichts Alkoholisches ...“

„Ich überlebe es ...“ Schlojma hielt unter Aufbietung all seiner Kräfte den Schluckreflex zurück. „Ich bekomme heute noch etwas.“ Diesen Satz sagte er mehr zu sich selbst, in Gedanken. Nach der Premiere kannst du ruhig einen heben. Falls du heute überhaupt noch dorthin, zu deiner Premiere kommst ... Denn gerade sieht es nicht danach aus. Diese Versammlung, Aussprache über deinen Roman, diese allgemeinen Anfeindungen, das deutet doch darauf hin, dass die noch was vorhaben.

„Ja, ja, wir haben noch etwas vor ...“, verblüffte ihn der Genosse Erster Sekretär und schwang elegant im Schaukelstuhl weiter, wobei die Hand vor schneeweißer Manschette, die aus dem breiten Ärmel des Kimonos ragte, ein in Fett gebackenes knuspriges Brötchen mit einer Sardine angelte. Während er genüsslich kaute, blickte er mit einem siegreichen Lächeln wieder den Schriftsteller Ezirwan an: „Wir haben diese Versammlung nicht umsonst abgehalten. Erstens haben Sie endlich gehört, was unsere Werktätigen, das einfache Volk über Ihr Geschreibsel denkt. Und dies sind schließlich Ihre Leser. Denn für wen schreiben Sie sonst? Also, ein Schriftsteller muss so schreiben, dass ihn alle verstehen, auch ein Marktweib, ein Trolleybusfahrer und der letzte Säufer und nicht nur überkandidelte Professoren und Akademiker aus irgendwelchen Intellektuellenschmieden. Zweitens haben Sie sich überzeugen können, dass wir ... nun, vielleicht nicht alles, aber doch sehr viel können. Drittens haben Sie feststellen können, dass es auch bei uns ein Leben gibt und dass gesellschaftliche und staatliche Institutionen funktionieren. Und dass wir hier ... wir hier die Herren im Haus sind! Wir! Kapiert?!"

Die letzten Worte hatte der Genosse Erster Sekretär bereits ziemlich genervt geschrien und war dabei in seinem Schaukelstuhl so heftig nach vorne geschwungen, dass er den Rest des Cognacs aus dem Glas durch den geöffneten Kimono auf das Revers seines teuren Sakkos befördert hatte. Eine der Schattenfiguren tauchte lautlos hinter ihm auf und wischte den Fleck mit einer Serviette ab.

„So, kommen wir endlich zur Sache. Höchste Zeit, Ihnen zu sagen, warum Sie hier sind." Der Genosse Erster Sekretär begann sich abermals sanft im Schaukelstuhl zu wiegen, griff sich vom Tisch ein Brötchenhappen mit Tatar und Pilzen, das blitzschnell in seinem Mund verschwand. Zugleich brachte er es fertig, das leere Glas auf den Tisch zu stellen, und die gleiche – vielleicht auch die andere – gesichtslose Gestalt füllte es wieder zu mehr als einem Drittel voll.

„Sie befinden sich aufgrund einer sehr ernsten Angelegenheit hier. Ich werde Ihnen gleich ein Angebot machen, das Sie nicht ablehnen können."

„Ich werde keinerlei Angebote von Ihnen annehmen." Schlojma begriff, dass er das Spiel bis zum Ende spielen musste. Deshalb bemühte er sich, ohne es natürlich zu übertreiben, seine Stimme möglichst überzeugend klingen zu lassen, ungefähr so wie die Büffetbetreiberin als Überzeugungsarbeit dem Lebensmittelkontrolleur aus dem Bezirksamt ein viertel Glas Schnaps ins Bier kippt.

„Außerdem haben Sie kein Recht, mich hier festzuhalten. Wissen Sie denn nicht, dass morgen die ganze Welt über mein Verschwinden informiert sein wird?"

„Was für ein Verschwinden?" Genosse Manasenko lächelte wieder liebenswürdig. „Haben Sie denn vor, irgendwohin zu verschwinden? Das können wir aber nicht zulassen. Wir brauchen Sie, den Schriftsteller Ezirwan, lebend, gesund und sichtbar. Fürs Publikum, für die Fernsehkameras und Mikrofone der Reporter, auf den Titelseiten der internationalen Presse, dafür brauchen wir Sie ..."

„Aber wofür denn?" Schlojma schien die Frage ganz logisch zu sein.

„Für ein großes Werk. Für solch ein großes Werk, das Sie selbst ausführen und dann niederschreiben werden."

Der Erste Sekretär genehmigte sich wieder einen Schluck Cognac und eine grüne Olive. „Und hinsichtlich der Möglichkeit Ihres Verschwindens ... Wir hatten diese Möglichkeit erwogen, dann jedoch verworfen. Obwohl ganz ausgeschlossen ... Es gibt schließlich Kaukasier hier, Aserbaidschaner aus Nachidschewan, die kontrollieren den lokalen Handel mit Blumen. Die würden sich über Sie freuen, denn die würden ein schönes Lösegeld für Sie bekommen. Es gibt auch noch andere Varianten. Sie können sich gar nicht vorstellen, Schriftsteller Ezirwan, wie viele Varianten es hier für Sie gegeben hätte. Man hätte Sie wegbringen und in den östlichen Landesteilen verscharren können, zum Beispiel in der Gegend von Schytomir oder Kiew. Natürlich hätte man Sie nicht zu tief eingebuddelt, sondern nur so, dass man Sie rasch wiederfindet. Die Hand könnte zum Beispiel noch aus der Erde ragen. Oder der Kopf, so wie im Film *Die weiße Sonne der Wüste*, erinnern Sie sich noch?" Genosse Manasenko lächelte von neuem, doch diesmal ziemlich gekünstelt und mit hochgezogenen Lippen.

„Aber wir planieren anders – entschuldigen Sie diese Entlehnung aus der Sprache des russischen Brudervolkes."

„Und was planieren Sie mit mir?" Schlojma spielte in Gedanken die möglichen Antworten auf diese Frage durch: eine Bombe nach West-Riwne schmuggeln oder Flugblätter oder kommunistische Schriften, ein Bündel Dollarscheine für die Sozialdemokraten von West-Riwne ... nein, diese letzte Variante ist absurd, da würden die Sozis von West-Riwne schon eher dem Ostsektor ein Dollarbündel spenden. Also, was wollen die von mir?

„Wir wollen gar nicht so viel von Ihnen ..." Die Stimme des Genossen Erster Sekretär hatte ein angenehmes, geradezu hypnotisches Timbre.

„Das Wesen Ihrer Frage und zugleich Ihrer Aufgabe besteht darin, die Stadt zu öffnen."

„Was soll das heißen ‚zu öffnen'?" Schlojma kapierte nicht, was gemeint war, obwohl sich in dunklen Windungen seines Gehirns ein schrecklicher Gedanke anschickte, zu Worten zu werden. Doch er scheuchte ihn zurück, erstickte ihn, gab ihm keine Chance, sich zu entfalten und zu artikulieren.

„Das, was es heißt. Die Stadt öffnen. Sie wiedervereinen. Ein von neuem geeintes Riwne, das wir so wie ihr geliebt habt und lieben, an das wir gewohnt sind, dem wir nachtrauern und das wir herbeisehnen. Und ihr sehnt es doch auch herbei, oder? Sonst wären Sie doch heute nicht hierhergekommen und hätten all die wichtigen Angelegenheiten, Pflichten und Arbeit dort hinter der Mauer zurückgelassen." Das Pathos eines staatlichen Radiosprechers schlich sich in die Stimme des Ersten Sekretärs.

„Es ist nicht so kompliziert, wie es scheint, Herr Schriftsteller Ezirwan."

„Also?" Schlojma wollte Klarheit. Er mochte keine Mehrdeutigkeiten außerhalb eines literarischen Werks.

„Verstellen Sie sich nicht, Schriftsteller Ezirwan. Sie wissen doch sehr genau, was man von Ihnen erwartet. Ich gehe sogar noch weiter, auf die Ebene Ihres Unbewussten, ja, ja, wundern Sie sich nicht, wir sind uns dessen Bedeutung bewusst, denn im Unbewussten wollen Sie es doch wie wir! In Ihren geheimen Träumen sind Sie nicht nur einmal die Leninstraße von einem Ende bis zum anderen gewandert, oder nicht?"

„Nein!" Ezirwan entschied, hart und unnachgiebig zu bleiben. „Ich liebe diese Stadt, aber es ist meine Stadt, die ich nicht mit euch teilen werde."

„Es ist nicht nur Ihre Stadt. Es ist auch unsere. Unsere gemeinsame, unsere kollektive, verstehen Sie das denn nicht, Sie lächerlicher Schriftsteller Ezirwan!" Das Pathos in der Rede des Genossen Manasenko nahm nicht ab, ganz im Gegenteil, es nahm deutlich zu.

„Gemeinsam haben wir nur den Himmel und die Luft", verteidigte der Schriftsteller Ezirwan seine Position. „Doch Städte haben wir unterschiedliche. Meine Stadt liegt dort, hinter der Mauer."

„Einen Scheiß haben wir gemeinsam!", knurrte nun der Erste Sekretär des Gebietskomitees der KP SRU. „Scheiße, oder wie ihr Schriftstellergesindel das auch kotifiziert schreibt. Wissenschaftlich gesprochen: Exkremente, Fäkalien. Diese Benennungen habe ich übrigens gestern mit unseren Ärzten geklärt. Also in unserer

Stadt – oder, wenn Sie so wollen, in unseren Städten – haben wir eine gemeinsame Kanalisation. Und wagen Sie es nicht, daran zu zweifeln!“

„Nun, kann schon sein. Aber was hat das mit ...“

„A-ha! Wir kommen zum Kern der Sache. Das Kanalisationssystem wird im Gegensatz zum System der Mauer nicht von uns kontrolliert, sondern von euch. Also von denen dort. Und deshalb brauchen wir Ihre Hilfe ...“

Genosse Manasenko beugte sich in seinem Schaukelstuhl nervös über den Tisch, nahm die Cognacflasche und goss sich selbst fast ein ganzes Glas voll. Nachdem er es hinuntergestürzt hatte, atmete er kurz aus – normalerweise macht man das, bevor und nicht nachdem man Alkohol trinkt, konstatierte Schlojma unwillkürlich – und schaukelte dann vor Schlojma einige Male schweigend hin und her. Schlojma überlegte bereits, ob dem Ersten Sekretär schlecht geworden sei, so wie Professor Tschmon heute Mittag in der Halle des Hauses der Politischen Arbeit. Doch Manasenko war nach einem Augenblick wieder bei vollem Bewusstsein, nur sein gutmütiges, dienstliches Gesicht war ein wenig gerötet. Er räusperte sich einige Male kurz, dann richtete er seinen Blick auf Ezirwan.

„Sie haben die Pflicht, uns zu helfen. Heute Abend haben Sie eine Premiere, nicht wahr?“

„Allerdings“, bejahte Schlojma. Diese offensichtliche Tatsache zu leugnen, war sinnlos. „Sie sind, wie ich sehe, gut über meine Angelegenheiten informiert.“

„Sie halten uns wohl für Volltrottel ...“ In der Stimme des Ersten Sekretärs war eine leise, aber nicht besonders laute Empörung vernehmbar und er begann das Thema zu wechseln.

„Wir besitzen auch eine gewisse Bildung, haben etwas gelesen ... kennen den Akademiker Dschugalinskyj persönlich, übrigens ein Landsmann aus dem Gebiet Riwne, und auch diesen anderen Kiewer Akademiker Iwan Budsa. In der Parteischule haben wir uns mit seinem bekannten und eigentlich verbotenen Werk beschäftigt. *Nationalismus oder Ukrainisierung* heißt es, wenn ich mich recht erinnere. Ich habe sogar einmal eine Seminararbeit darüber geschrieben. Aber ich schweife vom eigentlichen Gegenstand unseres Gesprächs ab. Ja, wir sind sehr gut über Ihre Angelegenheiten im Westsektor informiert. Wir beobachten schon lange jeden Ihrer Schritte. Und unsere Wahl ist nicht zufällig auf Sie gefallen ... Nun, Ihre Aufgabe liegt darin, dass ...“

Der Genosse Erster Sekretär trank wieder einen Schluck, diesmal ohne auszuschnaufen und etwas hinterher zu essen.

„Mit einem Wort: Wir geben Ihnen einen Schlüssel. Einen kleinen Schlüssel, der dort, in den Räumlichkeiten Ihres Theaters, einige Türen öffnen wird. So ein hübsches kleines Ding aus dem Ausland. Ein Schlüssel für viele Schlösser.“

Manasenko blinzelte und blickte Schlojma dabei von unten herauf schräg an. „Heh, ihr da, bringt ihm ein Tonicwasser!“, ordnete er mit erhobener Stimme an, und eine der gesichtslosen Gestalten schoss aus der Tiefe des Raums hervor und drückte Schlojma rasch ein hohes, durchsichtiges Glas in die Hand.

„Und bringt ihm auch einen Stuhl. Unser Gespräch dauert noch ein wenig!“

Dieselbe Gestalt zog einen rundlichen Hocker aus einer dunklen Ecke rechter Hand vom Computer hervor und stellte ihn hinter ihm ab. Schlojma ließ sich vorsichtig auf die mit Samt bezogene Sitzfläche nieder. Da es keine Lehne gab, saß man mit ausgestreckten und aneinandergepressten Knien in einer verkrampften Haltung. In der rechten Hand hielt er das Glas mit Tonic, doch mit der linken wusste er nicht wohin, und so hing sie in der Luft.

„Wedeln Sie nicht mit der Hand wie ein Führer, das sind Sie nicht“, wies Taras Panasowitsch ihn streng zurecht und nahm zum wiederholten Male ein Schlückchen. Sein Ton wurde gnädiger, als er weitersprach: „Wie Sie ja wissen, ist die Kanalisation unserer Stadt geteilt.“

„Woher soll ich das wissen? Ich bin kein Fachmann für Fragen der Kanalisation.“ Schlojma versuchte sich zusammenzunehmen, um auf den Gesprächsverlauf einzuwirken und in günstigere Bahnen zu lenken.

„Das ist doch egal. Wenn ich es sage, dann ist es auch so, basta!“ Der Erste Sekretär verlor abermals ein wenig die Selbstkontrolle. „Und unterbrechen Sie mich gefälligst nicht. Ich habe heute Abend noch eine Sitzung mit der Leitung der Zuckerfabriken des Gebiets und mit Ihnen komme ich einfach nicht voran. Setzen Sie sich auf Ihre vier Buchstaben und hören Sie zu! Glauben Sie etwa, wir haben nur wegen Ihnen das Plenum einberufen? Wir stecken noch bis über beide Ohren in wirtschaftlichen Fragen!“ Taras Panasowitsch hob seine Hand bis zur Höhe seines hervorstehenden Kehlkopfes.

Schlojma verstummte und stellte sich darauf ein, zuzuhören.

„Ja, ja, also die Kanalisation ist geteilt. Darum haben sich eure Spezialeinheiten gekümmert ...“ Das besonders betonte Wörtchen „eure“ hätte nur ein total taubes Gegenüber nicht gehört. Obwohl andererseits der Genosse Erster Sekretär bestimmt nicht mit einem völlig tauben Gesprächspartner geredet hätte. Und wenn er mit so jemandem gesprochen hätte, dann hätte er von vornherein einen guten Gebärdendolmetscher hinzugezogen, der mit flinken Handbewegungen auch die Betonung auf dem Wörtchen „eure“ angezeigt hätte, die in der Rede des Genossen Manasenko unüberhörbar war. Auch Schlojma nickte, als er die Betonung vernahm. Der Genosse Erster Sekretär fuhr in seinen Ausführungen fort und wechselte dabei zunehmend ins Russische.

„Man hat dort, ponimajesch, Drahtverhaue, Gitter montiert, solche haben Sie vielleicht schon an der Ustja gesehen. Man hat so alle Rohre und Auffangbecken versperrt. Kurz und gut, weder von der einen noch von der anderen Seite gibt's ein Durchkommen. Wenn Sie eine Ratte wären, wäre das natürlich etwas anderes ... aber Sie sind ein normaler Mensch, nicht wahr, Schriftsteller Ezirwan?", ließ sich nach einem Schluck Cognac mit blinzelndem Blick wieder der Erste Sekretär spöttisch vernehmen.

„Sie sind ein normaler Mensch, ein ganz normaler Mensch, keine Sorge, sonst hätten wir uns nicht an Sie gewandt. Oh, wie banal Sie doch sind! Sie menschlicher Abfall, Sie!"

Die emotionalen Entgleisungen des Ersten Sekretärs des Gebietskomitees begannen sich so zu häufen, dass man sich bereits an sie gewöhnen und sogar niedlich finden konnte.

Schlojma nahm einen Schluck aus dem Glas, das er in der rechten Hand hielt. Die bittere Flüssigkeit löschte den Durst nicht, sondern füllte nur gallig die Leere der Mundhöhle und rann als stechendes Rinnsal durch die Kehle. Ezirwan schluckte das sogenannte Tonic mit großer Überwindung hinunter und wandte seinen Blick darauf wieder dem Ersten Sekretär zu.

„Sie sind einen Dreck wert! Sie und alle, die hübsch normal in eurem Möchtegern-Staat, eurer Möchtegern-Ukraine leben. Und ganz besondere Drecksstücke haben sich da in eurem Möchtegern-Staat, in eurem beschissenen – halt, ich will mich kotifiziert ausdrücken –, schweinischen West-Riwne angesammelt, zum Teufel mit ihnen! Arschlöcher! Seuchenvögel! Meint ihr etwa, ich habe nicht bemerkt, dass diese Epidemie von Blutinfektionen im Hoschtschanker Rayon unmittelbar nach dem Besuch eurer humanitären Hilfe und der Helfer aus West-Riwne begonnen hat?"

Der Tonfall des Ersten Sekretärs wechselte nun zu wohlbedachter Empörung und zu schriftsprachlichen Vulgarismen, so dass Schlojma ein wenig übel davon wurde. Obwohl auch das „Tonic" daran schuld sein konnte. Wer weiß, was die ihm da wieder zusammengemixt hatten ...

„In Zukunft, nach unserem Endsieg ...", spann der Genosse Erster Sekretär bereits einen anderen Gedanken, „... nach unserem unausweichlichen Sieg werden wir für solche Kreaturen wie Sie bestimmt auch ein sicheres Ghetto schaffen. Dazu wird ein Ort gewählt ... um den es nicht schade ist ... ein Teil von West-Riwne oder West-Lemberg ... vielleicht West-Lutzk oder Ternopil ... Wir sind durchaus imstande, großzügig zu sein. Wenn sich der Feind nicht ergibt, wird er eben ausgesiedelt. Na, und wie viele einsame Patrioten wie Sie kann es schon noch geben ..." Obwohl sich Schlojma bereits an den hiesigen Wortgebrauch gewöhnt hatte, zog er bei diesen Worten doch verwundert die Augenbrauen hoch. „Ja, ja, auch solche Worte sind uns nicht fremd. Glauben Sie bloß nicht, dass wir in der Parteischule nur unsere Eier geschaukelt hätten. Wir haben auch etwas studiert. Ich kann Ihnen ganze Passagen aus Kollár zitieren, oder wenn Sie wollen von Šafárik oder auch Hanka sowie die Slawophilen ... Wir können, wenn wir wollen. Nun, und hinsichtlich dieser Orte, die ich gerade genannt habe, werden Sie selbst zugeben müssen, dass Riwne ... ähh, also Rowno nicht darunter sein kann. Uranus ist, wie Sie wissen, der antike Gott der Unterwelt, und Uran ist sein unterirdisches Metall, das chemische Element mit der Nummer 92 im Periodensystem. Und dieses Element lässt sich nicht nur in den westlichen, durch und durch verderbten bourgeoisen Atomkraftwerken und Bomben verwenden, sondern auch in unseren fortschrittlich führenden, in jenen, die ... nun, entschuldigen Sie, wie schwierig die Substantivierung von Partizipien im Ukrainischen doch ist, denn wie klingt denn das: Die das Licht herbeigetragen Habenden? Deshalb sage ich auf gut Russisch: die, die das Licht tragen, Reichtum und Wohlstand für alle und jeden in die Welt bringen. Auch den hoffnungslos unterdrückten, arbeitslosen, kinderreichen Negerfamilien im Asphaltdschungel New Yorks, den ausgebeuteten Indianern in den Dschungeln Lateinamerikas, der südkoreanischen, vietnamesischen, chinesischen, taiwanesischen, birmanesischen, singapurischen, hongkongischen unerschrockenen Landbevölkerung, den Rikschafahrern und den Kulis und den Elefantentreibern in Indien und Ceylon, und auch den griechischen Patrioten und kurdischen Rebellen, den palästinensischen Kämpfern für Unabhängigkeit, die abermals Ost-Jerusalem erobern, und vielen weiteren unterdrückten Nationalbewegungen an allen Ecken und Enden unseres unermesslichen Planeten ...“

Das ist ja schon wie Politunterricht hier, ging es Schlojma durch den Kopf, der dabei das Glas mit dem Rest Tonic in seiner Hand drehte. Auch der Genosse Erster Sekretär merkte offensichtlich, dass er sich mitreißen hatte lassen, und wurde in seiner Ansprache wieder konkreter:

„Also hören Sie gut zu. Diesen Schlüssel ...“, ein gelbliches Metallstück blitzte auf seinem Handteller und verschwand dann in seiner Faust, „erhalten Sie heute von uns. Damit können Sie den Lift im Keller des Theaters in Gang setzen, in dem Sie heute Vormittag ja waren.“ Schlojma wunderte sich schon über gar nichts mehr. „Mit diesem Schlüssel öffnen Sie die Metalltür mit der Aufschrift „Attention“. Ich hoffe, Sie haben sie bemerkt, als Sie heute Vormittag den Korridor im Keller entlanggingen. Mit der Wache vor der Tür müssen Sie sich einig werden. Ich denke, das wird nicht so schwer sein. Gleich hinter der Tür befindet sich ein Schalter oder besser gesagt ein Hebel. Den müssen Sie von unten nach oben umlegen, damit setzen sich die Sperrvorrichtungen in Bewegung, die unsere gemeinsame Kanalisation teilen. Die Gitter bewegen sich nach oben und unsere Spezialeinheiten in speziellen Antikotkombis – Sie können uns glauben, uns steht nicht zum ersten Mal die Scheiße bis zum Hals, wir haben Erfahrung –, stoßen innerhalb von Minuten nach West-Riwne vor, erobern und besetzen euer ganz und gar bourgeoises, kapitalistisches, verkommenes und versifftes West-Riwne, das wie ein Schandmal, ein unheilbarer Furunkel am gesunden Körper der SRU eitert!“

Schlojma schwieg und taxierte in Gedanken die Kunst des Genossen Manasenko, zwischen dem hohen Stil der Politagitation und der etwas niedrigeren Testsorte der Schwafelei eines Gebrauchtwagenhändlers zu balancieren. Der Erste Sekretär erklomm derweil immer weitere Stufen und Aussichtspunkte auf dem Weg hinauf zu seinem Everest der schönen Phrasendrescherei.

„Und Sie wissen doch ebenso wie ich – ihr dort werdet die Ukraine niemals vereinen. Und was für Pläne hättet ihr denn mit ihr? Ihr unpraktischen Romantiker ... Ihnen ist doch die Geschichte der kommunistischen Partei der Ukraine bekannt? Wenigstens im Rahmen der Geschichte der KPRS! Erinnern Sie sich, wie in der sogenannten Charkiwer Periode die damaligen Romantiker, die versehentlich, ja wirklich ganz und gar zufällig an die Regierung gestolpert ... pardon, an die Macht gelangt sind, wie die sich schlussendlich ein ganzes Magazin Kugeln durch die hohe Stirn ins Hirn geblasen haben? Richtig so! Darin liegt die Wahrheit der Geschichte und die Dialektik der historischen Entwicklung. Dieses Land gehört einfach uns! Uns Lenkern, Leitern, und ja, und wenn Sie wollen – auch uns, den Sesselfurzern. Das wissen auch Ihre Kollegen im Staatsdienst dort ... sind übrigens auch unsere Kollegen ... Da macht zum Beispiel ein ehemaliger Dichter aus Kaniw, aus dem tiefsten Schewtschenko-Land, eine ganz ordentliche Karriere in Kiew ... Er ist sogar schon zum Berater aufgestiegen. Er wird es bestimmt noch zum Senior Adviser schaffen. Er wurde mir vor kurzem auf dem Plenum des ZKs empfohlen, so ein angenehmer junger Mann. Er schreibt übrigens auch. Die Literaturkritik sieht in ihm den heute führenden Dichter. Und im Hinblick auf die ganze Welt, die bald nicht nur nicht von eurem Verschwinden erfahren wird, sondern auch von ... Begreifen Sie doch, Schriftsteller Ezirwan, wir hätten Ihnen schon längst den Fuß auf die Gurgel setzen können. Hier, auf unserem Territorium, leben doch Ihre Eltern, Ihre Schwester. Aber wir haben ihnen kein Haar gekrümmt. Weil Sie dann wahrscheinlich wirklich zu kreischen angefangen hätten, an Ihre ‚ganze Welt' appelliert hätten, an ‚Ihre' aufgeklärte Öffentlichkeit. Doch nun: ein dreifaches Ha-Ha-Ha!"

Genosse Manasenko wandte sich in die Richtung um, in der der Monitor bläulich schimmerte. Der Mitarbeiter am Computer, als habe er verstanden, dass die letzten Worte auch ihn betreffen, erhob sich und ging Richtung Zimmermitte. Es handelte sich um einen jungen Mann mit Zopf und einem Dutzend Ohrringen in jedem Ohr. An seinen Füßen hörte man plötzlich ein leises Knurren. Schlojma kniff die Augen zusammen und bemerkte, dass jenes Ding am Fußboden, das er für einen Teppich unter den Füßen des Computermenschen gehalten hatte, das helle Fell eines Staffordshire Bullterriers war. Der junge Mann mit dem Zopf holte irgendwo unter der Tastatur ein zartrosa Schinkenstück hervor und warf es dem Hund ins Maul.

„Darf ich vorstellen, Anatol Discha, unser führender Computerspezialist. Er ist der einzig wirkliche Computerspezialist in ganz Rowno. Er kommt übrigens aus dem Westen, aus Lwiw, Absolvent des Polytechnikums. Hier ist er bestens versorgt und sein Hund ebenfalls. Also Anatol hat schon jenen Datenträger bearbeitet, auf dem ... nun ... kurz und gut, die Aufzeichnung, die wir heute mit unserem Tomographen gemacht haben, als Sie dort waren."

Der Genosse suchte die richtigen Worte, wobei er diesmal nicht wagte, von der hohen auf die niedere Stilebene zu wechseln, da er sich mit seinen gedrechselten Worten schon in den lexikalischen Höhen verrannt hatte.

„Also mit einem Wort, das, was Sie da mit der Bürgerin Bljaschanyj Olena gemacht haben. Erinnern Sie sich daran, Schriftsteller Ezirwan?"

„Ihr Wichser, ihr ..." Schlojma reagierte hier ganz spontan, ohne dass er vorher überlegt hätte.

„Aber, aber, Schriftsteller Ezirwan. Wie reden Sie denn? Sie, der Meister des Wortes, der Virtuose der Feder, wie man Sie einmal genannt hat."

Der Genosse Erster Sekretär verbarg seine Genugtuung über das Gehörte und Gesehene keinesfalls. Schlojma verlor endlich seine Fassung. Sie hatten nicht umsonst so lange darauf hingearbeitet.

„Natürlich ist es nicht unbedingt ein ästhetisches Vergnügen, sich Sex von Vierzigjährigen anzusehen. Denn Sie sind natürlich nicht Mickey Rourke und die Dame nicht Kim Basinger, jedoch die Amoralität, ich wiederhole: Die Amoralität ist nirgends gerne gesehen. Weder im Westen noch im Osten. Im Westen sogar noch weniger. Und wir können nun mit Hilfe des Genossen Discha diese Aufnahme in euer weltumspannendes Internetz stellen, auf das ihr ja dort so stolz seid. Wir können das doch, nicht wahr, Genosse Discha?“

Der Computermensch nickte zur Antwort und warf dem Hund noch eine Scheibe Schinken ins Maul.

„Und die ganze Welt kann den Schriftsteller Ezirwan in der Reha- und Heillehranstalt Rowno sehen. Das klingt ja fast wie ein Filmtitel, so wie *Vier Schwedinnen in Griechenland*!“ Der Erste Sekretär der Gebietskomitees freute sich ganz offen über seine Kenntnisse auf dem Gebiet der vaterländischen und westlichen Kinematographie.

„Vielleicht eher *Mr. Pitkin im Hinterland des Feindes* ...“ Schlojma musste einfach darauf reagieren. Er fühlte sich gar nicht wohl in seiner Haut, aber anmerken lassen wollte er sich das nicht.

„Genug des Versteckspiels. Wir können Ihren Geschlechtsakt auch aus der Innenperspektive zeigen. Unsere neueste Technologie macht's möglich“, knurrte der Erste Sekretär und nahm nervös einige Schlücke Hennessy. „Haben Sie gehört? Innenperspektive! So einen Porno haben Sie garantiert noch nicht gesehen! Und dank uns können ihn Hunderte, ach was, Tausende Ihrer Bekannten sehen ...“

„Ich hab heute hier bei euch, innerhalb der Mauer, schon alles Mögliche gesehen ...“ Ezirwans Antwort kam saft- und kraftlos. Ihm war von dieser Unterredung körperlich richtig schlecht geworden ... und dann noch dieser Tonic, der den Durst nicht löschte, sondern in seinem Inneren nur bitter brannte. Doch das Gespräch war noch nicht zu Ende.

„Schriftsteller Ezirwan“, die Stimme des Ersten Sekretärs hallte beinahe feierlich. „Sie sind jetzt nicht innerhalb der Mauer, sondern geradezu außerhalb. Und Sie machen das, um was wir Sie bitten. Sie führen unseren Auftrag aus. Ihnen, und nur Ihnen, ist diese hervorragende, ja ich möchte sagen, erhabene Mission zuteil geworden. Im Laufe Ihres Lebens wurde die Berliner Mauer erbaut und wieder abgerissen. Wer, wenn nicht Sie, könnte mit dieser Erfahrung der erbittertste Gegner aller Mauern und Barrieren sein? Und wir unsererseits – Sie werden noch an meine Worte denken –, wir bestellen ein Theaterstück über den Fall der Mauer bei Ihnen. Und es wird das beste aller Ihrer Werke werden! Doch zuerst müssen Sie sich zur Tat aufraffen und die Stadt vereinen. Schreiten Sie zur Tat! Wir glauben an Sie!"

Der Genosse Erste Sekretär schaukelte mit großem Schwung hin und her und warf dann den kleinen gelben Schlüssel über den runden Tisch hinüber in Schlojmas Schoß. Der Schriftsteller Schlojma Ezirwan zuckte zusammen und der Schlüssel rutschte zwischen seinen Beinen hindurch und fiel auf den Boden. Ezirwan hob ihn auf und steckte ihn langsam in seine Tasche. Hinter seinem Rücken traten Samtschuk und Mykola Iwanowitsch lautlos an ihn heran, fassten ihn an den Ellbogen und führten ihn zur Tür. Einer von ihnen schob Schlojma noch das Manuskript von Stepanida Dobromoletz unter die Achsel. Wo hatte er es nur liegen gelassen?, überlegte er.

„Ihr Auto parkt links vom Eingang. Der Schlüssel steckt im Zündschloss." Mykola Iwanowitsch sprach klar und deutlich, ruhig und amtlich. „Am Grenzübergang ist alles vorbereitet. Sie werden ohne Komplikationen durchgelassen."

Sie waren an der Eingangshalle des Gebietskomitees angekommen und blieben auf der oberen Stufe stehen. Der grüne Mazda war tatsächlich linker Hand im Schatten einer Weide geparkt, fast an demselben Platz, an dem heute Mittag Schlojma auf Uljana gestoßen war. Die Mauer ragte parallel zur Fassade des Gebietskomitees empor und die Gestalten in den khakifarbenen Mänteln standen noch immer in schöner Symmetrie und festen Intervallen an ihr entlang.

Samtschuk und Mykola Iwanowitsch blieben noch stehen und schauten dem Schriftsteller Ezirwan offen in die Augen. Plötzlich machte Mykola Iwanowitsch einen Schritt, nein, einen halben Schritt nach vorne und streckte Schlojma wortlos die Hand entgegen. Schlojma wollte automatisch die dargebotene Hand schütteln und gerade die seine ausstrecken, als er vernahm: „Spendieren Sie uns zum Abschied noch eine Ihrer ausländischen Kippen ..."

„Ja, ja klar." Er fand die bereits ziemlich verbeulte und eingedrückte Packung *Gauloises* in der linken Tasche seiner Jeansjacke. Eine der beiden letzten Zigaretten gab er Mykola Iwanowitsch, die zweite steckte er sich selbst zwischen die Lippen, und nachdem er sie mit dem ihm angebotenen Feuerzeug angezündet hatte, ließ er die leere Schachtel einfach vor seine Füße auf die Stufen fallen. Während er zum Auto ging, bemerkte er noch mit einem Seitenblick, wie sich einer der beiden rasch bückte, die leere Schachtel aufhob und in seiner Tasche verschwinden ließ.

Im Inneren des Autos saß er einige Momente reglos bei offener Tür da. Er rauchte die Zigarette zu Ende und schnippte sie dann unter das Vorderrad. Dann startete er den Motor, legte den Gang ein und fuhr langsam nach links der Mauer entlang, bergauf und weiter.

Es sind nur noch wenige Meter zum Grenzübergang, da unten, neben der Hauptpost sieht man bereits das vergitterte Tor und die Endhaltestelle des Trolleybusses, dort an der Vorhalle des Supermarkts. Links hinter den Tannen tauchte das Ehrenmal mit der kleinen Büste für einen Helden des Bürgerkriegs auf, dem serbischen Abenteurer Aleksa Dundić. Ein Stück weiter das Café *Sputnik*, bis dort war er gar nicht gekommen, der Geschmack des mit Puderzucker bestäubten Limonengebäcks wird so ungekannt und unerinnert bleiben – bis zu deinem nächsten Besuch hier? Vielleicht dann, nach erfolgter Wiedervereinigung der Stadt kommst du in einem überfüllten Trolleybus auf der erneuerten gesamtstädtischen Buslinie ... In den Schaufenstern des Modehauses *Kostüm* glotzen dich Kleiderpuppen mit bröselnden Gesichtern und Polyesterkleidern an. Der Hügel endet hier und weiter breitet sich eine Ebene aus, über die sich der westliche Teil der Stadt erstreckt. Der Trolleybus rumpelt nach links davon, andere Transportmittel gibt es hier nicht. Das vergitterte grüne Eisentor öffnet sich nicht motorbetrieben automatisch, sondern ein kräftiger, grobschlächtiger Soldat mit grüner Schildmütze zieht es stückweise auf. Sein Gesichtsausdruck verrät Unzufriedenheit und seine ganze Körperhaltung signalisiert: „Mach schon, fahr schneller, schei...!“

Da kommt schon das nächste Tor, nur wenige Meter weiter. Die Zoll- und Passkontrollhäuschen ziehen an dir vorbei, das Tor geht auseinander wie Teig unter dem Nudelholz, es schiebt sich nach beiden Seiten auseinander in den verwaschenen blau schimmernden Himmel Polesiens. Halt, aber das sind doch die Lichter vom Majdan der Unabhängigkeit. In West-Riwne wird an der Beleuchtung nicht gespart. Aber es ist doch noch nicht einmal Abend ... Wie schnell man sich wieder an das alte Elend gewöhnt.

Er fuhr gemächlich den Bogen der Sobornastraße entlang bis zu einem achtstöckigen Gebäude, in dessen Erdgeschoss sich die Sparkasse befand. Er holperte mit dem Mazda auf den Bürgersteig und parkte entgegen allen

Regeln hinter dem Zeitungskiosk. Er stieg aus und überlegte: Halt, und wohin jetzt?

*

Erstmal Zigaretten kaufen. In West-Riwne – kein Problem. Dort in dem Achtstöcker war doch früher das Café *Snischynka*, nur durch eine Wand von der Sparkasse getrennt, jetzt ist da ein Supermarkt. Schlojma machte die Autotür sperrangelweit auf, legte den Kopf in den Nacken und blickte nach oben zum Dach des Gebäudes. Es war der erste Wolkenkratzer in ihrem Städtchen gewesen und entsprechend auch das erste Gebäude mit einem Aufzug, was die Neugier aller Kinder weckte, die davon erfuhren. Schlojma und Uljana hatten sich einmal nach einer vormittäglichen Vorstellung für Kinder im Kino *Junost*, als sie eigentlich bereits auf dem Weg zur Bushaltestelle waren, nach längerem Zögern durchgerungen, das Haus zu betreten und Lift zu fahren. Er kann sich noch gut erinnern: Es war Ende Frühling oder schon Sommer gewesen und nach dem lichtüberfluteten Platz draußen waren sie in dem in Halbdunkel getauchten, kühlen und verwaisten Eingangsbereich, der sie umfing, zuerst wie blind. Er nahm Uljana für alle Fälle an der einen Hand und mit der anderen drückte er, der ältere Bruder, den rubinroten runden Knopf, der dann plötzlich aufleuchtete. Schlojma konnte sich jetzt nicht mehr erinnern, ob er davor schon einmal mit einem Aufzug gefahren war oder ob es auch für ihn eine Lifttaufe war. Er erinnerte sich nur an eine leichte, aber deutlich spürbare Angst, ertappt zu werden, während sie zum achten Stock hinauffuhren und dann wieder hinunter. Ansonsten war es nicht besonders interessant: Man ist in einer Holzkiste eingesperrt, die ein heulendes Geräusch von sich gibt und sich vertikal nach oben und unten bewegt. Als er später an der Pädagogischen Universität studierte, erfuhr er, dass seine Kommilitonen, die im Wohnheim untergebracht waren, regelmäßig bis in die oberen Stockwerke zu Fuß gehen müssen, da die Verwaltung alljährlich im September und Oktober die Aufzüge ausschaltete, damit die polesische Jugend, die zum Studium in die Stadt kommt, sie nicht kaputt macht, wenn sie ständig damit rauf und runter fährt. Übrigens verhielten sich die westukrainischen Kinder in Lemberg ganz genauso, ebenso wie die zentralukrainischen in Kiew und ostukrainischen in Charkiw. Doch darüber zerbrach sich Ezirwan damals keinesfalls den Kopf.

In seinem Haus gibt es keinen Aufzug, da es nur vier Stockwerke hat und er selbst im Erdgeschoss wohnt. Andererseits konnte er heute bei seinen Eltern mit dem Lift nach oben ... halt, nein, nur nach unten fahren. Aber warum ging ihm das gerade jetzt durch den Kopf? Ach ja, richtig, dort, in den tiefen und weit verzweigten Gängen des Theaters wartet heute eine besondere Liftfahrt auf dich. Ich will gar nicht daran denken. Und ich will es auch nicht machen ... man hat dir aufgetragen, die Stadt „zu öffnen". Und du öffnest sie? Und du öffnest sie ...

Schlojma wandte den Blick vom grau bewölkten frühabendlichen Himmel über dem Wolkenkratzer ab. Als er gerade über die Schwelle des Supermarkts treten wollte, wandte er sich entschlossen um, überquerte die Sobornastraße und nach einem kurzen Stück Weges kreuzte er die Straße des 16. Juli – die frühere „Kommunistische" und noch früher Hitlerstraße – und betrat dann das *Blues*, ein Rund-um-die-Uhr-Café, das von außen und innen im blau-weißen Stil der Zigarettenschachteln von Rothmann bemalt war. Den Eigentümer des *Blues*, den Musiker Pawlo, kannte Schlojma noch aus der Zeit eines Pionierlagers im Sommer, als sie gemeinsam in den Wäldern von

Oleksandria im *Adlerkücken* oder *Feuerzünglein* gearbeitet hatten. Pawo war einige Jahre jünger als Schlojma und hatte ein Gesicht mit dicken Bartstoppeln. Er goss ihm, kaum, dass er ihn gesehen hatte, wortlos einen Cognac ein und setzte sich zu ihm an den Tisch.

„Du bist heute anscheinend nicht ganz in Form", bemerkte er mitfühlend.

Schlojma bat ihn noch um eine Schachtel *Gauloises* und zog seinen letzten Zehner aus der Tasche. Geld werden wir nicht mehr brauchen, dachte er bei sich, ja, ja, so soll es nach dem Sieg des Kommunismus auch sein ... Pawlo legte die rote Schachtel vor ihn auf den Tisch und fragte, ob er nicht noch etwas anderes wolle. Schlojma trank ohne zu antworten aus. Der Weinbrand rollte an seinem Gaumen entlang, strömte durch seine Kehle und rutschte dann langsam in die Tiefe. Als er in Pawlos unrasiertes Gesicht blickte, fiel ihm ein, dass auch er sich die Bartstoppeln abschaben und möglichst bald nach Hause und duschen sollte. Er blickte auf die Armbanduhr. 18:35. Bis sieben Uhr blieb weniger als eine halbe Stunde. Es war allerhöchste Zeit! Er nickte Pawlo zu und sagte: „Wir sehen uns nachher."

Schlojma zog die Steuermarke von der Zigarettenschachtel und zündete sich im Gehen eine an, dann verließ er rasch das *Blues,* eilte zwischen dem Modehaus und dem Oleksandr-Sobor, am *Gastronom* entlang und weiter, vorbei an der Buchhandlung *Slowo* und steuerte rasch in Richtung seiner Wohnung. Um ihn breitete sich die septemberlich abendliche Stadt aus. Das Laub an den Bäumen war noch grün und begann sich nur vereinzelt ein wenig gelb einzufärben. Hier und da blinkten Lichter auf und durch die offenen Türen der Bistros zeichneten sich Tische mit weißen Tischtüchern ab. Über den Tresen flackerte Neon-Schrift und Kellner eilten durch die Lokale. Die Leute machten nach der Arbeit noch einen Abstecher in Bars, Cafés und Restaurants. Vielleicht befanden sich unter den Besuchern auch einige, die nachher dein Theaterstück anschauen und noch schnell eine Halbe Bier kippen oder einen Kaffee nehmen, es sind ja noch zwanzig Minuten bis zur Vorstellung.

Schlojma klemmte sich die Mappe mit dem Manuskript von Stepanida Dobromoletz unter den anderen Arm und betrat den Theaterplatz. Die Trolleybusse, die aus der Jubiläumsstraße kamen, wendeten vor dem Theater, hielten und öffneten die Türen. Aus den halbvollen Bussen stiegen die Leute und manche kramten bereits Eintrittskarten oder Einladungen für die Vorstellung aus den Taschen. Schlojma blickte auf die Fassade des Theaters. Oben auf dem Portikus lächelte eine riesige Papp-Isabella über den ganzen Platz, nun, nicht in voller Größe, sondern nur bis zur Taille, dabei wurde sie von unten angestrahlt und der Titel deines Stücks lief als Leuchtband über sie hinweg. Die Säulenhalle selbst war mit Fotoplakaten behängt, die Momentaufnahmen des Theaterstücks zeigten. Vor der Säulenhalle hatten einige Transporter mit Fernsehteams geparkt, die nun Kameras, Mikrofone und Beleuchtung aufbauten. Ein junger Mann sprach etwas zur Tonprobe ins Mikrofon. Die Zuschauer schlenderten Richtung Eingang, festlich und vornehm gekleidet. Einige hatten sogar Blumen dabei. Schlojma mochte Premieren wegen der aufgeheizten Stimmung nicht besonders, andererseits hatten sie natürlich ihren besonderen Reiz.

Er gab sich einen Ruck, jetzt aber fix! Die Mappe mit dem Manuskript hatte er unter den rechten Arm geklemmt. Der kleine gelbe Schlüssel bohrte sich durch die Tasche in seine Seite. Schlojma ging quer über den Platz und beim Hotel *Europäischer Hof* bog er in einen Innenhof, den sechs vierstöckige Gebäude im Karree einschlossen. Er blickte von unten auf die Fenster seiner Wohnung, die Vorhänge waren zur Seite geschoben, die Lüftungsfensterchen offen, Bonifaz war nicht auf dem Fenstersims zu sehen. Bereits im Eingangsbereich sah er wie heute Morgen mit einem schrägen Blick aus dem Augenwinkel zum Briefkasten – gähnende Leere.

In seiner Wohnung ging Schlojma gleich in die Küche. Die leere Spüle und der Stoß sauberer Teller daneben machten ihn misstrauisch. Allerdings hatte er keine Zeit, jetzt darüber nachzudenken. Er zog sich im Gehen Jeansjacke und Hemd aus und lenkte seine Schritte ins Wohnzimmer. Bonifaz hatte sich im Sessel am Fenster gemütlich zusammengerollt. Er blinzelte ihn nur für einige Sekunden mit seinen grün-gelblich schimmernden Augen an, gähnte und legte seinen Kopf wieder auf die Pfoten.

Schlojma legte die Mappe mit dem Manuskript von Stepanida Porfyriwna Dobromoletz, *Polesische Saga,* vor sich auf den Diwan und hüpfte auf einem Bein, um das Gleichgewicht zu halten, während er die Cordhose auszog. Einige Kopeken fielen dabei klingend auf den Fußboden und darunter auch der kleine gelbe Schlüssel. Er kickte ihn hasserfüllt und für sich selbst überraschend mit dem unbehosten Bein unter den Diwan. „Die können mich doch alle mal!“, sagte er halblaut. Nur in Unterhosen, Socken und Unterhemd nahm er die Mappe und löste schon fast feierlich das um sie gespannte Gummiband ...

Das weiße Blatt zu Beginn des Manuskripts machte ihn noch nicht misstrauisch. Hmm, da hat die Alte eben ein weißes Blatt oben drauf gelegt ... doch das nächste Blatt erstrahlte in ebenso jungfräulicher Unbeflecktheit.

Schön, da haben wir Papier für den Drucker, obwohl feinstes Büttenpapier ... so ein Papier bekommt man in Ost-Riwne eigentlich kaum, hmm ...

Doch auch die nächste Seite war ganz und gar unbeschrieben. Weder ein Buchstabe noch ein Komma. Und ebenso die dritte, vierte, fünfte und alle folgenden Blätter. Das Manuskript von Stepanida Dobromoletz war ein Haufen weißen Papiers. So ungefähr sechshundert Seiten.

Plötzlich knarrte leise die Eingangstür, Bonifaz hob im Sessel lautlos sein schwarzes Köpfchen und auf der Schwelle der Wohnungstür erschien Oksana.

*

„Es ist der siebzehnte", dachte ich heute Morgen, da ist doch deine Premiere. Da sollte ich doch dabei sein. Ich hab mich also auf den Weg gemacht, wartete auf den Bus um zehn Uhr aus Kowel nach Luzk. Doch da hält auf einmal ein Transporter mit Fernsehleuten. Deutsche Welle und BBC aus Warschau. Die sind gekommen, um deine Aufführung zu filmen. Sie halten also an und fragen, ob das der richtige Weg nach ‚Western-Riwne' ist. Und da haben die mich bis zum Theater mitgenommen."

Schlojmas Frau war für einen Moment im Flur stehen geblieben, hatte sich den hellen Mantel ausgezogen und ging nun zu ihm.

„Na denn, herzlichen Glückwunsch zur Premiere." Sie umarmte ihn, streifte mit ihren Lippen seine Wange, ein wenig distanziert, formal. Dass die Trennung noch nicht verwunden war, spürte Ezirwan vom ersten Augenblick an, aber er beschloss, die Antwort auf dieses Problem auf später zu verschieben, jetzt musste er sich sputen.

„Ich bin mit den Fernsehheinis auf einen Sprung mit ins Theater, um ihnen zu zeigen, wo was wer ist. Dort ist also was los, das sag ich dir ...", rief ihm Oksana durch die Badtür zu, während er sich rasch ohne Rasierseife die Stoppeln aus dem Gesicht geschabt hatte. Sie fuhr fort:

„Hektik und Hetze. Improvisation. Von wegen Organisation, Zucht und Ordnung!" Maulwurf vor dem Kollaps, Isabellas Augen ganz glasig. Bei denen ist voll die Hektik ausgebrochen, sind total aus dem Häuschen. Wo du bist, haben sie gefragt."

„Wird schon alles gut gehen ..." Schlojma kam aus dem Bad und öffnete die Schranktür. Ein weißes Hemd, Lackschuhe, Smoking. Alles lag bereit und das schon seit einigen Tagen. Einen Smoking hatte er früher immer ausgeliehen, aber vor einiger Zeit hatte er sich schließlich einen nähen lassen. Der Meister aus der Schneiderei gegenüber dem Kino *Kosmos* schnalzte mit der Zunge und schimpfte noch lange auf die schmächtige und ungewöhnliche Figur seines Kunden mit der schmalen Brust und den mageren Armen.

„Du hast heute so einen verantwortungsvollen Tag ...", sagte Oksana und blickte ihrem Mann direkt in die Augen, als sie den Manschettenknopf durch das Loch schob. „Ich werde bei dir sein. Ich möchte, dass du das weißt. Erinnere dich daran!" Der Verschluss des Manschettenknopfs wollte lange nicht zuschnappen, doch schließlich drehte er sich wie von selbst in die richtige Position und klappte zu. Seine Frau schien wie erstarrt, wandte den Blick nicht von seinem Gesicht ab.

Plötzlich begriff Schlojma: Sie weiß Bescheid! Sie weiß alles. Aber woher? Nirgendwoher! Sie weiß es einfach, fertig. Aufgrund des nicht zu verstehenden weiblichen Verstands. Doch er verscheuchte diese Einsicht als unmöglich und tödlich.

Er strich über die dunklen Haare seiner Frau.

„Gehen wir?" Er wandte sich abrupt um. Seine Finger zitterten, als er den Smoking zuknöpfte. Nachdem er die Fliege vor dem Spiegel zurechtgezupft hatte, hatte er sich wieder in der Gewalt.

Sie traten aus dem Haus hinaus auf die Straße, der Abend breitete sich aus, ein blaues Kindereimerchen aus Plastik lag umgestürzt im Sandkasten im Hof als Symbol der Beständigkeit und Unausweichlichkeit alles Seienden, nicht nur alles Realen, sondern auch des Ausgedachten. Schlojmas Blick wanderte über den Hof, den Parkplatz mit den Limousinen am anderen Ende, über die Kastanien, die tagsüber goldbraun geworden waren. Vielleicht sehe ich all das zum letzten Mal ... Dieser dümmliche und kitschige Gedanke schnürte ihm hinterhältigerweise die Kehle zu und er dachte weiter: Und vielleicht ist das alles – ein Traum? ... Auch dieser Gedanke war nicht viel vernünftiger.

Die Stadt entspannte sich nach einem Arbeitstag. Hinter den Gardinen leuchteten in den Wohnungen Lichter auf, gelblich, orange, bläulich, rötlich. Hier und da waberte das Blau-Grau der Fernsehschirme im Raum. Die Bürger der freien und unabhängigen, doch eingeschlossenen Enklave, die Bewohner von West-Riwne ruhten sich nach ihrem Tagwerk aus. Nach einem Tag voller Sorgen und Arbeit. Nach einem Tag mit Gewinnen und Verlusten. Nach einem Tag. Vor einem Tag. In Erwartung des nächsten Tags. Am Vorabend. Am Vortag. Ahnungslos und unwissend.

*

Sie steuerten zuerst auf den Bühneneingang zu, doch kurz davor überlegte sich Schlojma, dass man doch bequemer durch den Haupteingang in den Zuschauerraum gelangte. Vom Bühneneingang aus musste man im Dunkel über die Bühne tappen und aufpassen, nicht über Kulissen und alle möglichen Requisiten oder angetrunkene Bühnenarbeiter zu stolpern. Am Haupteingang werden sich freilich unausweichlich die Journalisten auf sie stürzen, aber diese

Kleinigkeit gehörte eben zu den Halbannehmlichkeiten der Unannehmlichkeiten von Premieren, von denen man sich nicht weiter stören lassen sollte. Ein ernsthaftes Interview kann jetzt sowieso keiner geben und in der Hektik erwartet das auch keiner von ihm ...

Nachdem sie über eine enge Treppe hinauf auf den Platz gekommen waren und nun um die ausladenden Tannen herumgingen, die weiß Gott wer vor dem Theater gepflanzt hatte, warf Schlojma einen Blick nach Osten in Richtung des Majdan der Unabhängigkeit. Die Autoschlange vor dem vergitterten Tor war verschwunden. Von jenseits der Mauer senkte sich die Dämmerung herab. West-Riwne begann in der Nacht zu versinken. Irgendwie wird es für Mitte September schon früh dunkel. Der Gedanke schwirrte wie ein Querschläger durch sein Hirn und schlug im hintersten Winkel seines Bewusstseins ein. Ein anderer Gedanke kam hoch: Was habe ich nur heute Nacht geträumt? Nein, er konnte sich nicht erinnern. In seinem Bewusstsein ballte sich ein dunkles Chaos von Bildern und Eindrücken, doch nichts Konkretes ließ sich daraus extrahieren. Na ja, immerhin sind wir doch schon in der zweiten Septemberhälfte. Schlojma krümmte sich fröstelnd, schmiegte sich an Oksana und drückte dabei kräftig ihren Arm.

Von den Säulen kamen ihnen zwei, drei Gestalten mit Mikrofonen entgegen. „Herr Ezirwan, Herr Autor! Um was geht es in Ihrem Theaterstück? Und warum inszeniert es ein ausländischer Regisseur? Welchen Eindruck haben Sie von der Inszenierung und Interpretation Ihres Werks durch den Regisseur aus Deutschland? Was erwarten Sie von der Bühnenfassung Ihres Werks? Was wollen Sie mit dem Stück Ihren Mitbürgern sagen? Wird dieses Bühnenwerk Teil des Standardrepertoires des Freien Theaters der Stadt Riwne?“

Schlojma blieb für einen Moment stehen, drückte leicht Oksanas Arm oberhalb des Ellbogens, setzte ein möglichst ernsthaftes Gesicht auf und fertigte die Journalisten dann mit dem Satz ab: „Alle Interviews bitte nach der Vorstellung. Ich möchte nichts vorwegnehmen, denn sonst sind Sie vielleicht enttäuscht ..."

Sie werden enttäuscht sein, und wie! Wie ihre Augen feurig glühen und die Münder vor Aufregung offen stehen. Die würden jetzt wortwörtlich alles fressen, was du ihnen diktierst. Doch du sagst nichts, hältst dich an die Absprache mit Maulwurf, bis zur ersten offiziellen Aufführung keine Kommentare abzugeben. Doch nach der Premiere hatte Georg Maulwurf schon eine Tournee durch die Hauptstädte der Welt geplant: Berlin, Wien, Beirut, Jerusalem, selbst Nikosia auf Zypern. Die Wahl der Städte schien Schlojma zwar lange Zeit seltsam, doch er widersprach nicht. Es war schließlich Maulwurfs Idee, dann soll er sie auch verwirklichen. Die an der Aufführung beteiligten Schauspieler des Freien Theaters waren von der Aussicht auf eine Tournee durch warme und gemütliche Gefilde in bester Laune. Am allermeisten amüsierte sie jedoch der Neid der Kollegen, die nicht an dem Stück beteiligt waren.

Nachdem sie sich der Journalisten entledigt hatten, beschlossen Schlojma und Oksana, doch den Bühneneingang zu nutzen, denn durch den Haupteingang strömte bereits so viel Publikum, dass sie bei der Garderobe ewig brauchen würden. Oksanas Mantel hängten sie einfach an den Kleiderständer beim Portier und irgendwie würden sie schon durch die Kulissen zu ihren angestammten Plätzen, Platz Nummer eins und zwei in der ersten Reihe, gelangen. Unterwegs mussten sie noch an der Tür des Dienstaufzugs vorbei, doch das war etwas, was Schlojma aufgrund seiner Entscheidung „ich kann nicht" nicht mehr belastete. Er konnte es ruhig vergessen, aus seinem Bewusstsein streichen, und dieses dreimal verfluchte Schlüsselchen verstaubte schließlich im Wohnzimmer unter dem Diwan, wohin er es gekickt hatte. Und was soll's, dass du jetzt wieder wie der Vogel Strauß den Kopf in den Sand steckst? – Oje, was für ein billiger Vergleich! – Du hast schließlich ein Recht darauf, nicht zu machen, was du nicht machen willst. Und Sand ist hier auch keiner ... aha, dafür haben die Putzfrauen Sägespäne ausgestreut ... „Vorsicht", brummelte er, „Kopf einziehen!" Ein Kabel hing von oben herab und ein Stück weiter wurde es schon heller, eine Tür wurde sichtbar, und da waren auch der Regisseur und die Hauptdarstellerin zu sehen.

Maulwurf und Isabella agierten heftig hinter den Kulissen. Als sie Ezirwan bemerkten, hüpften sie beide auf der Stelle und winkten zugleich mit den Armen über dem Kopf und gestikulierten auch sonst wild, um seine Aufmerksamkeit in den dämmrigen Kulissen auf sich zu lenken. Schlojma hatte sie schon längst bemerkt. Isabella hatte bereits ihr Bühnenkostüm an. Ein strenges schwarzes Kleid mit weißer Borte. Um den Hals trug sie ein Diamantcollier, ein echtes, wonach komischerweise alle Journalisten fragten, die sie interviewten. Sie trug ein Headset, das zum Bühnenkostüm gehörte und auch sonst ganz nützlich war.

„Du bist wieder da! Wunderbar!" Isabella umarmte Ezirwan und trällerte dann sogleich los: „Unter den geladenen Gästen befinden sich sehr viele superwichtige Persönlichkeiten! ... Also, ich meine ... alle Gäste sind wichtig, aber es sind auf persönliche Einladung von Maulwurf hin einige Vertreter des Journals *Theater der Zeit* hier. Du musst denen unbedingt ein Spezialinterview geben nach ..." Sie hielt inne. „Ich meine, nachdem das hier alles vorbei ist."

Wieso sagt sie „nachdem das hier alles vorbei ist“? Schlojma merkte, dass er ein wenig hysterisch wurde. Weiß sie denn auch Bescheid? ... Nein, nein, ich krieg schon Verfolgungswahn.

Isabella wandte sich zu Maulwurf und plärrte ihm auf Deutsch ins Ohr: „Du musst es ihm gleich sagen!“

Der Stern des europäischen Regiehimmels schmatzte Oksana einen Kuss auf die Wange, trat an den Dramatiker von der Seite heran, fasste ihn am Ellbogen und flüsterte verschwörerisch: „Al-lso... Tas izt sähr vichtig, das Interview vür tas *Theater der Zeit*. Es hantelt sich um das vürende Schurnal unserer Branche ... Unt gleich nachdem ... eben tarüber muss ich tich invormieren, nach ter Aufvührung, sovort nach ter Aufvührung vartet ein Kleinbus auf uns, der kleich nach Berlin apvährt. Dort gibt es zwei vreie Blätze. Vür tich und Oksana. Tamit tu invormiert bist ...“

„Oh, danke, Georg. Ich weiß jetzt Bescheid. Ich überleg's mir.“

Schlojma trat einen Schritt zurück und blickte Maulwurf mit einem Abstand von einem halben Meter an: Ein herrlich bunter Pullover mit glänzenden Ärmeln, oben schaute ein weißer Hemdkragen heraus, dazu Leinenhosen, Turnschuhe, Georg konnte einfach nicht formal angezogen sein, er war eben ein Bohemien, ein Künstler. Der ganze Flitter der westlichen Zivilisation, der bescheidene Liebreiz der postindustriellen Gesellschaft stand breitbeinig vor ihm auf dem nur flüchtig gefegten Holzfußboden der Bühne.

„Üperlegen sollst tu schnell, unt alles antere auch.“

Georg schaute mit einem besorgten Lächeln drein, dann hielt er das Gespräch für beendet, wandte sich wieder Isabella zu und überflutete sie ohne feststellbare Satzzeichen mit einer Woge deutscher Wörter. Sie warf

Schlojma und seiner Frau über die Schulter noch einen aufmunternden Blick zu, jedoch etwas zu sagen schaffte sie beim besten Willen nicht mehr, da sie den letzten Anweisungen von Maulwurf zuhören, ihnen folgen und als Zeichen, dass sie verstanden hatte, mit dem Kopf nicken musste.

Sie betraten den Saal. Schlojma wedelte der Kontrolleurin vorsichtshalber mit den länglichen Blättern der Einladungsschreiben vor der Nase herum, aber es kannten ihn eh alle hier. Die erste Reihe war noch fast ganz leer, Ezirwan blickte sich um und sah im Saal niemand Superwichtigen oder Superinteressanten. Er drückte seiner Frau die Einladungen in die Hand und brummelte: „Ich kann mir noch einen Glimmstengel genehmigen." Er trat in den Seitengang und begann die Schachtel *Gauloises* zu suchen, die er eben im *Blues* gekauft hatte. Zuerst schien ihm, er habe sie in seiner Jeansjacke gelassen, doch dann fand er sie in der Innentasche seines Smokings. Von hinten umfasste jemand sanft seine Schultern. Schlojma wandte sich abrupt um. Vor ihm stand in Paradeuniform, Achselband und einigem Blech an der Brust Major Peter Sommer.

„Herzlichen Glückwunsch zur Premiere!", sagte der Major lächelnd. „Nervös?"

Schlojma nickte. Nachdem er eine Zigarette aus der Schachtel gezogen hatte, begann er ein Feuerzeug zu suchen. Doch dann wurde ihm bewusst, dass in den Gängen des Theaters das Rauchen untersagt war. Dafür gab es extra ein Raucherzimmer, das sich neben den Toiletten auf der anderen Seite des Ganges befand. Sommer dorthin mitzuschleifen, kam nicht in Frage. So wanderte die nicht angezündete Zigarette mit dem Filter nach unten zurück in die Schachtel, das machte er immer so, um die Zigarette zu markieren, die er bereits rauchen wollte.

Sie traten ans Fenster, hinter dem sich die Dämmerung ausbreitete und die Lichter der Straßenlaternen flackerten. Weiter unten stieß quer ein weiß-blau bemaltes, längliches, einstöckiges Gebäude fast an das graue Gebäude des Theaters. Das blau-weiße Haus trug die Hausnummer 87 und war das einzige Gebäude der eigentlich nicht existierenden Rasinstraße. Nicht Stenka Rasin, sondern einfach Rasin, sicherlich nach dem russischen Rebellen benannt, dem es gelungen war, sich dem Bewusstsein verschiedener Generationen mit einer einzigen Tat einzuprägen: Er hatte eine persische Prinzessin ins tiefe Wasser geworfen. Oder war es ein anderer Rasin gewesen? Ein unbekannter oder vergessener lokaler Held? In dem Gebäude war schon lange die Redaktion der Zeitung *Generationswechsel*, bestimmt für ein jugendliches Publikum, untergebracht, in der Schlojma selbst eine Zeit lang als Literaturberater tätig war und die aus dem Umland eingesandten Gedichte beurteilen sollte und den Autoren diplomatische Absagen schrieb.

„Schöne Stadt", begann Sommer. „Eine wunderbare Stadt ... Du hast Glück. Du bist nicht nur ein Autor aus Riwne ... aus West-Riwne. Du bist der Dichter dieser reizenden Stadt. Schlojma ... ich weiß nicht, aber ich habe so eine Ahnung. Und ich vertraue meinen Ahnungen. Du musst in allernächster Zukunft für diese Stadt etwas Außergewöhnliches vollbringen. Etwas sehr, sehr Bedeutsames."

Sommer lehnte sich auf das Fenstersims und deklamierte leise:

Mädchen stehen an den Toren
Schauen scheu ins farbige Leben
Ihre feuchten Lippen beben
Und sie warten an den Toren.

Danach blickte Sommer Ezirwan nochmals durchdringend in die Augen, machte dann zackig auf dem Absatz kehrt und eilte die Stufen hinauf zum Rang, zur Tür seiner Proszeniumsloge. Schlojma zündete sich seinen Glimmstengel am offenen Fenster an und deckte ihn wie ein Schüler mit der Hand ab. Dabei blickte er ständig nach der Tür, ob nicht eine Kontrolleurstante aufkreuzte. Einige festlich gekleidete Paare lächelten in seine Richtung und gingen durch den Saal. Ezirwan drückte die Kippe an seinem Absatz platt und trat dann die Glutspritzer aus, die sich auf dem Parkett verteilt hatten. Die Kippe stopfte er in eine Spalte am Fensterbrett. Ihm war eh schon alles erlaubt. Der süße Atem des Wahnsinns machte ihn trunken und stieß ihn abermals in die Unentschlossenheit. Er ging rasch durch die Tür in den Saal und eilte so rasch an seinen Platz, dass Oksana ihren Mann verwundert von oben bis unten anschaute.

Schlojma lehnte sich mit dem Rücken an die mit Samt überzogene Brüstung des Orchestergrabens und hob beherzt den Blick. Vor ihm breitete sich der nun bereits gefüllte Saal aus. In den Logen und im Parkett glitzerten die Linsen der Operngläser und hier und da auch die Glitzersteinchen an den Hälsen der Besucherinnen. Modisch dekadente Farbtöne, Fliederfarben, helles Salatgrün oder Pastellrosa gesellten sich zu nüchternem Schwarz und edlem Grau. Schlojma erkannte verschiedene Offizielle aus dem Rathaus, Journalisten aus den Kulturredaktionen der örtlichen Zeitungen, Vertreter ausländischer Firmen mit Zweigstellen in West-Riwne, Studenten und Dozenten aus dem Kulturinstitut, vor denen er noch gar nicht so lange her einen Vortrag gehalten hatte. Die säuerliche Crème de la Crème von West-Riwne, der umzingelten Enklave, der ausgelieferten Stadt, die besseren Menschen, die Ästheten breiteten sich da vor Schlojma aus und warteten auf das gewohnte Feuerwerk seines Schaffens.

Für sich selbst unerwartet hob er die Hand und winkte verzweifelt in den Saal. Die Blicke aus dem Saal glitten über ihn hinweg, ohne ihn zu fixieren.

„Liebe Leute!", presste Schlojma gequält hervor. Der Saal blickte nun verwundert und mit hochgezogenen Brauen von allen Seiten auf ihn und stellte die Operngläser scharf. Vielleicht verspürte der Autor vor Beginn der Aufführung plötzlich das Bedürfnis, ein paar Worte an die Zuschauer zu richten? Das ist zwar etwas ungewöhnlich, doch auch die heutige Inszenierung gehörte ja eher in die Kategorie des Ungewöhnlichen ... Falls diese Einlage nicht sowieso von vorneherein geplant war! Vielleicht ist das auch eine Eigenart der heutigen westlichen Regisseure und zugleich der letzte Schrei der Theateravantgarde, wer weiß das schon?

Schlojma schluckte den riesigen trockenen Kloß im Hals herunter. Verzweifelt krächzte er in den Saal hinein, in Richtung des Parketts, der Logen, Ränge und Balkone: „Ich war heute ... heute war ich dort. Auf der anderen Seite, jenseits der Mauer. Eigentlich gleich hier nebenan ... gar nicht weit ... dort, dort sind Gummibäume! Offensichtlich wird keiner besonders terrorisiert, nicht unterdrückt ... die öffentlichen Verkehrsmittel funktionieren, die Leute gehen zur Arbeit ... und es gibt sogar Dosenbier, von hier, also westliches, allerdings wird es nur für Valuta verkauft. Doch darum geht es nicht! Nicht das will ich sagen. Ich bitte Sie sehr, verstehen Sie mich doch! Dort sind Gummibäume auf langen Korridoren, sie stehen in Kübeln aus Holz, Gummibäume mit staubig schimmernden Blättern! Und das ... ist der Horror!"

Jemand kicherte unterdrückt. Ein anderer applaudierte zuerst, wurde sich dann aber bewusst, dass der Saal ihn nicht unterstützte, und erschrak vor seiner eigenen Courage. Das Schweigen im Saal war angespannt und nachdenklich. Es war sogar ein wenig feindselig, dieses Schweigen. Sie hörten Schlojma endlich zu.

„Bei uns hier läuft nicht alles rund und bei denen dort ist nicht alles schlecht. Aber hier gibt es Vielfalt! Doch dort nur Einfalt! Verstehen Sie, was ich meine?"

Nahezu der ganze Saal begann beinahe wie auf Kommando zu lachen. Danach ertönte gedämpfter Applaus, als klatsche man nicht in die Hände, sondern auf die Schenkel, es klang, als klopfe man ihm gewissermaßen auf die Schulter: „Komm, lass gut sein, setz dich und entspann dich, Alter!"

Schlojma vernahm durch das Geklatsche hindurch, wie in der dritten Reihe eine ziemlich beleibte Matrone in einem fliederfarbenen Samtkleid ihrer jungen Tochter hörbar zuflüsterte: „Der Herr Schriftsteller möchte auf die Gefahr des kommunistischen Terrorismus hinweisen. Dem ist sein ganzes Werk gewidmet, und sein heutiges Werk im Besonderen. Er will unsere Aufmerksamkeit für die Inszenierung wecken."

Schlojma erkannte die Matrone. Es war die Dozentin des Kulturinstituts aus der Abteilung für Theater. Sie redete jetzt in derselben Tonlage, wie sie im Hörsaal den Studenten den Unterschied zwischen Shakespeare und Kolomijetz erklärt hatte. Schlojma erinnerte sich an die Dame auch deshalb, weil sie während der Veranstaltung mit ihm ihre Studenten mit abgesprochenen Zeichen anwies, wer wann dem Autor eine Frage zu stellen hatte, die sie sich auf langen Papierstreifen aufgeschrieben hatten. Die noch beste und einfallsreichste lautete: „Woran arbeiten Sie gerade?"

Schlojma setzte sich rasch in den Sessel und spürte, wie ihm das Blut in den Kopf schoss und er rot im Gesicht wurde. Oksana umfasste seinen Oberarm und drückte ihn, ebenso wie er ihren vor dem Theatereingang gedrückt hatte. Er drehte sich zu seiner Frau. Sein Blick trübte sich ein. Doch da bemerkte er, dass der Kronleuchter unter der

Decke allmählich erlosch. Gleichzeitig glitt der Vorhang nach oben. Im Saal herrschte Stille.

*

Aus einer Ankündigung des Theaterstücks in der *Riwner Abendzeitung*, Abendausgabe, 17. September 200X.

> Das letztjährige Theaterstück unseres Autors aus Riwne Schlojma Ezirwan *Programmankündigung für übermorgen* wird im Freien Theater inszeniert werden. Die Handlung spielt in einem Fernsehstudio. Während der Sendung dringen Terroristen ins Studio ein, nehmen die Moderatorin (von Isabella Stolz gespielt) als Geisel und übermitteln durch das Radio ihre Forderungen ... Der Anführer der Terroristen erkennt in der gefangenen Moderatorin seine fast vergessene Jugendliebe. Das ist die Ausgangssituation der Handlung des Theaterstücks, weitere Einzelheiten der Handlung sind quasi ein Buch mit sieben Siegeln. Zu den Proben waren keine Medienvertreter zugelassen.
> Als Regisseur wurde Georg Maulwurf aus München eingeladen, der durch seine Arbeit an den namhaftesten Theatern Westeuropas bekannt ist. Er inszeniert für das anspruchsvolle Publikum von Riwne ein höchst interessantes und nicht alltägliches Spektakel. Auch heute Abend werden auf der Bühne des Freien Theaters politische und individuelle Leidenschaften aufeinanderprallen. Eine ausführliche Besprechung der Aufführung sowie ein Interview mit dem Regisseur und der Hauptdarstellerin lesen Sie morgen in der Frühausgabe der *Abendzeitung*.

*

Von der Bühne her klapperte leise die Mechanik, die einzelne Teile des Fußbodens auf unterschiedliche Niveaus hob und Kulissen bewegte. Im grellen Scheinwerferlicht tanzten Staubteilchen. Weißliches Chrom und eine grellscharfe Beleuchtung waren die Grundkomponenten der Dekoration, die sich Maulwurf ausgedacht hatte.

Auf einer Erhöhung in der Mitte der Szene saß Isabella in schwarzem Kleid auf einem blitzenden Metallstuhl an einem matt spiegelnden Blechtisch, ganz ähnlich jenem damals aus der Leichenhalle, nur ohne hautfarbenen Bezug. Sie war wunderschön, vollkommen. Sie hatte ein Headset, hielt selbstsicher eine längere Pause durch und sagte schließlich die ersten Worte des Stücks, die ersten von einigen tausend, die Schlojma geschrieben hatte.

„Guten Abend! Sie hören die Spätnachrichten. Durch das Programm begleitet Sie Olesja Dobrowolska ...“ Es folgte eine Musikeinspielung, die Erkennungsmelodie der Nachrichten ertönte kurz und war originell. Schlojma wandte den Blick von der Bühne und starrte auf die Balustrade des Orchestergrabens.

Sei es wegen der Raffinesse der Inszenierung oder doch aus einem anderen Grund, er konnte der Handlung auf der Bühne nicht so recht folgen. Theater ist überhaupt eine schamlose Kunst. Dieser Schamlosigkeit war sich Schlojma schon lange bewusst, ungefähr seit zehn Jahren, als erstmals sein *Stück für eine Schauspielerin* in Deutschland aufgeführt worden war. Im Gegensatz zum Kino, wo vor dem Zuschauer auf einem weißen Betttuch nur eingefärbte Schatten herumtanzen, hat man es im Theater mit seinen ausgetretenen Brettern mit lebendigen Menschen aus Fleisch und Blut zu tun. Die Schauspielerin, die damals sein Einpersonenstück spielte, hatte Schlojma bereits bei der ersten Probe überrascht. Die junge Frau aus einem fremden Land, aus einer anderen

Zivilisation sozusagen, kannte nicht nur die vielen Dutzend Seiten seines Textes auswendig, sie reproduzierte diesen Text nicht einfach nur so, nein, sie lebte den Inhalt, den er sich vor langer Zeit ausgedacht und an einem ganz anderen Ort zu Papier gebracht hatte. Sie trug ihn nicht vor, sie verkörperte ihn.

Theater ... Theater ... in übertragener und in wörtlicher Bedeutung: Die absolute Kunst unter den Künsten – laut Aristoteles, mein ich – und ein großzügiges Gebäude mit Säulen im Zentrum seiner Stadt. Schlojma versuchte sich zu erinnern, wann er zum ersten Mal diesen Tempel der Kunst betreten hatte ... wann war das nur ... wahrscheinlich war es in früher Kindheit geschehen, noch bevor Uljana geboren wurde, in jenem zeitlosen Paradies, mit dem sich zumeist angenehme Erinnerungssplitter verbinden. Er konnte bis in ein Alter von vier oder fünf Jahren zurückdenken, vergleichsweise nicht besonders weit in die Kindheit, wenn man es mit Lew Tolstoi verglich, der sich sogar an sein Säuglingsalter erinnerte, als er von oben bis unten mit Windeln und Tüchern eingewickelt wurde, worauf er freilich nicht sonderlich stolz war. – Na ja, du bist eben kein Genie, Schlojma, kein Genie, und *Krieg und Frieden* würdest du bestimmt nie und nimmer vierundzwanzigmal umschreiben ...

Aus diesen sorglosen Kindertagen taucht freilich nicht die Erinnerung ans Theater als erste empor, sondern die an das Mototrek, das Speedwaystadion. Das neue Stadion steht an fast der gleichen Stelle wie das alte, noch aus Holz erbaute. Sein Vater Wasyl hielt nicht viel vom Theater, dafür liebte er Sport über alles, egal welchen. Er war überhaupt ein Draufgänger, vor allem in seiner Jugend. Er fuhr Speedway und Motobol – ein ziemlich exotischer Sport, bei dem ein Dutzend Motorradfahrer hinter einem riesigen Ball herjagt und wie die Irren versucht, ihn in ein Tor zu bugsieren. Und in der Pause oder nach dem Match, meist am frühen Abend, stoppten Zoja und Wasyl bei den Buden, die sich um den Mototrek befanden, und kauften sich Bier, das sie zusammen mit dünn geschnittenen Scheiben holländischen Käses tranken. Wasyl gab auch seinem Sohn immer ein paar Schluck Bier und eben der bitter-salzige Geschmack des frischen Biers und Käses und nicht irgendwelches Marzipan oder Schokolade wie bei anderen, nein, diese flüssig-krümelige Mischung wurde für Schlojma zum Geschmack seiner Kindheit.

Das Bier wurde täglich frisch gezapft. Es kippte schnell, am nächsten Morgen würde es schon abgestanden sein, grau-grünlich ausflocken mit umhertreibenden Teilchen, die man leicht erkennen konnte, wenn man die dunkelbraune Flasche mit dem hufeisenförmigen Etikett auf dem Flaschenhals umdrehte und den Flaschenboden gegen das Licht hielt. Das Bier war mit einem grünen Kronkorken verschlossen, die du dann ein, zwei Jahre später gesammelt hattest als Ersatzmünzen zum Fuchsenspielen. Dabei ging es nicht ums Geld, sondern einfach um den Spaß. Da bist du schon zur Schule gegangen, aus dem Paradies vertrieben worden ... Eingeschult wurdest du am ersten September, ganz allein. Du hast die Mappe und den Blumenstrauß genommen, den dir deine Mama Zoja vorbereitet hatte. Sie bekam allerdings als Lehrerin eine andere erste Klasse in einer anderen Schule, und dann dein Papa Wasyl ... wo war er eigentlich? Irgendwo, gar nicht weit weg ... eigentlich in der Nähe, wenn man es global sah. Einige hundert Kilometer entfernt glänzte an diesen Herbsttagen nicht der Herbst, sondern blühte noch der Prager Frühling und die Einheit der Reserveoffiziere und mobilisierten Soldaten befand sich in Alarmbereitschaft versetzt in Transkarpatien in der Nähe der tschechoslowakischen Grenze. Erst am 20. September kam der

Vater in Militäruniform und mit Pistole zurück, die er am folgenden Tag im Militärverwaltungsamt abgab. Davor durftest du sie aber noch in die Hand nehmen, freilich nachdem der Vater die Patronen herausgenommen hatte. Du hast mit aller Kraft auf den Abzug gedrückt, der klackte aber nicht einmal, da Vater die Waffe gesichert hatte. Am ersten September bist du allein zur Schule Nummer 17 gegangen, hast allein die Klasse 1A gefunden und dich selbst in die letzte Reihe gesetzt. Die Lehrerin schaute ein wenig verwundert, fragte nach deinem Vor- und Nachnamen, nahm dann den Blumenstrauß in Empfang und setzte dich in die vorletzte Reihe. Im Korridor vor der Klasse begann eine elektrische Klingel zu schrillen ...

Du bist zum ersten Mal noch vor deiner Schulzeit im Theater gewesen ... als der Vater von der Gewerkschaft eine Einladung zu einer Neujahrsfeier bekommen hatte. Die fand in den letzten Dezembertagen oder, noch bizarrer, lange nach Neujahr in der zweiten Januarhälfte statt. Die Kinder versammelten sich um zehn oder elf Uhr vormittags im Theater, die Schauspieler bekamen bereits Ausschlag von dem ewigen Ankleben und Tragen der Djed-Moros-Bärte und ihre Pappkörbe mit den Gaben waren voll bröseligen Gebäcks und Karamellen, zwischen denen man hin und wieder auch ein paar ordentliche Pralinen finden konnte – garantiert eine granitharte Zahnkillerin, getarnt als schokoladenummantelte Nuss. Neben dem Körbchen, das man beim Vorzeigen der Einladung erhielt, konnte man sich ein zusätzliches Körbchen verdienen, wenn die Figuren aus den Märchenaufführungen, zumeist Häschen, Füchslein, Ferkelchen und anderes Gekreuch und Gefleuch, die Kinder aus dem Saal zum Mitmachen auf die Bühne einluden. Wenn man den eigenen Stolz mit Füßen trat und sich tatsächlich auf die Bühne traute, sammelte man mit verbundenen Augen unter dem

Gelächter des gesamten Saals verstreute Pappfliegenpilze auf der Bühne. Dem Wagemutigen wurde dann von einem fünfundvierzigjährigen geschminkten Glatzkopf ein zusätzliches Körbchen mit dem üblichen Pappkörbchen-Inhalt – manchmal noch um eine Schokopraline weniger – übergeben.

Später trat er dann bereits als einer der „Sieben" auf und noch später war er der Schriftsteller, der Autor der Texte, die auf den Brettern, die die Welt bedeuten, gespielt wurden. Wie auch heute ... Obwohl, vielleicht, falls der Applaus sehr stürmisch ausfallen wird, dann kommt Maulwurf in seinem Angeberpulli hinter den Kulissen hervorgeschossen und Arm in Arm mit den Schauspielern werden seine Blicke, seine Lippen, seine ganze Gestik ihn herbeizitieren, und wenn noch jemand aus dem Saal „Autor" ruft und dabei gekünstelt das Wortende betont, dann muss man wohl oder übel von der Seite her auf die Bühne steigen, Isabella einen Schmatz auf die Wange drücken und sich bescheiden am Rand einreihen ...

Es war nicht die Handlung auf der Bühne, wo Isabella weiterhin makellos ihren Text aufsagte, sondern eine kaum hörbare Bewegung, ein Rascheln und Raunen in der ersten Reihe, das ihn aus seinen Erinnerungen riss. Schlojma spähte mit zusammengekniffenen Augen im Halbdunkel des Saals nach links und erblickte einen nicht allzu großen Schatten, der sich langsam über die Balustrade des Orchestergrabens bewegte. Eben diese Bewegung hatte das Raunen hervorgerufen. Schlojma kniff die Augen noch mehr zusammen, um die Erscheinung besser zu erkennen. Es war Bonifaz.

Das Katzentier schritt zielstrebig und lautlos über die samtbezogene Brüstung, ein wenig blinzelnd, und von Zeit zu Zeit richtete es seine grünen Augen auf die Zuschauer in der ersten Reihe, von denen es ungefähr ein

Meter trennte. Manche versuchten mutig, ihn mit ausgestreckter Hand zu streicheln, doch da zeigte der Kater die Zähne und fauchte.

Als er auf Schlojmas Höhe angekommen war, schnüffelte er ein wenig umher, dann richtete er sich wie zum Sprung auf, doch seine Hinterpfote rutschte von der Brüstung ab und er sprang nicht, sondern plumpste vielmehr seinem Herrchen in den Schoß. Schlojma fing ihn auf, streichelte seinen Kopf und Rücken, kraulte ihm am Hals und bemerkte dort schließlich ein Band mit einem länglichen Gegenstand aus Metall daran. Es handelte sich um den kleinen Schlüssel aus Messing. Das samtene Band löste sich wie von selbst und der Schlüssel glitt sanft in seine Hand. Und das war's.

*

Jetzt braucht man nicht einmal mehr das Ende des ersten Akts der Inszenierung abzuwarten. Was gemacht werden soll, kann gleich gemacht werden. Sicher könnte man noch ein paar Minuten zuwarten, aber das würde rein gar nichts ändern. Die Inszenierung geht weiter, weil sie weitergehen muss, weil sie nicht aufhören kann und es Zeit ist zu handeln.

Der Schriftsteller Schlojma Ezirwan erhob sich so leise und diskret wie möglich von seinem Sitz Nummer eins in der ersten Reihe und schlüpfte hinter den Vorhang, der die Tür zum Korridor verdeckte. Nun noch durch die Tür neben der Toilette, hinein in die Abgründe des Theaters. Durch diese Tür bist du vor vielleicht einer Stunde schon einmal gegangen und da haben dir Isabella und Maulwurf zu verstehen gegeben, dass ...

So, jetzt Vorsicht! Links befindet sich die Bühne. Wenn ich über die Schulter blicken würde, könnte ich Isabella auf dem Stuhl sitzen sehen, also natürlich die Moderatorin Olesja und die Gestalt des Anführers der Terroristen, die wie ein Felsmassiv imTarnanzug über ihr hängt. Dieser Aufzug endet gleich und der nächste mit der Schlüsselszene beginnt. Georg hat sie einfach fantastisch inszeniert. Zwei der Terroristen setzen Isabella mit einem speziell dressierten Schäferhund zu, der für sexuelle Übergriffe auf Frauen abgerichtet ist. Die Bühne wird dabei von einem feinen Seidengespinst überzogen, durch das nur die Schatten und Umrisse der Frau und des Tiers zu sehen sind. Die musikalische Begleitung dazu ist grandios, Bongos und Trommeln in arrhythmischem Getöse. In der ersten Fassung von Schlojmas Text war eine solche Szene nicht vorgesehen, doch Georg hatte ihn dazu gedrängt, sie sei unbedingt notwendig für den Schockeffekt, etwas Extraordinäres, und so schrieb Ezirwan noch einige zusätzliche Seiten.

Der Dienstaufzug befand sich im Erdgeschoss. Seine Tür öffnete sich augenblicklich, nachdem er den Knopf gedrückt hatte. Im Weiteren musste er den Schlüssel einsetzen, ihn wahrscheinlich in ein Schlüsselloch im Bedienfeld stecken ... ahh, da ist es ja, murmelte er. Der Schlüssel passte haargenau hinein. Es gab nur einen Knopf mit dem Buchstaben K, was so viel wie Keller bedeutete. Nachdem Schlojma ihn gedrückt hatte, überlegte er, ob er den Schlüssel gleich wieder herausziehen oder warten sollte, bis der Fahrstuhl sein Ziel erreichen würde. Der Motor des Lifts begann zu brummen und der Schlüssel rutschte von selbst aus dem Schlüsselloch. Schlojma reagierte einen Moment zu spät und das kleine Metallstück fiel klirrend zu Boden. Er beugte sich instinktiv nach unten und da sah er direkt vor seiner Nase ein Blatt Papier auf dem Boden, das dreifach gefaltet war. Es handelte sich um den dreifarbigen Programmflyer für die heutige Aufführung. Er stieß mit der Schuhspitze behutsam gegen die zusammengefalteten Seiten, die wie Schmetterlingsflügel von innen nach außen klappten und so das mittlere Drittel, das bisher verdeckt gewesen war, frei gaben.

Auf den äußeren Rändern, den ausgeklappten Flügeln waren die handelnden Personen und die Rollenbesetzung angeführt sowie einige Zitate aus dem Text und kurze Auszüge aus Besprechungen zu früheren Aufführungen von Maulwurf. Doch im Mittelteil befand sich in Großbuchstaben und schwarzem Fettdruck ein ganz anderer, nicht zum Theaterstück gehörender Text.

Schlojma zuckte zurück, richtete sich auf und nach unten blickend las er wegen seiner Weitsichtigkeit, die wie vorprogrammiert gleich nach seinem vierzigsten Geburtstag begonnen hatte, aus einem Meter achtzig Entfernung den Text ohne Probleme:

> Wir, die Vertreter der Arbeiter und der progressiven Intelligenz des einstweilig okkupierten westlichen Sektors der Stadt Rowno, befürworten auf unserer heutigen feierlichen Versammlung einstimmig und unterstützen mit allen Kräften den lang erwarteten Überfall der bewaffneten Kräfte der SRU, in deren Folge wir befreit werden und es zur Wiedervereinigung unserer leidgeprüften Stadt kommt. Die frühere unnatürliche Situation war nicht mehr länger erträglich: Auf der Karte der Sozialistischen Ukraine eiterte ein von Stacheldraht und Mauer eingeschlossenes Geschwür! Unser Leiden in diesem isolierten Ghetto überstieg das Menschenmögliche. In dem sogenannten West-Riwne wurde sogar die bloße Idee des Sozialismus verfolgt und das grausame Wesen des Kapitalismus fletschte dreist seine Zähne. Der sozialdemokratischen Partei des Westsektors von Rowno wurde die Möglichkeit genommen, an

den Wahlen zur Stadtverwaltung teilzunehmen und zu gewinnen. Währenddessen nutzte die kapitalistische Propaganda geschickt die zeitweiligen Schwierigkeiten der Sozialistischen Republik der Ukraine und verbreitete über die Fernsehsender von West-Riwne spezielle Sendungen für die Zuschauer der SRU. Doch im Gegensatz zu der sich in Agonie windenden kapitalistischen Gesellschaft errang der Sozialismus wieder einen weiteren Sieg. Jawohl! Auf der politischen Landkarte ist nun ein weiteres Schandmal getilgt worden, ein weiteres Zentrum der Ausbeutung und Erniedrigung der werktätigen Bevölkerung liquidiert!

Wir haben uns heute im Gebietstheater für Musik- und Dramenkunst versammelt und begrüßen begeistert die Vertreter des Gebietskomitees Rowno der Kommunistischen Partei der SRU und vollziehen feierlich den Akt des Anschlusses des einstweilig okkupierten westlichen Sektors der Stadt Rowno an das Gebietszentrum Rowno der SRU.

17. September 200X

Wie lange brummt der Motor des Aufzugs da oben eigentlich noch ... wie lange kann das denn dauern, diese eineinhalb Stockwerke von der Bühne in den Keller zu fahren ...? Oder bist du vielleicht schon in einer anderen Dimension angekommen und reist durch die Zeit, durch die Vergangenheit, durch vergessene wie erinnerte Jahre, durch die erstarrten Ablagerungen des Chronos, Schicht für Schicht schälen sich die Jahrzehnte ab, schälen sich wie eine Zwiebel ... neunziger, achtziger, siebziger, sechziger ...

Was wird wohl da auf der anderen Seite der Mauer sein? Im Untergrund der Kanalisation, oder wie soll man dazu sagen? In ihren Gängen, Eingeweiden? Sind da Einheiten in Spezialanzügen in Reih und Glied angetreten? Sie tragen bestimmt Tauchermasken mit Schnorcheln ... aber von wegen Schnorcheln, so ein Scheiß, im wahrsten Sinne des Worts, die tauchen doch voll ein. Die müssen Atemgeräte mit Schläuchen und Sauerstoffflaschen oder so was haben. Neben der Sauerstoffflasche auf dem Rücken haben sie auch noch eine automatische Waffe geschultert, bestimmt eine Kalaschnikow, abgesägt, Partisanenvariante mit einer Schulterstütze aus Aluminium. Die befindet sich in einer Spezialhülle, damit die Substanz, durch die sie schwimmen werden, die Waffe nicht beschädigt oder die Schmierung der mechanischen Teile zersetzt. In einem anderen Futteral befindet sich ein langes Messer, ein Spezialeinheitendolch, und an der Seite ein Klappspaten, der manchmal effektiver sein kann als ein Dolch. Dazu noch ein paar Granaten an der Koppel ... aber wozu Granaten? Die werden sie doch nicht in die Menschenmenge werfen, höchstens im Fall, dass sie selbst geschnappt werden könnten ...

Sie tauchen auf, ihre Latexanzüge sind nicht mehr schwarz glänzend, Fäkalien rinnen über Rücken, Brust, die Seiten, die ovalen Scheiben ihrer Masken. Sie betreten den Theatersaal von unten durch den Orchestergraben – wie hatte Maulwurf heute Vormittag doch gesagt: „Tas gibt eine föllik unerwartete Geschichte ..." Ja, tatsächlich eine völlig unerwartete Geschichte ... Der Gestank ihrer Monturen überdeckt rasch die ganze Parfümwolke, die vom Parkett und den Balkonen wallt. Die Spuren ihrer Flossen fressen sich für immer als längliche, braungraue Flecken in die Teppichläufer, mit denen die Gänge zwischen den Reihen ausgelegt sind – Erinnerungsspuren für die kommenden Generationen! Spuren für Archäologen und Forscher, vergleichbar jenen, mit denen man die Fundamente von Neubauten des Sozialismus zu schmücken pflegte: „Wir haben einen Satelliten ins Weltall geschickt, und wir haben für die Kinder Nicaraguas hundert Tonnen

Medikamente gesammelt, und wir haben einen Fernseher gekauft, einen schwarz-weißen, von der Firma Niman in Weißrussland produziert, und wir haben ein Atomkraftwerk zu bauen begonnen, und wir haben Stepan nach Afghanistan geschickt, damit er diene und Briefe schreibe, und ich habe beim Popen zu Mittag gegessen, sagt das Waisenmädchen." Doch diese Spuren hier werden ohne Buchstaben geschrieben, nur mit ihrem Aroma. Bei Ausgrabungen am Hügel Swenyhora warst du damals überrascht gewesen, dass Pferdemist aus der Zeit der Kiewer Rus seinen Geruch durch die Jahrhunderte hindurch bewahrt hatte. Geruch ist gerade wegen seiner Körperlosigkeit eine Elementarsubstanz ...

Doch jetzt geht's nicht um Düfte, sondern um Geschichte, die muss weitergehen. Die fiktive kann da oben auf der Bühne fortschreiten und du kümmerst dich um die reale. Die Unabänderliche. Die Unwiederholbare. Die Unumkehrbare. Da bist du endlich. Angekommen. Unten. Im Keller.

*

Die Fahrstuhltür sprang plötzlich im Halbdunkel des Kellerkorridors auf und Schlojma prallte zurück. Direkt vor der Tür stand jemand. Im Bruchteil einer Sekunde verschwand dieser Schock – oder war es ein Gespenst gewesen? – wieder. Er blickte genauer hin und erkannte, dass vor ihm ein Soldat stand. Einer von denen, die vor der Metalltür mit der Aufschrift „Attention!" Wache standen.

Es handelte sich um einen jungen polnischen Blauhelm-Söldner, blond und wie glatt geleckt in seiner Uniform, allerdings auch ziemlich erschöpft von der zehnstündigen Wache im Theaterkeller. Als er Schlojma sah, schlug er zackig die Hacken zusammen und meldete sich wie beim

Rapport. Dabei merkte man, dass die Meldung lange vorbereitet und jedes Wort abgewägt, gedreht und auf seinen Informationsgehalt hin geprüft worden war. Zehn Stunden Wache waren dafür mehr als genug gewesen.

„Czekam na pana już od dawna! Ich warte schon auf Sie. Mein Kollege konnte nicht mehr und ist schon gegangen. Machen Sie es so schnell wie möglich. Die Ukraine wartet darauf, und auch Polen wartet darauf. Schließlich befreien wir uns gegenseitig."

Alles das sprudelte aus ihm hervor, ohne dass er einmal Luft holte. Dann trat er flott zur Seite und machte Schlojma den Weg frei. Ezirwan ging an ihm vorbei und blickte sich nicht mehr um. Er wusste genau, wohin er nun musste.

*

Ich drücke den verfluchten Schlüssel in meiner Faust – das kalte Metall scheint mir die Finger zu verbrennen – und rutsche langsam tiefer in den Schlund des Theaters, in seine Abgründe. Ich konnte meiner Bestimmung nicht entgehen. Die Premiere, all die Menschen, Oksana, Sommer, Maulwurf, ja selbst Bonifaz, alle erwarten von mir diese Tat. Und schließlich habe ich mir doch selbst immer Vorwürfe gemacht wegen meiner Unentschlossenheit, wegen all der blödsinnigen Reflexionen und Meditationen über Gott und die Welt ... deshalb habe ich so viel in meinem Leben verpasst und nicht fertiggebracht. Und jetzt habe ich sie zum Greifen nah: Meine Chance zu handeln, Geschichte – nicht zu schreiben, sondern zu machen. Die Mehrheit der Leute da oben im Saal, in ihren besten Klamotten, eingehüllt in Parfüm, fröhlich und erregt, diese Mehrheit verdient es zweifellos. Diesen ... diesen Tapetenwechsel, diesen Umbau der Kulissen, ja, ja, sorry wegen des Theatervergleichs. Geschichte machen ist meine Aufgabe und Bestimmung! Das habe ich versucht, in meiner chaotischen Ansprache mitzuteilen ... wer kann es ihnen verdenken, dass sie gelacht haben?

Also gut, leb wohl, adieu, mein liebes, kleines, gemütliches Städtchen, mein West-Riwne, mein abendliches Riwne, mein morgendliches Riwne, mein mittägliches und mitternächtliches Riwne, sonnendurchflutet und durchflutet vom Licht des Mondes und der Straßenlaternen, eingehüllt in Herbstnebel, erstarrt in Schnee und Eis, überschwemmt vom Regen, geschlagen vom Hagelsturm, du unendlich vertraute und teure Stadt. Meine Stadt ... Heimstatt ... Wie ich dich doch liebe und zugleich hasse, ach, zwei Ströme durchfließen meine Brust, welcher ist der stärkere, der wahrhaftige und welcher der schwächere, trügerische? In all den Berlins, Amsterdams und Paris bin ich als Mitesser zeitweilig flaniert, als zufälliger Tourist, mein täglich Wurstzipfel und Bier hab ich dort gekriegt und einen Fetzen Ruhm, einige Dutzend Intellektueller und Akademiker starrten während Lesungen und Pressekonferenzen auf meine mit Plomben übersäten Zähne, und auch Honorarsummen mit einigen Nullen erhielt ich in repräsentativen Kuverts, die ich unbeschwert in Umlauf brachte, verjubelte und verjuxte. Doch an deiner heimischen Brust konnte ich auch mit wenigen Kopeken in der Tasche glücklich sein. Das brennend unerträgliche Glück schmeckte ich erstmals auf deinen Straßen und unter deinen Dächern wie auch die süße Schande. Den Schmutz deiner Wege, Straßen und Plätze, den Staub deiner Alleen, Pfade, Ecken und Winkel vermag ich nicht mehr von meinen Füßen zu waschen. Als armer Sünder stehe ich vor dir, du meine gesichtslose und mittelmäßige Stadt, du große operettenhafte Stadt, du neidische und großzügige, du erbärmliche und käufliche, du großherzige und kleingeistige, zuweilen sogar geistlose, du alles verzeihende und versöhnliche. Mit zusammengebissenen Zähnen und aufgenagten Lippen liebe ich dich über alles, deine ländlichen Hütten im Stadtteil Tynne und deine Häuschen rund um Hrabnyk, auch die alten Häuser auf der Schlossstraße und sogar die charakterlosen Plattenbauten des Leinenkombinats und ebenso jene auf der Jubiläumsstraße. Ich liebe und hasse dich, vergöttere und verfluche dich, weine und lache im Wissen dessen, was ich gleich machen muss.

Und schließlich – was mache ich denn? Ich löse eine primitive Mechanik aus, und auch nur dann, wenn sie funktioniert. Ich vereine zwei unnatürlich, wirklich nur künstlich getrennte Ströme von Unrat, zwei Fäkalwelten, zwei Scheißmeere, die aus dem Westen wie aus dem Osten heranwogen. Sie würden sich in der Zukunft auch ohne mich, vielleicht ein wenig später, vereinen. Sie würden diese sehr symbolische Mauer zerfressen, zersetzen und zusammenkommen. Vollbringe ich das und wie vollbringe ich das? Und warum sollte ich das nicht vollbringen? Bin ich doch nicht der schlechteste, nicht der letzte unter deinen verlorenen Söhnen, du, meine verlorene Stadt. Oh verlorener Vater, trete in tiefer Reue vor das Antlitz deines verlorenen Sohns, und der Sohn wird dir Schuldigem vergeben, wie auch du ihm seine Schuld und die seiner zahlreichen Brüder und Schwestern vergibst, auch der noch Ungeborenen und Ungestorbenen ... Die Stadt verschmilzt mit der Stadt, die fiktive mit der realen Stadt und diese letzte wird die erste sein, wie es eigentlich auch sein soll. Du meine erträumte, meine unwirkliche Stadt, es hat dich niemals gegeben, du existierst auf den vorangegangenen Buchseiten, nur dort und sonst nirgendwo, nur hier und jetzt, wenn der Leser diese nun fast letzten Zeilen liest. In Zukunft wird es vielleicht hin und wieder den einen oder anderen Touristen geben, der meinem heutigen Spaziergang folgen wird, nachdem er in den vergilbten Seiten eines Romans mit abgestoßenem Einband und geknickten Ecken geblättert hat und dann mit ungehörigen Fragen die einfältigen Passanten auf deinen Straßen erschreckt und diese dann mit vor Verwunderung großen Augen fragen: „Was für ein Roman? Was für ein Schlojma Ezirwan?“

Und das ist das Ende. Das Ende des Romans und das Ende der unabhängigen Stadt, der eingeschlossenen Stadt. Das Ende von West-Riwne. Die Mauer fällt nicht, sie verschwindet einfach, löst sich im abendlichen Nebel auf. Die Stadt verbindet sich, vereint sich, verschmilzt. Die hell erleuchteten Türme der Fünf-Sterne-Hotels der Stadt entschwinden, als seien sie vom Winde verweht, auf einmal fortgeblasen – weg. Der *Europäische Hof*, das *Radisson am Theater*, das *Holiday Inn* ... es verflüchtigen sich die Promenaden entlang der Ustja und die Restaurants gibt es nicht mehr, der Hydropark wandelt sich zu einem finstren, klebrigen und kriminellen Sumpf. Den Basar am Stadion gibt es zwar weiterhin, doch ohne die Türken, Chinesen und Vietnamesen ist er nicht mehr grell, bunt, exotisch, nicht mehr der gleiche Ort. Die paar Dutzend ausländische Studenten der Wasserwirtschaftlichen Hochschule sind bloß verstörte Asiaten, unnütz und ungeeignet, das Gesicht der Stadt zu prägen und ihm unverwechselbare Züge hinzuzufügen. Eine Edelboutique nach der andern schließt und ändert sich augenblicklich in eine durchschnittliche staatliche Verkaufsstelle, deren Wände mit einer unerträglich billigen Ölfarbe gestrichen sind, deren schäbige Ein- und Durchgänge von den dankbaren und zufriedenen Kunden vollgespuckt sind.

Der Schlüssel drang wie geschmiert ins Schlüsselloch. Hinter der Tür befand sich ein nicht allzu großes Holzbrett, höchstens ein Meter mal ein Meter. An der unverputzten Ziegelmauer hingen Spinnweben, doch gleich hinter der Tür befand sich blank poliert auf halber Höhe ein mattdunkel glänzender Spalt, eingerahmt von einer Metallplatte. Aus dem Spalt zeigte ein Metallhebel nach unten, ungefähr in der Position „fünf nach halb sechs“. Ein normaler Hebel, an dessen Ende sich eine kleine Ebonitkugel befand.

Wie einfach es doch ist ... Jetzt umfasst du diesen Hebel, drehst ihn bis zum Ende, und fertig. Eine einfache und unmissverständliche Aktion, oder ein „Akt“, wie die radikalen Zeitungen in ihrer Vorliebe für die radikale Reinheit der grammatischen Form schreiben.

Wie aus der Vogelperspektive sah Schlojma sein heimatliches Riwne. Er flog von Osten aus der Richtung von Antopil kommend über das Restaurant *Horin*, den Tierpark, über die Gebäude des Gebietskrankenhauses, über das unansehnliche und missglückte Denkmal – Was für ein Jubiläum denn? Was für ein Sieg soll das gewesen sein? –, das von Panzern, Geschützen und anderem Militärblech umstellt war, die von oben wie braune Erdkröten aussahen, die zur Massenpaarung kriechen. Weiter über den Busbahnhof, die Druckerei, die Kreuzung Wiener- und Sobornastraße, die dort noch Leninstraße heißt. Oder bereits Kiewer Straße? Die Stadt breitete sich unter ihm aus, die einmalig einzige. Trolleybusse, Busse, Autos fuhren hierhin und dorthin, Fußgänger überquerten die Straßen, der menschliche Ameisenhaufen wimmelte und wuselte. Eine viertel Million Menschen, wenn nicht sogar schon dreihunderttausend. Das ist nicht viel und nicht wenig, eben eine sehr mittlere Stadt ...

Der Schriftsteller Schlojma Ezirwan atmete tief aus und umklammerte die Ebonitkugel, die den Hebel des Schalters zierte.

*

An einem frühen Maienabend ging ein Junge mit einem Mädchen durch den Park. Genauer gesagt, ein Junge mit seinem Mädchen. Sie hatten es nicht eilig und schlenderten umher. Sie kamen aus der Stadtmitte, gingen am Springbrunnen mit dem Recken und dem Wasserspiel vorbei, vorbei am Tanzplatz, vorbei an den Karussells. Die Bäume breiteten über ihnen ihre frischen, noch klebrigen grünen Blätter aus, die noch nicht staubbedeckt und von den Kriebelmücken durchlöchert waren. Wolken schwammen über das Himmelsblau, rosig, flaumig. Der Junge blickte dem Mädchen in die stahlgrauen Augen, wiegte sich rhythmisch und reimte das erste Gedicht seines Lebens. Die Worte sprudelten hervor, ergossen sich, verflossen, strömten und klebten bittersüß an den Lippen:

> Graugrauendiebäume eshattiefensinn diestadtmeinerträume die stadtmeinerstädte ichtrinkdenbechersüßundrandvollscheißaus esistnichtmeineschuld esistnichtmeineschuld dochfürwenisterdennrandvoll randvollzuseinwarmireinzeichen ichbinsoanders dieserkennich erkannteesjetztundimmerda esistnichtmeineschuld unterdeinenfrischenworten flüche vondeinensöhnenbinnurichso dochnichtallesindsolchetunichtgute deingeististindenhimmelaufgestiegen eswirdeinanderersohnkommen wiedasgrasimfrühjahrvonneuemsprießt sofindeterfürdichvonneuemworte.

Die Dämmerung senkte sich allmählich auf die Stadt hernieder, umhüllte die eine Stadt. Die eine und einzige.

Glossar

17. September 1939: Einmarsch der Sowjetunion als Verbündeter von Hitler-Deutschland in das unabhängige Polen und dessen anschließende Aufteilung zwischen dem Deutschen Reich und der Sowjetunion. Riwne gehörte in der Zwischenkriegszeit zu Polen.

Bandera, Stepan: 1. 1. 1909 Staryj Uhriniw (Galizien, Österreich-Ungarn)–15. 10. 1959 München, prominenter ukrainischer nationalistischer Politiker und Partisanenführer, umstritten wegen seiner Verbindungen mit Hitler-Deutschland.

Belinskij, Wissarion G.: 11. 6. 1811 Sveaborg bei Helsinki–7. 6. 1848 Sankt Petersburg, bedeutender russischer Literaturkritiker, äußerte sich sehr skeptisch bis despektierlich über das Potenzial der ukrainischen Sprache und Literatur.

BuBaBu: ironische verwendete Abkürzung im Sowjetstil Burleske, Balahan (resp. Jahrmarktskunst) und Buffonade für das Schrifstellertrio Oleksandr Irwanetz, Juri Andruchowytsch, Wiktor Neborak, die zu einem der bedeutendsten Erscheinungen der ukr. Literatur der ausgehenden 1980er und beginnenden 1990er Jahre wurde, berühmt für ihre Auftritte in Lemberg.

Budsa, Iwan: Anspielung auf Iwan Dsjuba, 26. 7. 1931 Mykolajiwka, ukrainischer Literaturkritiker, Autor, Politiker, sowjetischer Dissident, von 1992–1994 Kulturminister der Ukraine.

Bug: Fluss in der Ukraine, Polen und Weißrussland.

Czekam na pana już od dawna: poln. Ich warte bereits lange auf Sie.

Dichlorvos: Insektizid aus der Gruppe der Phosphorsäureester. Dichlorvos ist eine viskose, farblose bis gelbbraune Flüssigkeit. Sie hat einen aromatischen Geruch.

Djed Moros: Väterchen Frost, eine dem Weihnachtsmann ähnelnde, ursprünglich russische Märchenfigur, beschenkt in der Neujahrsnacht die Kinder, sollte in den kommunistischen Staaten das Christkind resp. den Weihnachtsmann ersetzen.

Drahomanow, Mychajlo: 6. 9. 1841 Hadjatsch–5. 6. 1895 Sofia, ukrainischer Historiker und politischer Denker, der in Kiew lehrte, aus politischen Gründen von 1876–1889 nach Genf emigrierte und ab 1888 in Sofia lehrte.

Dscheswa: kleines Mokka-Kännchen, meist aus Messing, in dem man traditionell auf dem Balkan und der westlichen Ukraine starken, arabischen Kaffee zubereitet hat.

Dschugalinskyj: Anspielung auf Jossif Wissarionowitsch Dschugaschwili resp. Josef Stalin.

Dundić, Aleksa: wahrscheinlich 13. 4. 1896 Dalmatien–8. 7. 1920 Riwne, Held der Oktober-Revolution, in Literatur und Film wegen seiner Reitkünste und seines Muts als Vorbild gefeiert.

Elektrozawod: staatliche Elektoartikelfabrik.

Gagarin, Jurij: erster Mensch im Weltraum, Held der Sowjetunion etc.

Gajdar, Arkadij: 22. 1. 1904 in Lgow (Kursker Gebiet)–26. 10. 1941 gefallen bei Kiew, bekannter sowjetischer Jugendschriftsteller.

GebMusDramTheater: Gebiets-Musik-Dramen-Theater, typische Häufung von abgekürzten Begriffen, die dann grammatisch wie eigenständige Wörter verwendet werden, bekanntes Beispiel ist die Bezeichnung der UdSSR selbst (Union der Sozialistischen Sowjetrepubliken).

Grabowicz, George: amerikanischer Literaturwissenschaftler ukrainischer Herkunft, bekannt u. a. für seine Arbeiten über den ukr. Nationaldichter Taras Schewtschenko.

Hidropark: „Wasser-Park", Naherholungsgebiet in Kiew auf zwei Flussinseln des Dnipro.

Hrywnja: ukr. Währung.

***Charascho*:** russ. gut.

Kaniw: Grabstätte von Taras Schewtschenko.

Karbowanetz: historische ukr. Währung.

Kirowohrad, Tscherkassy: südukrainische Städte.

Kollár, Ján; Šafárik, Josef; Hanka, Václav: Vertreter der tschechoslowakischen Nationalbewegung in der ersten Hälfte des 19. Jahrhunderts und Anhänger, traten für eine

Angleichung des Tschechischen und Slowakischen ein, um eine tschechoslowakische Sprache zu schaffen (etwa nach dem Vorbild des Serbokroatischen).

Komsomol: sowjetische Abkürzung „Kommunistischer Jugendverband“ (Kommunistitscheskij sojus molodeschi).

Kulturpalast: zu Sowjetzeiten errichteter zentraler Veranstaltungsort einer Stadt, oftmals gab es mehrere, die Berufsgruppen zugeordnet waren, z. B. Kulturpalast der Textilarbeiter.

***Lebid*:** ukr. Schwan.

Luhansk, Dnipropetrowsk (heute Dnipro): ostukrainische Städte, die im Roman als Hochburgen der prorussischen, sowjetisch geprägten Ukraine gelten.

LuHoSad: Abkürzung für das Lemberger Dichtertrio Iwan **Lu**tschuk, Nazar **Ho**ntschar, Roman **Sad**lowskyj.

Majdan: ukr. großer, zentraler Platz einer Stadt, der häufig Unabhängigkeitsplatz heißt und der als Versammlungsort eine übertragene Bedeutung für eine Protest- und Unabhängigkeitsbewegung erhalten kann, wie z. B. 2004 und 2013/14 mit den Massenprotesten gegen die Regierung auf den großen Plätzen vieler ukrainischer Städte.

Mickiewicz, Adam: 24. 12. 1798 Nowogródek (heute Weißrussland)–26. 11. 1855 Konstantinopel, polnischer Nationaldichter, bedeutendster polnischer Romantiker.

Moskwitsch: sowjetische Automarke aus Moskau.

Neue Degeneration: Iwan Andrusjak, Stepan Prozjuk, Iwan Zyperdjuk, der Name des Dichtertrios ist u. a. eine Anspielung auf die Literaturvereinigung Nowa heneracija (Neue Gereneration) der ukr. Futuristen und Avantgarde-Autoren der 1920er Jahre.

OUN: Organisation Ukrainischer Nationalisten, gegründet 1929. Einflussreiche Allianz unterschiedlicher Gruppierungen zur Erlangung der ukrainischen staatlichen Unabhängigkeit, oftmals uneinig in Methoden und Zielen, agierte in der Halb- und Illegalität, übte Terroranschläge auf dem Territorium Polens und der Sowjetunion aus, siehe auch St. Bandera.

Perejaslaw: 1654 berief Bohdan Chmelnyzkyj in Perejaslaw einen großen Rat der ukrainischen Kosaken ein, in dem ein Bündnis mit dem Moskauer Reich, wie Russland damals offiziell hieß, einzugehen und gemeinsam gegen Polen-Litauen zu kämpfen. Dies wurde von den Moskauer Herrschern als Akt der Unterwerfung interpretiert und hatte die spätere Eingliederung des östlichen Teils der Ukraine in das Moskauer resp. russische Reich zur Folge.

Polesien: historische Landschaft im Norden der Ukraine und im Süden Weißrusslands; historisches Grenzland, das im Laufe der Geschichte zu verschiedenen Staatsformationen gehörte, landschaftlich zeichnet es sich durch ausgedehnte Wald- und Sumpfgebiete aus.

***Ponimajesch?*:** russ. Kapierst du?

Prospekt: mehrspurige, breit angelegte Straße in der Stadt.

Rasin, Stenka: 1630–1671, Anführer eines Aufstandes der Donkosaken gegen das russische Zarenreich.

***Rebiata*:** russ. umgangsspr. Jungs, Kinder, Gang etc.

Sabuschko, Oksana: bekannte ukrainische Schriftstellerin und Essayistin, die einen provozierenden umfangreichen Essay über Schewtschenko verfasst hat (*Der Schewtschenko-Mythos der Ukraine*).

Schewtschenko, Taras: 9. 3. 1814 Moryntzi/Kiewer Gebiet–10. 3. 1861 St. Petersburg, ukr. Nationaldichter, als Leibeigener geboren aufgrund seines Talents von russischen Intellektuellen und Künstlern in St. Petersburg freigekauft, äußerte sich Zeit seines Lebens kritisch gegenüber dem russischen Imperium und wurde dafür von 1847–1857 nach Sibirien verbannt.

Scholochow, Mychail: 24. 5. 1905 im Gebiet Rostow–21. 2. 1984 in Wjoschenskaja, sowjetischer Literaturnobelpreisträger (*Der stille Don*), sein literarischer Erfolg ist wegen Verdacht auf Plagiat nicht unumstritten.

***Schto dijetsja?*:** ukr. Was ist los?

Spartakiade: nationale und internationale Sportwettkämpfe v. a. in kommunistischen Ländern, der Begriff geht aus Olympiade und dem Namen Spartakus hervor (Anführer eines Sklavenaufstands in Rom).

Trakl, Georg: Dichter des Expressionismus, aus dem Deutschen ins Ukrainische übersetzt von Tymofij Hawryliv.

Trolleybus: Oberleitungsbus (O-Bus).

Tschernowitz: wichtiges urbanes Zentrum der Bukowina.

***Tschinownik*:** Beamter, pejorativ.

Tynne, Dubensk, Klewan, Basow Kut: Stadtteile von Riwne oder angrenzende Orte.

Ukrainisches Alphabet: gehört zu den kyrillischen Alphabeten, die in Ost- und Südosteuropa verwendet werden und auf die Christianisierung durch Konstantinopel/Byzanz zurückgehen. Die Alphabete der drei ostslawischen Sprachen des Russischen, Ukrainischen und Weißrussischen weisen viele Gemeinsamkeiten, aber auch einige Abweichungen voneinander auf, die auf phonetische und morphologische Eigenheiten zurückgehen. Mit diesen lässt sich dann – wie im Roman – auf lautlicher und graphischer Ebene experimentieren.

Univermag: Supermarkt, sowjetische Abkürzung für universalnij magasin.

Uschhorod: wichtiges urbanes Zentrum von Transkarpatien.

Ustja: Fluss durch Riwne.

Wolhynien: Die heutige Region Wolhynien als Verwaltungseinheit in der nordwestlichen Ukraine mit den Städten Luzk und Riwne umfasst nur einen Teil der historischen Region Wolhynien, die sich weiter nach Süden und Nordwesten (heutiges Polen und Weißrussland) erstreckte.